ce@tup. tsinghua. ed
iang@tup. tsinghua.

序 1

进入 21 世纪以来，我国基础教育信息化得到了快速发展，主要体现在以下几个方面：一是基础教育中信息技术装备明显改善。"校校通"工程对基础教育信息技术装备提出了较高的要求，为了完成"校校通"工程的要求，各地都加大了在教育系统中装备信息技术的力度。特别是"农村中小学现代远程教育工程"的实施，强化了农村地区基础教育的信息技术装备水平。二是信息化教学资源建设取得新进展。为了建设信息化教学资源，国家和地方教育行政部门投入了较大的人力和物力。在国家层面上，成立了"国家基础教育资源中心"，为全国的教师免费提供优质的教育、教学资源；各级教育行政机构也加大了资源建设力度，省级、市级、县级资源平台先后大量出现；一些机构也积极参与资源建设工作，初步满足了教师对信息化教学资源的需求。三是教师教育技术能力有了一定的提高。国家出台了《中小学教师教育技术能力标准(试行)》，实施了"中小学教师教育技术能力建设计划"，开展了以"提高教师教育技术能力"为核心目标的各类培训。随着教育信息化的深入发展，信息技术在教育、教学中应用的不断深入，信息技术丰富了教育、教学方式，提高了教育质量，在推进义务教育均衡发展和素质教育等方面都发挥了积极的作用。

虽然我国基础教育信息化取得了一定的成绩，但是从总体上说，我国中小学教育信息化发展水平仍然处于初级阶段，与世界发达国家相比仍有较大差距，主要表现在如下几个方面：一是缺乏对中小学信息化深入、系统和可持续发展的研究，特别是信息化对教育教学的意义和内涵认识不够明确；二是信息技术对有效改进和完善教学的作用还没有充分发挥，信息化的实效应用层次比较简单，信息技术与课程教学缺乏有效整合，效率和效益不高；三是技术装备的水平整体比较低，特别是地区之间、城乡之间和校际之间差别较大，一些地方和学校把信息化更多地局限在装备上，硬件、软件及其使用之间存在"三张皮"现象。与信息技术有效改善教育、教学的理想相比，信息技术在服务于教师的教学、学生的学习、培养创新型人才等方面还有较大的差距。

为了进一步推进基础教育信息化，发挥信息技术在教育、教学中的巨大潜力，切实提高中小学教育、教学质量，培养创新型人才，仍然需要多方面的努力。一是要进一步加大信息化装备配置水平。目前，虽然一些学校出现了设备闲置、未充分应用的现象，但是很多学校出现了设备紧张、不够用的局面，因此应在"校校通"的基础上，实现"多媒体进课堂"。二是要进一步加大信息化教学资源建设力度。在建设信息化教学资源时，要注重信息化教学资源的有效共享、充分共享，创新信息化教学资源共享机制、共享模式，发挥优质资源的作用。三是进一步强化教师在信息技术环境下的教育、教学技能。设备的配置、资源的建设，说到底都是为教师的应用提供基础，只有教师具有较高的教育、教学技能，才能够充分发挥出信息技术装备、信息化教学资源的潜力，提高教育、教学质量。在上述三个方面中，提高教师在信息技术环境下的教育、教学技能尤为重要。

提高教师在信息技术环境下的教育、教学技能一般有两种途径：一种是通过教师的实践积累，总结教育、教学规律，通过对实践的反思形成新的技能；另一种是挖掘优秀教师在教育、教学实践中总结的规律、方法，经过一定的处理实现显性化，通过培训的方式把显性化的规律、方法传递给需要的教师。与第一种方法相比，第二种方法更具有效率性。而开展培训活动，需要优质的教材，这种教材要满足教师提高教育、教学技能的需求。

以李兆君教授为核心的教师教育团队在教师教育领域具有一定的影响，特别是在中小学教师信息化教学能力培训方面取得了较大的成绩。他们出版的教材已先后被各地使用，受到一线教师的好评。其团队成员在国家级、省级培训中发挥了重要的作用。他们成绩的取得与努力是分不开的，是整个团队深入中小学进行调查、研究的结果。

本套丛书是集体智慧的结晶，是对一线教师信息化教学深入研究的结果，更是其团队大量培训经验的总结。

希望这套丛书能在中小学教师信息化教学培训中发挥重要的作用。

序 2

随着教育信息化的深入，信息技术环境逐渐成为课堂教学中的重要教学环境。在这样的教学环境中，教师的教学方式和学生的学习方式都发生了一定的变革。传统的教育教学的模式、方法受新技术的影响不断发展，一些新技术、新方法为教学提供新的发展空间，新的教学模式和方法不断涌现。因此，归纳总结信息技术环境下课堂教学的新理念、新模式、新方法具有重要的意义。这种意义不仅仅是理论上的意义，更重要的是实践上的意义。因为，把总结出来的新理念、新模式、新方法传递给教师，将能够有效提升一线教师的教育、教学水平，提高基础教育的教育、教学质量。

归纳、总结信息技术环境下的课堂教学的新理念、新模式、新方法并不是一个简单的事情。一方面，由于信息技术的发展迅速，所以信息技术总能为教育、教学提供新的工具和方法，增加信息技术在教育、教学中的潜力。另一方面，信息技术环境下课堂教学的新理念、新模式、新方法并不能自动显现，即便是一些老师已经拥有了很成功的经验，深入挖掘仍有较大的困难。因此，只有研究者深入到基础教育、教学一线，通过对一线教师的经验的系统分析和科学总结，才能够总结出一些基本的规律。当然这种规律也不是全部的规律，而只是部分规律。

本丛书作为一种尝试，努力通过研究者的研究总结出一些信息技术环境下基础教育课堂教学的基本规律。为了完成这种尝试，本书的研究者深入基础教育课堂教学一线，通过听课、与教师交流、开展教学研讨会议直接参与信息技术环境下的课堂教学，以期望发现信息技术环境下课堂教学中的基本规律。同时，研究者还广泛听取了同行的意见，通过查阅文献、访谈等活动了解信息技术环境下课堂教学的新进展。这些都为本丛书的研究者提供了有益的参考。

通过调研、查阅文献能够获得大量的信息、知识。如何把这些信息、知识按照一个体系组织起来并不容易。因为作为一套丛书，各册之间不应该是一个松散的组织结构，而应该是一种紧密相连、环环相扣的关系，为此编写者在知识点组织上下了一定的功夫。

由于本丛书的研究者都是教育技术工作者，因此，教育技术学研究中的一些启示对本书的编写提供了参考。1994 年，美国教育传播与技术学会发布了一个教育技术的定义："教学技术是关于学习资源和学习过程的设计、开发、利用、管理和评价的理论和实践。"（英文原文：Instructional Technology is the theory and practice of design, development, utilization, management and evaluation of processes and resources for learning.）这对本丛书体系结构的构建起到了一定的启示。2004 年 12 月 25 日，教育部印发了《中小学教师教育技术能力标准(试行)》，这是我国颁布的第一个有关中小学教师的专业能力标准。该标准对教育技术作出了如下定义：运用各种理论及技术，通过对教与学过程及相关资源的设计、开发、利用、管理和评价，实现教育教学优化的理论与实践。从该标准中，我们认为，可以从设计、开发、利用、管理和评价的角度进行丛书体系的构建，这样丛书体系初步确定为信息技术环境下课堂教学的设计、开发、利用、管理和评价的一种模式。

然而，在书稿的写作中，在对既有知识的整理中，我们发现，我们对信息技术环境下课堂教学管理的研究仍然较少，同时还缺乏这样的文献，而关于信息技术环境下课堂教学开发的内容很多，在调研中又发现大量老师在这方面存在较大的不足，教师需要深入把握这些开发技能和知识。因此本丛书的体系结构就变成了现在的形式。

　　首先，我们强调设计，强调信息技术环境下课堂教学设计的基础地位，有效的课堂教学一定是前期合理设计的结果。其次，我们把资源开发的两个内容分别处理，把狭义的资源收集、处理与课件设计、开发放在同等重要的位置。当然狭义的资源收集、处理是为课件开发提供基础。然后，当我们设计好教学设计方案并制作出优秀的课件时，我们如何上课呢？这时教学模式发挥了一定的作用。当我们上完课了，如何评价教学过程的合理性呢？教学评价的问题自然而然出现了。本丛书就是这样的一种体系构造，虽有一定的弊端，也具有一定的内在联系。

　　本丛书的研究者均具有较长时间的教师培训经验，因此，他们的经验也为丛书的完成提供了重要的保障。丛书中部分观点也是他们教研工作的总结，期望能够对一线教师的教学提供一定的借鉴。

　　由于教学研究是一个复杂的过程，教学经验总结是一个漫长的过程，加之丛书编写周期较短，可能存在一定的问题，恳请专家、学者批评指正。在此，也希望阅读本丛书的老师能够把您的意见和建议反馈给我们。

前　言

　　教学评价是教学活动的重要组成部分，是修改和完善教学的基础。在教学活动实施过程中，评价活动也始终贯穿其中。深入掌握教学评价的理念、工具和方法，在教学实践中具有重要的意义。

　　随着教育信息化的发展，人们对信息技术环境下的课堂教学评价有了新的认识。近年来，一大批专家、学者、教育研究机构通过对基础教育课堂教学的深入研究，在实践中总结了信息技术环境下课堂教学评价的新工具、新方法，为教学评价创新做出了重要的贡献，有力地支持了中小学教师开展信息技术与课程整合的教学活动。向中小学教师介绍、宣传这些新理念、新工具、新方法，不仅仅是为了提高中小学教师信息化教学知识，更重要的是可以为中小学教师提供有效的借鉴，提高信息技术与课程整合的能力。

　　本书由高铁刚、王馨、寇海莲任主编。在编写过程中，编写者对本书的内容、结构和分工进行了周密的设计，具体分工如下：高铁刚负责整体策划并撰写第一章，寇海莲、万正刚撰写第二、三章，王馨、穆宝良撰写第四、五章。沈阳师范大学教育技术学专业硕士研究生郭思礁、刘博、张影、何兵为本书的写作收集了大量的资料，参与书稿部分内容的修订工作和配套光盘的制作；从事信息化教学评价研究的杜娟、王宁、祁欣、刘新宇、景艳霞、石磊、张国成、张丹为本书提供了宝贵意见。在本书光盘制作过程中，于宏、姜振华提供了视频案例，王馨、寇海莲制作了教学课件，张影制作了软件教程，于菲、郭宇刚、白喆、郝强、曾祥龙提供了重要的技术支持。本书最终由高铁刚统稿完善。

　　清华大学出版社的编辑对本书的出版给予了积极的鼓励与支持，在此表示衷心的感谢。此外，许多从事信息技术环境下课堂教学评价研究的同行们的杰出成就为本书的完成提供了大量有意义的指导，在此一并表示感谢。

　　由于编写水平有限，加上时间仓促，疏漏和错误在所难免，敬请广大读者批评指正。

编　者

编　委　会

本书主编　高铁刚　王　馨　寇海莲

编　　委（按姓氏笔画排序）

于　宏　万正刚　王　宁　石　磊

刘　博　祁　欣　刘新宇　张　影

张　丹　张国成　杜　娟　何　兵

姜振华　郭思礁　景艳霞　穆宝良

目　录

理　论　篇

工　具　篇

案　例　篇

理

论

篇

第一章
教学评价概述

本章要点

- 理解教学评价的概念。
- 理解教学评价的功能。
- 能够对教学评价进行分类。
- 理解教学评价的对象。
- 掌握教师授课质量的评价标准与评价方法。
- 掌握学生学业成就评价的标准与评价方法。
- 知道教学评价的演变历史，能够阐述教学评价的发展趋势。

本章知识结构图

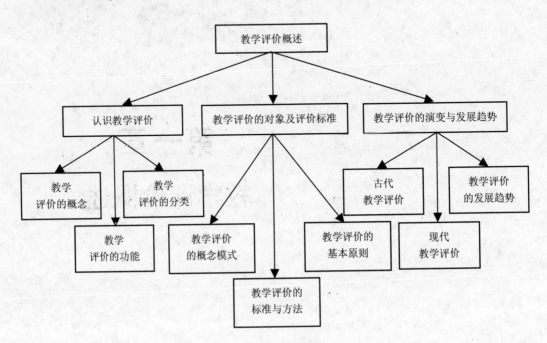

第一节　认识教学评价

本节导读

　　本节主要介绍教学评价的概念，阐述教学评价的功能，探讨教学评价的分类，讲授教学评价的基本问题。通过本节的学习，应掌握教学评价的概念，深刻认识教学评价的功能及在教学中的重要作用，正确理解教学评价研究的意义。

案例研习

　　陈老师是某重点师范大学本科毕业生，现已从事初中数学教学 3 年。在这 3 年里，随着教学经验的增加，陈老师的教学能力有了较大的提高，在全市的初中数学教师群体中小有名气。

　　最近，市里组织学科骨干教师评比活动，陈老师也想进一步提升个人的能力和水平，因此报名参加了相关的教学比赛活动。为了上好比赛中要讲授的课，陈老师做了充分的准备，具有一定的信心。

在授课中，陈老师讲授的是初中数学(北师大版)七年级下册第三章"生活中的数据"第二节"近似数与有效数字"的第一课时。本节课的教学重点是：①体会和感受生活中的近似数和精确数，明白测量的结果都是近似数；②会用四舍五入法按要求取一个数的近似数。教学难点是根据实际合理地用四舍五入法取一个数的近似数。

在授课中，陈老师借助多媒体课件，为学生创设了生动、直观而又新奇的教学情境。通过米老鼠"带领"学生进入魔法数字王国，走进魔法课堂，让学生在轻松、愉快的环境中感受近似数、探究近似数。其中，在教学中，为了巩固教学效果，陈老师特别设计了如下的一些题目，要求学生解答。

例题 1　按要求用四舍五入法取 π 的近似值。

π ≈ 3.141 592 6…

(1) 精确到个位。

(2) 精确到十分位。

(3) 精确到百分位。

(4) 精确到千分位。

例题 2　米老鼠量得课桌长为 1.025 米，请按下列要求取这个数的近似数。

(1) 四舍五入到百分位。

(2) 四舍五入到千分位。

(3) 四舍五入到个位。

例题 3　中国国土面积约为 9 596 960 平方千米，美国和罗马尼亚的国土面积约为 9 364 000 平方千米(四舍五入到千位)和 240 000 平方千米(四舍五入到万位)。

(1) 如果要将我国国土面积与美国比较，那么中国国土面积应四舍五入到哪一位？

(2) 如果要将我国国土面积与罗马尼亚比较，那么中国国土面积应四舍五入到哪一位？

学生们先后回答了上述问题，通过对学生回答的分析，陈老师认为学生已经掌握了本节课的教学重点和难点，教学的重点问题得到了解决，因此随着下课时间的到来，陈老师结束了这节课。

 案例分析

本案例讲述了陈老师授课过程中的一些具体片断。在陈老师的授课中，他设计了必要的有助于巩固知识作用的练习题目给学生，学生也能够较好地回答问题，鉴于此，陈老师认为完成了教学重点和难点，完成了一节课的教学。从中可以看出，在教学中，每一个教师都会有意识地设计一些练习题目，以检验教学后学生的学习效果。这一环节在教学中具有重要的意义，是调控教师教学的重要环节。

教学评价是教学活动的重要因素之一，是修改和完善教学的基础。在教学活动实施过程中，评价活动也始终贯穿其中。因此，无论是对教学过程中涉及的多种因素的评价活动，还是对教学设计结果的肯定或否定、修改及完善，评价活动始终引导教学工作朝着实现预定目标的方向发展。

一、教学评价的概念

教学评价是指以教学目标为依据，制定科学的标准，运用一切有效的技术手段，对教学活动的过程及其结果进行测定、衡量，并给以价值判断。理解教学评价，需要关注以下三点。

首先，教学评价以教学目标为导向。教学目标是教学活动开展的前提规定，教学目标规定了教学活动后学习者应达到的终点能力水平。教学评价作为教学目标实现的保障措施，其依据的标准就是教学目标，离开了明确具体的教学目标就无法进行教学评价。所以，教学评价的标准应该和教学目标相一致，这样才可以全面、准确、客观地评价教学效果的好与差。如果教学评价的标准和教学目标不一致，那么，教学目标将失去它自身的作用，而被它的评价标准取而代之。

其次，教学评价需要采用一些技术手段。教学评价是为了修正教学活动而进行的一种评估活动。这种活动并不是主观凭空产生的，而是在系统思想指导下借助一定的技术手段来完成的。因此开展教学评价必须要依靠一些有效的技术手段，通常可以通过测量来收集资料。测量是指通过各种各样的测验或考试对学生在学习和教师在教学过程中所发生的变化加以数量化，从而给学生的学习结果赋予数值的过程。

最后，教学评价活动是一种价值判断的过程。在教学评价环节，教师借助科学、合理的工具可以获得一定有关教学活动的数据，但是这种数据并不是教学评价的结果。教学评价活动需要在对数据进行充分分析的基础上，提出修正教学的具体意见。所以，教学评价活动是对测量结果作价值判断的过程。

例如，在一次期末考试中，某学生的"数学"成绩是 85 分，这就是测量的结果，但还不是评价。评价是对分数加以解释，做出价值判断的过程。在评价该学生学习时，教师需要做如下的分析。首先，85 分的考试成绩和该生以前的考试成绩比是提高了还是降低了？如果该生期中考试"数学"成绩是 80 分，那么该生期末考试成绩是提高了，说明学生学习进步了；如果该生期中考试成绩是 90 分，那么该生期末考试成绩是降低了，说明学生学习退步了。其次，85 分的成绩处在班级什么位置？如果全班学生平均是 72 分，那么该生的成绩在平均成绩之上，是较好的成绩；如果全班的平均成绩是 88 分，那么该生的成绩在平均成绩之下，是较差的成绩。最后，还可以看 85 分的成绩是否实现了预期的教学目标？如果教师预期的目标是 80 分，那么该生达到了预期目标；如果教师预期的教学目标是 88 分，那么该生还未达到预期目标。可见，测量是评价的前提和重要手段，但并不等于评价。教学评价需要对教学活动中有关数据进行深入的分析和价值判断。

二、教学评价的功能

教学评价的功能主要体现在以下几个方面。[1]

---

[1] 陈晓慧. 教学设计[M]. 第 2 版. 北京：电子工业出版社，2009.

(一)导向功能

教学是有目的、有计划的活动,而教学评价是检测教学目标的实现成效,并做出相应的价值判断以求改进的一种工作过程。从某种意义上说,教学评价也体现着"指挥棒"作用。通过持续的教学评价,可使教学活动的过程朝着特定的教学目标迈进。因此,教学评价对学校实现一定的培养目标,具有明显的导向作用。

科学合理的教学评价是一个系统,其中的每一大项中又分列出若干细项,这些细项所反映的现象是具体明确的,具有可操作性。它可使评价者易于观察比较,也可为改进教学提供看得见、摸得着的标准。而这些都体现了教学评价的导向功能。

(二)调控功能

教学评价的结果是一种反馈信息,它为调节教学活动、使教学能够始终有效进行提供了依据。这种信息可使教师及时了解、掌握自己的教学情况,也可使学生得到成功和失败的体验。通过分析这些信息,教师修订教学计划、改进教学方法、完善教学指导、进行自我调节、加强自我修养,从而间接地提高学生的学习效果;学生据此变更学习策略、改进学习方法、增强学习的自觉性。

此外,教学评价使教学过程成为一个能得到反馈调节的可控系统。系统中的学习者与教学者分析研究反馈信息,可进一步明确教学目标,了解目标的实现程度和教学过程中采取的形式与方法是否有利于促进教学目标的实现,同时,这些反馈信息为师生调整教与学的行为提供了客观依据,从而有效地使教学效果越来越接近预期的目标,这就是评价所发挥的调节作用。

(三)诊断功能

评价是对教学结果及其成因的分析过程,据此可了解到各方面的情况,从而判断其中的成效和缺陷、矛盾和问题,以及自身优势、长处与特色。

全面的评价工作不仅能估计学生的成绩在多大程度上实现了教学目标,而且能解释成绩优良的原因及教学过程中各要素的主次点。教学评价是对教学现状进行一次严谨的科学诊断,以便为教学的决策或改进指明方向。它是通过结果对教学活动进行控制、评价、鉴定,从而使教学活动逐步向目标靠近的过程。

(四)激励功能

教学评价是对教育者和学习者劳动效率、成果的鉴定和审查。评价对教学过程起监督和控制作用,对教师和学生则是一种促进和强化。评估结果在一定程度上刺激并激发被评估者的竞争意识,激励其按特定的教学目标要求规范自己的行为。教学评估的开展促进了竞争机制的引入,它不仅有利于激发和调动广大教育者和学习者的积极性,而且在一定程度上促使他们自觉调控行为,使其符合相应的规范教学目标。事实证明,没有定期的评价,而把希望寄托于学习者经常、系统和认真的学习是不切实际的空想。

(五)教学功能和心理功能

教学评价本身也是一种教学活动，在这种活动中，学习者的知识、技能将获得提高。教师可在对学生水平进行全面估计的前提下，将学习内容以测评的形式呈现，并使其包含有意义的启示，让学生通过探索和领悟来获得新的学习体会和经验，以达到更高的教学目标。教学评价的教学功能主要体现在促进教学进步、改进教学组织管理、促进教学改革进行和教育科研发展等方面。

在心理方面，教学评价不只表现在激发教育者和学习者的动机方面，它对教育者和学习者的自我意识、情绪和意志也有影响。肯定的评价易使师生情绪趋于安宁，自信心增强；而否定的评价则可能使其不安，以至产生严重的焦虑，易产生自卑感；肯定的评价可能提高师生的积极性，有时也会使其积极性下降；而若指导适当，否定的评价反而会提高积极性。有时某种形式的教学评价，虽对当前的教学活动产生有利影响，但从长远来看，可能会带来不良的心理影响，而这些都是评价者必须认真考虑并慎重对待的。

从某种角度上说，评价并不是教学的结束，而是下一轮教学的开始。这种循环在教学系统中不断往复，而评价是维持整个教学系统不断运行的保证。"期望发生的"和"实际发生的"之间是否确实存在着差异？学生是否达到某个目标或者多个目标？学生对设计中的教学方法和教学媒体的反应如何？如果评价后发现不足，则必须重新回到设计分析阶段进行修改。

三、教学评价的分类

教学评价工作是十分复杂的。根据不同的划分标准，可以将教学评价划分为不同的类型。比如，根据实施教学评价的时机不同，可以将教学评价分为准备性评价、形成性评价(Formative Evaluation)和总结性评价(Summative Evaluation)。

(一)教学前的准备性评价

准备性评价，又称诊断性评价，是为了使教学适合于学习者的需要和背景而在一门课程和一个学习单元开始之前对教学背景及学习者所具有的认知、情感和技能方面的条件进行的评估。教学背景主要是指实际教学环境(包括物质条件)及理论基础。准备性评价通常运用所谓的"摸底测验"的方式来进行。通过准备性评价，教师可以了解学生是否具备学习某种新科目所需要的基本知识或技能，也可以了解在新科目的教学目标中，有哪些知识与技能是学生已经掌握的。涉及的内容有：教学所面临的问题及相应的教学基本要求；学生前一阶段教育中知识的储备总和；学生的性格特征、学习风格、能力倾向及对本学科的态度；学生对学校学习生活的态度、身体状况及家庭教育情况等。应注意的是，教师进行诊断是为了促进学生的学习而不是给学生贴标签，不是要把某些学生编入"慢班"从而降低要求。诊断性评价的目的，是为设计一种可以排除障碍的教学方案，是识别那些高出或低于零点的学生，这样就可把他们分置在最有益的教学序列中。根据得出的结果，教师就可以检查教学目标是否定得太高或太低；教学内容选择是否恰当，是否适合学生的水平及兴趣；并可根据不同教学内容和不同学生特点选择不同的教学方法和组织形式。

(二)教学进行中的形成性评价

形成性评价，又称过程评价，是在教学活动过程中，为了更好地达到教学目标的要求，取得更佳的效果而进行的评价。它能及时了解阶段教学的结果和学生学习的进展情况、存在的问题，因而可据此及时调整和改进教学工作。形成性评价常采用非正式考试或单元测验来进行，测验的方式必须考虑单元教学中所有重要的目标。通过形成性评价，教师可以随时了解学生在学习上的成败情况，获得教学中的连续反馈，作为教师随时调整教学计划、改进教学方法的参考。

(三)教学结束后的总结性评价

总结性评价，又称"事后评价"，一般是在教学活动告一段落后，为了解教学活动的最终效果而进行的评价。通过总结性评价，教师可以检验本学期教学目标的实现程度，从而判断教学效果的好与坏，确定是否需要对教学作进一步的改进，以及为制定新的教学目标提供参考。三种类型的评价比较如表1-1所示。

表1-1　三种类型的评价比较

种　类	准备性评价	形成性评价	总结性评价
作用	查明学习准备和不利因素	确定学习效果	评定学业成绩
主要目的	合理安置学生，考虑区别对待，采取补救措施	改进学习过程，调整教学方案	证明学习已达到的水平，预言在后继教程中成功的可能性
评价重点	素质，过程	过程	结果
手段	特殊编制的测验、学籍档案和观察记录分析	经常性检查、作业、日常观察	考试
测试内容	必要的预备性知识、技能的特定样本，与学生生理、心理、环境的样本	课题和单元目标样本	课程和教程目标的广泛样本
试题难度	较低	依教学任务而定	中等
分数解释	常模参照、目标参照	目标参照	常模参照
实施时间	课程或学期、学年开始时，教学进程中需要时	课程或单元教学结束后，经常进行	课程或一段教学结束后，一般每学期1～2次
主要特点		前瞻式	回顾式

 拓展阅读

形成性评价与总结性评价的比较

形成性评价是通过诊断教育方案或计划、教育过程与活动存在的问题，为正在进行的教育活动提供反馈信息，以提高实践中正在进行的教育活动的质量的评价。一般来说，形成性评价不以区分评价对象的优良为目的，不重视对被评对象进行分等鉴定。总结性评价与此不同，它是在教育活动发生后关于教育效果的判断。一般地说，总结性评价与分等鉴定、做出关于受教育者和教育者的决策、做出教育资源分配的决策相联系。学生的毕业考试、教师的考核、学校的鉴定都是总结性评价的例子。这两种评价的不同点如下。

第一，评价的目的、职能(或者说期望的用途)不同。美国著名心理学家布鲁姆(Bloom)指出，形成性观察的主要目的是决定给定的学习任务被掌握的程度、未掌握的部分，它的目的不是为了对学习者分等或鉴定，而是帮助学生和教师把注意力集中在为进一步提高学生学习效果所必需的特殊的学习上。总结性评价"指向更一般的等级评定"。总结性评价与教学效能的核定联系在一起，它为关于个体的决策、教育资源投资优先顺序的抉择提供依据。

第二，听取报告的人不同。形成性评价是内部导向的，评价的结果主要供那些正在进行教育活动的教育工作者参考。总结性评价是外部导向的，评价报告主要作为各级行政部门制定政策或采取行政措施的依据。

第三，所覆盖教育过程的时间不同。由于形成性评价直接指向正在进行的教育活动，以改进这一活动为目的，因此它只能是在过程中进行的评价，一般并不涉及教育活动的全部过程。总结性评价考察最终效果，因此它是对教育活动全过程的检查，一般在教育过程结束后进行。

第四，对评价的结果概括化程度的要求不同。形成性评价是分析性的，因而，它不要求对评价资料进行较高程度的概括。而总结性评价是综合性的，它希望最后获得的资料有较高的概括化程度。

除上述区别外，形成性评价与总结性评价在评价的准则、标准、方法等方面也有些区别。事实上迄今为止，在教育范围内进行的评价，最大量的还是总结性评价。

——摘自李龙《教学过程设计》，内蒙古人民出版社，2000

 活动建议

利用百度搜索引擎(http://www.baidu.com)查找有关教学评价的内容，仔细阅读相关资料，深刻理解教学评价的概念和功能。同时，将关于教学评价的概念及功能的看法写在下面的横线上。

_____

_____

_____

第二节　教学评价的对象及评价标准

本节导读

本节主要介绍教学评价的对象，阐述教师授课质量的评价标准与评价方法，探讨学生学业成就评价的新理念、新方法，讲授教学评价的基本问题。通过本节的学习，应掌握教学评价的基本对象的概念，深刻认识教师授课质量的评价标准与评价方法，明确学生学业评价的新要求，正确认识新课程改革中教学评价改革的意义。

案例研习

在上一节介绍的案例中，陈老师设计了非常生动活泼的教学活动，改变了学生的学习方式，使学生真正地成为课堂的主人，取得了一定的效果。

在陈老师的授课过程中，市里教研员李老师认真地听了陈老师的授课。授课结束后，陈老师请李老师点评。李老师没有多说什么，而是向陈老师提出了一个要求，请陈老师随意找 5 名学生。陈老师不知道李老师的具体目的，因此找了 5 名学习比较优秀的学生。

李老师当着陈老师的面，问了 5 个学生一个问题："你们老师这节课主要讲授了什么内容呢？" 5 个学生面面相觑，不知道如何回答。看到这样的结果，李老师问陈老师："你认为这节课是成功的吗？"

案例分析

本案例是上一节案例的延续。在上一节的案例中，陈老师通过让学生做课堂练习题来了解学生的学习情况，通过课堂检验的形式评价学生的学习。在这个案例中，教研员李老师利用一种新型的形式评价教师的教学过程和教学技能。从上述两个案例中可以看出，学生的学习和教师的教学都是教学评价的对象，科学的教学评价可以促进教师的专业技能和学生的学习效能。

通常条件下，教学评价是根据评价对象的特点进行组织实施的。由于教学活动是一个教师教学活动、学生学习活动相互交织的过程，因此在教学中需要对教师的教学活动和学生的学习活动进行评价，即教学评价要针对教师授课质量和学生学习成效进行。

一、教学评价的概念模式

为了便于评价者更好地组织和确定评价的多种作用，许多教学评价者又提出了一系列新的评价概念模式，以帮助评价者确定所要评价的各个部分及各部分之间的相互关系，并通过这些概念模式来说明评价的结构。阿布赛福(FK. Abu-sayf)所提出的综合概念模式(见图1-1)便是其中一例。①

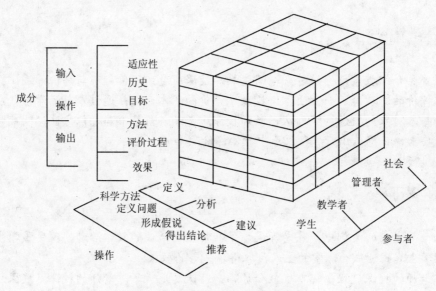

图1-1　教学评价的综合概念模式

阿布赛福描述了三个维度上的评价因素，并对这些维度上的各类因素进行了一定的分析。他认为，教学中影响评价的因素有许多，但可以把这些因素划分成三个维度：参与者、成分、操作。同一维度上又存在着评价的不同方面。下面对阿布赛福的模式进行简单的描述。

(一)参与者维度

一般来说，学生、教师、管理者、决策者都是教学评价的对象。但人们却常常忽略了社会对评价的影响。因此，阿布赛福认为教学评价中必须考虑四类参与者：学生、教学者、管理者和社会。在教学评价中考虑这四类参与者，并不是要对这四类参与者进行评价，而是根据这四类参与者的特性评价教学过程。

其中，学习者的特性包括年龄、才能、兴趣、愿望、需要、社会经济背景等；教学者的特征包括正式的教育背景、能力、兴趣、经验、特殊训练等；管理者的特征包括能力、经历、追随的政策、对教学者的态度等；社会特征则包括需要、公众的观点、对教育的阅历、与学校的关系，以及其他的政治、宗教、社会和经济因素等。

(二)评价的成分

评价的成分指明了评价过程中要完成任务的范围。它既决定了教学项目的评价目的，也决定了评价的一般特性。在阿布赛福的概念模式中，评价成分由六个方面组成：适应性、历史、目标、方法、评价过程、效果。如果把评价看作一个系统，那么又可以将评价的成

---

① 孙可平. 教学设计纲要[M]. 西安：陕西人民教育出版社，1998.

分划分为三个阶段：适应性、历史和目标构成了系统的输入阶段；方法和评价过程构成了系统的操作阶段；效果便是系统的输出阶段。

(1) 适应性是指评价与教育环境的关系。例如，项目是否适合实现它的特定教育环境？项目适合与否是否与学习者的资质有关？因此，适应性可从以下三个方面加以考查。

① 困难程度。非常难的项目可能会使学生泄气，增加学生的焦虑水平；项目太容易则可能使学生失去兴趣或者觉得过于枯燥。

② 关系。项目的关系是指项目与其实现的环境之间的适应性。特别是学校和社会，这个变量与参与者的特性和实践都有关系。但这里主要是指教学材料背景、例子和描述的适应性以及运用。

③ 实践性。实践性的分析包括：与教学项目实现有关的最后考虑、教学材料的可行性、项目的长度以及分配的时间等。

(2) 历史是指对项目所需要时间长度的调查。

(3) 目标是指对教学目标的分析。它包括以下六方面的分析。

① 目标的清晰性。一般认为教学目标用行为或者行动来描述比较清楚。另外，目标是否清晰还与目标能否进一步分解有关。

② 目标的完整性。这方面主要是评价目标是否覆盖了全部的学科内容，是否能够有效地达到目标。

③ 目标的重要性。应该从学生的需要、兴趣、特点以及一般的社会标准的框架出发考虑目标的重要性。

④ 目标的顺序。目标的顺序也是非常主要的评价因素。确定目标的顺序常常以某些问题为出发点：目标是否有逻辑顺序或者层次顺序？简单的目标是否列在较难的目标之前？目标所涉及的学科内容是否相互之间有交错？等等。

⑤ 目标的可实现性。每个目标都应该考虑达到目标的合理性和现实性。这主要应根据学生的特点、教师的特点以及当地的标准进行估计。

⑥ 目标的预想结果。目标的预想结果就是希望从教学中获得的一定的结果。有时这些预想结果是模糊的，比如希望发展学生的批评思维、发展科学素养等。

(4) 方法是指对项目的方法方面的评价，它包括对学习材料、顺序、教师的角色和地位、学生的角色和地位等方面的考查。

(5) 评价过程是以往教学评价中常常被忽视的部分，即对教学过程的评价。评价应该渗透于整个教学过程中，而不局限于对学生行为结果的评价。

(6) 效果是指教学项目成功后所产生的变化，也可以说是输入和输出的差异。

这些评价的主要成分可以促使评价按照两个方向发展：一个是经验方向，在这个方向上，教学设计者通过在控制条件下收集数据对某些现象进行研究；另一个是判断方向，在这个方向上，根据理论研究的基础描述相应的教学现象。

(三)评价的操作

在阿布赛福的概念模式中，评价的六个组成成分还受到三方面操作的限制。第一方面的操作是定义，它用于确定被评价部分的组成以及一般特性。换句话说，定义指明了评价任务的范围。第二方面的操作是分析，它与搜集证据有关，即确定在特定的背景中评价的变量如何。第三方面的操作是建议，它是一个说明的过程，产生了实际的"评价"过程，即价值判断的形成过程。

阿布赛福的评价概念模式向人们描述了评价变量的复杂性。评价所考查的因素决不只限于学生的学业评价。教学过程中，不但评价的因素种类繁多、复杂，评价的途径和方式方法也各不相同。在实际的评价过程中，切不可用测量代替评价，测量只是评价过程中收集数据的一种手段。

二、教学评价的标准与方法

由于教学评价是一种目的导向的价值判断过程，因此由于评价对象的不同，评价的标准和评价的方法也不尽相同。即便一些方法既可以用于教师授课质量的评价，又可用于学生学业成就的评价，但是评价时的侧重点也不尽相同。这里，主要介绍有关教师授课质量、学生学业发展的评价标准和方法。

(一)教师授课质量评价

在教学工作中，教师的作用十分重要。教师授课质量的高低直接影响学生学习的效果和身心发展。对教师授课质量进行科学评价，从而获得教学情况的有效信息反馈，是提高教学质量和效果的重要途径。

1. 评价标准

如何评价教师的授课质量，在理论界存在许多不同观点。有人认为存在着媒介指标(评价授课过程，注重教师指导与学生反应等因素的指标)和终极指标(评价授课效果，注重学生的提高、发展及目标达成度等的指标)。有人指出，教师授课质量评价应包括教学目标、贴近实际、使学生积极参与教学、重视学生能力培养、重点突出及难点准确、教学方法生动有效、注重概念原理教学、重视系统知识传授、语言表达流畅简洁等方面。有人则提出，从教学效果的质上看，教学活动有记忆水平、理解水平和探索水平三种不同的层次，据此可以对教师授课情况进行分类和评价。

 拓展阅读

有效教学理论

教育心理学家斯莱文(Slavin)通过对课堂教学质量的系统分析，提出了有效教学的QAIT模型，如图1-2所示。斯莱文认为，影响有效教学的四个因素——教学质量(Q)、诱因(I)、组成了一个锁链环，教学的适当水平(A)、时间(T)只有四个因素都是适当的，才能够保障有效教学的发生。因此，在教学改革中，需要正确处理好上述四个因素，在保证教学质量(Q)的基础上，对诱因(I)、教学的适当水平(A)、时间(T)等进行综合考虑，保证有效教学的发生。

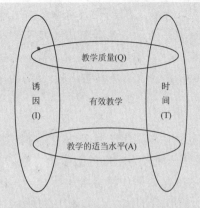

图 1-2　有效教学的 QAIT 模型

教学的诱因(I)、教学的适当水平(A)、时间(T)的改变也不是凭空产生的，需要系统地分析学习者的特征、教学的限制条件等客观因素，通过系统的分析，设计有效的诱因，提供合适的教学。

——摘自陈琦、刘儒德主编《教育心理学》，高等教育出版社，2005

教师教育专家伯利纳(D.C.Berliner)等通过研究阅读和数学教学，总结出了有效的教学行为和无效的教学行为。其中有效的教学行为有：教师建设性地对学生的情绪和态度做出公开的言语或非言语的反应；教师认真听学生在讲什么，谈什么；教师给学生某种指导或警告，并且说到做到；教师对所教的学科充满信心，并显示出对此学科的驾驭能力；教师检查学生的学习进度，并根据检查结果调整自己的教学工作；在教学过程中，教师表现出一种积极的、令人愉快的、乐观的态度和情绪；教师能够充分、有效地利用课堂上出现的迹象预测意外事件；教师鼓励学生认真做好课堂作业，并对学生课堂作业负责。无效的教学行为有：教师突然改变教学程序，如从教学转向课堂纪律管理；教师当众训斥学生；教师为了打发空余时间，让学生在课堂上做一些无用的作业；教师在课堂上不是为了达到明确的教学目标，而是要表现自己。

——摘自柳夕浪《课堂教学临床指导》，人民教育出版社，1998

斯坦福大学的教育心理学教授盖奇(N.L.Gage)等提出了四类课堂教学评价中需要重点关注的教师行为：①组织，指教师对课堂教学的组织，它与保持学生的注意、维护正常的教学秩序及信息传递的效果有关，其作用在于发出信号以引起学生注意，并提示某些教学内容的组织结构和线索。②提问，它与学生学习的进行和结果直接相关。它一方面唤起学生已有知识经验中与当前学习有关的内容，使新旧知识产生联系；另一方面有助于引起学生注意，激活学生思维，促使学生积极思考并调动已经掌握的知识技能。③探究，指教师的教学活动有一定的探索性和发现性。它有助于保持由组织、提问所引起的学习准备，同时也有助于学生对信息、材料进行智慧加工，并通过这一加工过程真正理解和掌握知识以及智慧活动的技能。④奖励，指在课堂教学中用言语或非言语的形式对学生的学习活动或学生所提出的观点和看法给以肯定性的鼓励。当学生在学习活动中受到奖励时，其智慧活动进行得比较持久，效率也比较高。

——摘自刘要悟《教学评价基本问题研究》，甘肃文化出版社，1997

由于研究者的侧重点不同，导致不同的评价标准各有其合理性。而在教学实践中，许多学校都从教学目标、教学过程、教学效果等基本维度来评价教师授课质量。因此，教师授课质量的评价，应从教学目标、教学过程、教学效果和效益度四方面来总体考虑，本着科学性、艺术性、教育性及效度(教学收益与教学消耗比)高的原则，进行综合、系统的评价。

2. 基本方法①

在教学实践中常用的评价方法有综合量表评价法、分析法、调查法等。

(1) 综合量表评价法。这是一种较为精细的数量化方法，在实践中应用广泛。它注重对教学活动的具体分解、对信息量化处理和将标准进行统一，因此具有标准具体化、结果准确率高、评价人员主观因素干扰较少的优点，如表1-2所示。

表1-2　教师课堂教学评价标准(试行)

年级：_____　学科：_____执行教师：_____　课题：_____　___年___月___日

教学	评价项目	评价内容与分值	评价等级				评　分
			A	B	C	D	
教师教的方面	教学目标的确立(10分)	1. 教学目标体现新课程超标准理念，教材要求符合学生实际，有利于学生综合素质发展(5分)					
		2. 有三维目标，可操作，能落实(3分)					
		3. 教学目标对不同层次学生有不同达标要求(2分)					
	教学内容的处理(6分)	1. 知识正确，容量适当，学生能接受(2分)					
		2. 把握教材内在联系和重点，突破难点，解决疑点(2分)					
		3. 以教材为例，训练学生的能力，指导学法(1分)					
		4. 各种学习材料的提供合理、充分、得当(1分)					
	教学过程的安排(8分)	1. 教学活动环节结构合理，体现教学思路与学生思维，有利于学生认知结构的建立(4分)					
		2. 充分体现教师主导作用、学生主体作用(2分)					
		3. 教学节奏密度适当，时间分配合理(2分)					
	教学手段的选择(11分)	1. 教法注意提示认知规律和学法指导(4分)					
		2. 问题设计严谨，情感知识有机交融(3分)					
		3. 板书设计新颖、整洁规范，情景创设恰当有效(2分)					
		4. 教学挂图教具和教学媒体的选用合理高效(1分)					
		5. 教学体现对学生能力的培养、情感的激发(1分)					
教学过程	教学调控和效果的检测(8分)	1. 教学信息反馈及时，纠正有效，讲普通话，完成教学任务(2分)					
		2. 精心设计教学程序，练习有层次性、针对性和开放性，教与学协调统一(2分)					

① 陈晓慧. 教学设计[M]. 第2版. 北京：电子工业出版社，2009.

续表

教学	评价项目	评价内容与分值	评价等级				评分
			A	B	C	D	
教学过程	教学调控和效果的检测(8分)	3. 有良好课堂气氛，教得轻松，学得愉快(2分)					
		4. 学生学习有一定消化思考余地，课业负担合理，轻负高效(2)					
	教师素质的展示(7分)	1. 教态大方自然，语言准确简练；演示操作规范，指导得法；板书科学、工整、美观(3分)					
		2. 运用直观教具、现代教学媒体等，使用正确熟练，合理优化(2分)					
		3. 善于组织教学，能随机调整(2分)					
学生学的方面	学生参与学习过程(15分)	1. 对本课兴趣浓，有动力、乐学、专注力集中、积极参与，紧跟教学活动全过程(全班基本达到)(15分)					
		2. 有个别或少数学生不专注(12分)					
		3. 20%左右不专注(9分)					
		4. 1/3以上学生不专注(5分)					
	掌握知识，发展智力(15分)	1. 形成性练习反馈的效果好，正确率高(90%左右学生当堂掌握)(8分)					
		2. 80%学生课中学会并掌握动手操作技能(5分)					
		3. 1/3的学生能进行自我评价、诊断，相互纠错和帮助(2分)					
	主动探索，学会学习(12分)	1. 2/3以上学生学会或运用某种学习方法用于本课学习过程(或工具)(5分)					
		2. 1/3以上学生积极思考，能发现问题，质疑发问，自觉钻研(5分)					
		3. 能联系实际举一反三展开创造(2分)					
	情感认同，优化学习(8分)	1. 对学习内容的思想教育因素认同(2分)					
		2. 情感共鸣表露自然明显(2分)					
		3. 审美或评价活动热烈(2分)					
		4. 注重计划、预习、上课、复习、作业(2分)					
小　计							

说明：① 课堂教学评价按评价指标内容分为 A、B、C、D 甲级评分法(权重系数 A 为 1、B 为 0.8、C 为 0.6、D 为 0.4)，先从分数(课堂教学质量)上反映一堂课的水平，然后再进行综合评价(课堂教学质量)，进行课堂教学分析；② 一般认为，85 分以上的为 A 级，75～84 分的为 B 级，60～74 分的为 C 级，59 分以下的为 D 级。

该标准涵盖了课堂教学评价的所有指标，教师教的维度包括教学目标的确立、教学内容的处理、教学过程的安排、教学手段的选择、教学调控和效果的检测、教师素质的展示；

学生学的维度包括学生参与学习过程，掌握知识、发展智力，主动探索、学会学习，情感认同、优化学习；每个指标下又细分为各子指标，并分别进行量化打分。

(2) 分析法。这是一种通过对教学工作进行定性分析从而评定教师授课质量优劣的方法。它一般没有专门的评价指标和标准，主要取决于测评人员的学识和经验，评价结果以定性描述为主，分为他评和自评两种方式。分析法简便易行，具有突出主题或主要特征的优点。局限性是受主观因素影响大，规范性差。因而，分析法多适用于以改进教学工作为直接目的的日常教师授课质量评价，不宜用于规范的管理性的教师授课质量评价。

(3) 调查法。在教师授课质量评价中，经常采用的调查法主要有问卷与座谈两种方式。调查法适用于专门了解特定教师在一段时间内的教学情况变化的场合，多在鉴定此教师的综合教学水平的管理性评价中运用。

(二)学生学业成就评价

学生是教学活动中的关键，因此可以说学生学业成就评价是教学评价中最核心、最基本的环节。为全面准确评价学生的学业成就，需确立明确的评价标准，灵活运用各种方法。

1. 评价标准

在确立学生学业标准时，需要认真研究和辩证处理评价标准与评价目的的关系、评价标准的广度与深度、评价标准的明确性三个问题。在进行评价时，应使评价标准符合评价目的的要求，依据评价目的具体确定评价的标准。而评价标准的广度指的是其涉及的范围或领域；深度指的是其水平层次。其中广度应与评价对象的变化范围相吻合，深度应与评价对象的年龄水平或预期的目标水平相一致。而为了提高学生学业成就评价的科学性，需努力将评价标准表述得具体、明确。教育目标分类学对提高评价标准的具体性、明确性有重要作用。

 拓展阅读

学习目标分类学

20 世纪 50 年代美国著名心理学家布鲁姆提出了教学目标的分类理论，不仅将教育目标按照预期学生学习之后所发生变化的行为分为三个领域——认知领域、动作技能领域和情感领域，而且就三个领域的教学行为又逐层分析，形成了不同的学习水平，使教学结果更易清楚鉴别和准确测量。认知领域的目标是指知识的结果，包括知识、领会、运用、分析、综合和评价；动作技能领域涉及骨骼和肌肉的运用、发展和协调，包括知觉、定向有指导的反应、机械动作、复杂的外显反应、适应、创新等，在实验课、体育课、职业培训、军事训练等科目中，这是主要的教学目标；情感是人们对外界刺激的心理反应，可以是肯定或否定的，亦可是喜欢或厌恶的，克拉斯伍等人将情感领域的目标分为五个等级：接受、反应、价值化、组织、价值与价值体系的性格化。

——摘自陈晓慧《教学设计》(第 2 版), 电子工业出版社, 2009

一般来说，学生学业成就评价往往与社会、学校、教师对学生学业的要求相对应，受其制约。在过去较长的一段时间里，我国基础教育领域长期存在对学生学业成就评价的"应试教育"的倾向，为片面追求升学率而进行教育。这种倾向违背了《教育法》和《义务教育法》的原则，影响了国家教育方针的全面贯彻实施，对青少年的全面发展产生了不利影响。心理学家加德纳的多元智能理论告诉我们：每个儿童的智力特长是不一样的，因而不能依据固定统一的标准来测试、要求不同的学生。依据多元智能理论，需要创新教育承认学生的个性差异和潜能差异，反对用单一的学业考试成绩来评价学生的学习，因为它不适应学生个性差异和潜能差异的需要，不利于培养学生的创新意识和创新能力。变革学生学业成就评价的理念受到人们的关注。

 拓展阅读

学生学业成就评价理论研究——多元智能理论

多元智能理论(The Theory of Multiple Intelligences)是由美国哈佛大学教授霍华德·加德纳(H.Gardner)于1983年提出的。他认为，人的智力结构至少由七种智力要素组成，即语言智力、数理逻辑智力、空间智力、身体运动智力、音乐智力、人际交往智力和自我认识的智力。多元智能本身具有多元性、文化性、差异性、实践性、开发性等特征。

多元智能理论给教育教学评价带来了新的思维方式：从评价观来说，它认为个体具有不同的智力及其组合，如果给予适当的教育，每个人都能发挥自己的优势智力，同时带动其他智力的同步发展，因而不存在智力水平高低的问题，只存在智力类型和学习类型差异的问题，所以，对学生的评价应由关注"学生的智商有多高"转为关注"学生的智力类型是什么"；就评价的目的而言，多元智能理论关注的是学生的智力特点及其发展状况，而传统评价则以预定教育目标为中心来设计、组织和实施评价，目的在于对学生进行选拔和鉴别；就评价的特征而言，评价是多元化的，这不仅体现为评价内容的多元化，还体现为评价主体、评价方式等的多元化。

与人们对教育的需求以及教育研究相比，教育评价相对滞后，已经成为制约全面实施素质教育的瓶颈。随着新一轮课程的改革的实施，过程性、表现性、发展性等评价理念越来越受到人们的重视。

 拓展阅读

新课程评价的特点

新课程评价具有如下几个特点。

(1) 评价的目的在于促进发展，淡化原有的甄别和选拔功能，关注学生、教师、学校和课程发展中的需要，突出评价的激励与控制功能，激发学生、教师、学校和课程的内在发展动力，促进其不断进步，实现自身价值。

(2) 与课程功能的转变相适应，体现基础教育课程改革的精神，保障基础教育课程改革的顺利实施。

(3) 体现最新的教育观念和课程评价发展的趋势，关注人的发展，强调评价的民主化、人性化的发展，重视被评价者的主体性及评价对个体发展的建构作用。

(4) 评价内容综合化，重视知识以外的综合素质的发展，尤其是创新、探究、合作与实践等能力的发展，以适应人才发展多样化的要求；评价标准分层化，关注被评价者之间的差异性和发展的不同需求，促进其在原有水平上的提高和发展的独特性。

(5) 评价方式多样化，将量化评价与质性评价方法相结合，以适应综合评价的需要；丰富评价与考试的方法，如成长记录袋、学习日记、情景测验、行为观察和开放性考试等；追求科学性、实效性和可操作性。

(6) 评价主体多元化，从单向转为多向；增强评价主体间的互动，强调被评价者成为评价主体中的一员，建立学生、教师、家长、管理者、社区和专家等共同参与、交互作用的评价制度；以多渠道的反馈信息促进被评价者的发展。

(7) 关注发展过程，将形成性评价与总结性评价有机结合起来，使学生、教师、学校和课程的发展过程成为评价的组成部分；而总结性评价的结果随着改进计划的确定亦成为下一次评价的起点，进入被评价者发展的进程之中。新课程评价刚刚起步，各方面条件还不完全具备，一定会遇到这样或那样的困难。我们应抱定教育改革的宗旨，以发展为目标，迎难而上，争取工作的主动性、超前性。如果想等待所有条件成熟了再行动，就会陷入被动、落后的局面。因此我们一方面要借鉴和学习他人的经验；另一方面要反思已往自己的工作，总结经验与教训，结合本地、本校的情况，以发展为目的，大胆尝试，勇创佳绩。

——摘自何克抗《教育技术培训教程(教学人员·初级)》，高等教育出版社，2005

2. 基本方法

在评价学生学业成就时，应了解各种方法的特点，合理组合有关方法，以全面评价学生的学业成就。

1) 学科成就测验

学科成就测验俗称考试，是最常用的评价方法。考试又分为教师自编测验与标准化考试两种类型。教师自编测验由教师组织、设计和实施，针对学生实际，比较灵活，但测验的质量常受教师自身水平的制约。标准化考试一般由专门的机构或组织设计、组织和实施，一般质量较高，科学性较强，控制较严，但费用也较大，主要适用于大规模的教学评价。考试可以测查学生知识、技能的掌握水平及其他方面的发展状况，适用面大，相对来说结果也比较公正，在现实中的应用也较为广泛。但任何考试都不能完全真实地反映学生学业成就的整体面貌，因此应用辩证的眼光来看待学科成就测验这种形式。

2) 日常考查

日常考查是一种经常性的检查和了解学生学习情况的方法。这种形式可将学生多方面的学习动态信息及时提供给教师。日常考查的具体形式主要有口头提问、批改作业、小测验等。

3) 专门调查与心理测量

为全面评价学生的学习态度、方法、习惯和有关能力，需要开展专门调查和心理测量。调查法一般使用问卷或座谈的形式进行。问卷的设计应简单、明了，尽可能不带倾向性暗示，以免造成结论失真。座谈是一种召集学生就有关问题进行专门交谈或与个别学生进行单独交谈而获取所需信息的方法。座谈要精心准备，预先计划好交谈的问题，谈话过程中应把握住话题并记录要点。

在学生学业成就评价中，运用专门的心理量表进行评价也是一种重要的方式。一般来说，专门的心理量表具有稳定的常模(评价标准)、固定的施测程序和系统的资料分析方法，其科学性较强。

三、教学评价的基本原则

实施教学评价，要受到多种因素的影响，正确处理各种因素的关系，是客观、顺利地进行评价的关键。教学评价原则，是指导教学评价活动的基本原理，是正确处理各种因素关系的规范体系。具体来说，教学评价应贯彻以下几条原则。

(一)目的性原则

教学评价的目的性原则，要求教学评价活动必须在特定的评价目的的指导下去实施。评价的目的包括学习和教授的目的、调查和研究的目的、管理和经营的目的等。明确评价目的，才能从实现目的的需要出发，设定评价目标，选择评价方法，制定评价方案，处理评价结果。评价目的，是设计和实施教学评价的出发点和最终归宿。

(二)客观性原则

教学评价的客观性原则，要求评价以正确的资料为基础，对教学成果进行实事求是的价值判断，切忌主观随意性。所以在进行教学评价时，从测量的标准和方法到评价者所持的态度，特别是最终的评价结果，都应符合客观实际。贯彻这条原则，首先应做到评价标准客观，不带随意性；其次应做到评价方法客观，不带偶然性；最后应做到评价态度客观，不带主观性。这就要求我们以科学、可靠的评价技术为工具，取得真实有用的数据资料，以客观存在的教学事实为基础，实事求是、公正、客观、严肃地进行评定。

(三)整体性原则

教学评价的整体性原则，要求评价主体在观察和处理问题时，要把握教学的整体及其发展的全过程，从相关的全局去了解事物的全貌。这一原则，不仅是由教学活动自身具有的复杂性所决定的，而且还由教学活动以外的其他制约因素的复杂性所决定。只有全面地、全过程地看问题，才能对教学做出实事求是的评价。

(四)指导性原则

教学评价的指导性原则，要求在进行教学评价时，不能就事论事，而应该把评价和指导结合起来。不仅要使被评价者了解自己的优缺点，而且要为教学活动的进展指明方向，也就是说，要对评价的结果进行全面分析，客观确定教学活动中的各种因果关系，并通过积极的信息反馈，使被评价者明确今后的努力方向，促进教学过程的全面优化。

(五)科学性原则

教学评价的科学性原则，要求在进行教学评价时，不能光靠经验和直觉，而要依据科学的原理、方法和态度来判断、分析和评价教学活动中各种因素之间的关系和活动的结果，以在评价标准、评价程序和评价方法上做到科学化。

归纳总结日常教学中评价课堂教学质量和学生学业成绩的方法，反思在实施教学评价时存在的一些问题。同时，将反思的结果写在下面的横线上。

_____

_____

第三节　教学评价的演变与发展趋势

本节主要介绍教学评价的演变历程，介绍古代教学评价，阐述现代教学评价的发展历程，探讨教学评价的发展趋势。通过本节的学习，应了解教学评价的演变历程，正确认识新课程改革中教学评价发展的意义。

教学评价和整个教学系统一起经历了漫长的历史发展过程。总的来说，教学评价经历了古代教学评价和现代教学评价两个大的发展阶段。

一、古代教学评价

从广义上来说，教学评价和正规教育具有同样的历史。我国古代最早的教学论述专著《学记》中记载："比年入学，中年考校。一年视离经辨志；三年视敬业乐群；五年视博习亲师；七年视论学取友；谓之小成。九年知类通达，强立而不返，谓之大成。"表明当时的学校已建立了稳定的具有明确内容和标准的"考校"制度，即教学评价体制。这可能是最早的教学评价思想。

在中国古代，政府、私人开展教育、教学活动很少是纯粹为提高个人能力而开展的，更多的是为了满足社会分层需要，"学而优则仕"是其最真实的写照。因此，中国古代的教学评价思想和方法主要受政府、社会选拔人才的制约。

隋炀帝大业六年(公元606年)，置进士科，创立科举考试制度。自此以后，科举考试就成为我国封建社会教育教学评价的主要方式。中国开始实施科举考试，用以评价学生的学习活动，并作为社会分层的手段。科举考试在中国持续了近1300年，是世界上最早的一种教学评价形式，在世界上开创了文官考试的先河。

在西方，考试制度的建立要稍晚些，大学考试用口试是在1219年，中学笔试是在1599年，毕业考试采用论文式作业考试是在1787年，法国于1791年参照我国科举制度建立文官考试制度。

在教育发展历史上，考试作为一种鉴定和选拔人才的主要手段起着积极作用，其对检查记忆性知识、检验口头和书面表达能力也比较有效。但这种传统考试存在许多严重弊端，如考试内容大多与陈述性知识有关，偏于记忆，命题缺乏科学性，评分标准不统一，不够公正、客观、准确。

二、现代教学评价

19世纪末20世纪初，随着实验心理学个体差异研究的进步和教育统计学的发展，教育理论工作者们开始探讨如何将心理测验的方法应用于教学领域，实现学业成绩考核的客观化、标准化与数量化。现代教学评价就是在这个基础上逐步确立的，并在随后的岁月中不断得到完善和发展。美国学者枯巴和林肯研究指出，现代教育评价经历了四个不同的发展阶段，形成了四代不同的教育评价理论和方法。与此相联系，现代教学评价的发展也可以区分为相应的四个基本阶段。

(一)1900—1930年左右是现代教学评价的第一个发展阶段

这一时期是现代教学评价理论走上科学道路的初级阶段。

这一时期的特点是测量理论的形成和测验技术在教学中的广泛应用。美国学者莱斯1894年开始研究儿童学习拼音的成绩测量问题，并于1897年发表了测量量表；1905年心理学家桑代克发表《精神与社会测量导论》一书，提出"凡存在东西都有数量，凡是有数量东西都可测量"，1909年又发表"书法量表"。桑代克被称为"教育测验之父"，拉开了美国教育史上著名测验运动的序幕。

在这一时期，各学科学习量表先后问世，并很快为许多学校所采用，形成了教育测量热。例如，1911—1912年，纽约市曾对3万名儿童进行了多种学科的学绩测验。中国近现代教育家俞子夷1918年编制《毛笔书法测验》，开我国编制教育测量量表的先河。这一时期的教学评价，基本等同于教育测量。

在这一时期，教学评价的中心任务是"用科学的方法，求客观的标准，以矫正主观方法的弊端"，因此，利用测量理论科学地解决了教学信息的收集问题，克服了传统考试主观、笼统和偏于事实性知识与死记硬背的问题。

利用测量的方法进行教学评价也存在明显的不足。因为学生的态度、兴趣、创造力、鉴赏力等是十分复杂的，很难全部量化，所以企图用数字来表示受教育者的全部特征，难免流于形式化、机械化。

(二)1930—1940 年前后是现代教学评价的第二个发展阶段

这一时期是教学评价科学化的发展阶段。这一时期不再强调测量的重要价值，而强调教学目标在教学中的重要位置。

美国著名教育学家、课程理论专家、评价理论专家泰勒(Ralph Tyler)领导的评价委员会是这一时期教学评价领域最有代表性的工作。泰勒认为，评价必须建立在清晰地陈述目标的基础上，根据目标来评价教学效果，促进目标实现。枯巴等人认为，这一时期的特征是对测验结果作描述，评价的目标不再是学生本身，而是什么样的学习目标模式对学生学习最有效。例如，泰勒他们编制了许多测验去测量学生是否掌握了教师要求他们学习的那些东西，据此辨别、区分有效的目标模式。

(三)1940—1980 年是现代教学评价的第三个发展阶段

这一时期注重了真正的价值判断问题。目标参考测验在这一阶段发展起来。目标参考测验以教学目标为评价标准，关注的是教学是否达到了教学目标。它和教育目标分类学的出现联系在一起，重视教学目标的实现，注重以目标为参照系进行价值评判，是教学评价第三个发展时期的突出特色。

(四)1980 年以后是现代教学评价的第四个发展阶段

这一时期注重教学评价的人文主义精神。"第四代教学评价"，强调了评价者和评价对象之间的不断交互作用、共同建构、全面参与的思想。以人为本的评价重视在尊重个体需要与人格的基础上，通过评价来促进个体在精神与情感上的健康发展，激发个体的学习与工作热情。

1996 年，菲特曼(David M.Fetterman)提出了赋权评价①(Empowerment Evaluation)，这种评价是通过自我评价与反思来促进教学的一种评价方式。这一评价的构想基于人们对影响自己生活的问题作决定时，能够积极而又实质性地做出回应。赋权评价旨在为所有与决策相关的人提供机会来改变决策。自决权是其强有力的价值所在。它要求人们总是在不断练习掌控自己生命的过程中长大成人，同时也不断倾向于对自己参与的决策做出承诺。赋权评价可分为如下几个阶段：①设计新任务；②做出估计；③确立目标/发展策略；④记录成就/计划未来。鉴于篇幅限制，本书不再作详细的介绍。

另一种人本主义评价方式是对手式评价(Adversary Evaluation)，这种评价方式是受法庭审理程序的启发而提出的。它的前提是要确定有关评价问题的双方。在教学活动的评价中，一方尽可能对某一教学活动或课程持否定的态度，而另一方则尽可能持肯定的态度，双方均尽可能多地收集信息来支持自身的所持观点，然后持不同观点的双方为自己的观点进行辩论。对手式评价可分为以下步骤：①提出问题；②选择问题；③准备辩论；④认真聆听。通过这种方式，可激发评价者之间、评价者与被评价者之间的评价热情，使得评价结果在

---

① [美]David G.Armstrong. 当代课程论[M]. 陈晓瑞，译. 北京：中国轻工业出版社，2007.

辨证对立中更加客观。

以人为中心的教育评价具有如下几个特点：①强调将完整的人作为评价的对象，通过评价促进受教育者充分发展；②主张从学生的发展的内在需要和实际状况出发，评价发展进程；③坚持人道主义精神，在相互信任和尊重的良好的人际氛围中组织评价活动，充分体现对人格的尊重、对能力的信任、对发展的关心；④注重自我评价，坚持评价的民主性，强调在评价过程中养成自我分析、自我评价、自我调节的习惯和能力；⑤考虑到所有参与人的需要，认为评价是协调过程，评价结果是评价双方一种不可分离的同构过程。

三、教学评价的发展趋势

考察教学评价的历史发展和现实状况，有助于我们观察教学评价的未来走势。从当前教学评价改革所显示的信息看，今后一段时间内教学评价发展可能会呈现出以下若干重要的趋势和特征。

(一)评价模式的多样综合

随着社会的进步，教育、教学研究的深入，以及信息技术工具的普遍使用，现代教学评价出现了多样的教学评价方法和技术。就目前来看，不存在普遍适用的评价方法和技术，各类教学评价方法、技术都有一定的优势和不足。为了保证教学评价的准确性和全面性，必须把各种不同的评价技术进行必要的综合、组合、改造和创新。

事实上，当前的教学评价改革已注意到了评价模式的多样综合问题，比如，强调定性和定量结合、模糊与精确结合、日常观察和系统测验结合、他评与自评结合等。这种评价模式多样综合的特点在今后将更加明显。

(二)注重教学评价的教育性功能

在教学评价中，人们最初重视的是管理性功能。历史发展表明，过于关注管理性功能而忽视教育性功能的教学评价，往往给学生的身心发展带来消极影响。这样，在现代教学评价发展的过程中，教育性功能就逐渐受到了重视。它强调的是，教学评价作为教学活动的一个重要环节，应自觉地服务于教学宗旨，成为实现教学目的的促进性力量，促进学生身心全面发展。当前，教育性功能已逐渐突显出来，形成性评价和实质性评价的出现和发展是有力的论据。今后，这一方面的功能将得到进一步的加强。

(三)重视学生评价能力的发展

在现代社会，人们面临着日益复杂的社会环境，只有具有良好的评价能力，才能合理地选择和行动。帮助学生发展评价能力，是现代社会对学校提出的重要要求。学生的评价能力需要通过评价活动才能发展。在整个学校教育活动体系中，教学评价是最基本的评价活动，是发展学生评价能力的基础性活动。通过教学评价，可使学生掌握有关评价的原理、标准和方法，给予学生评价自我和他人的机会，从而提高其评价能力。

(四)重视信息化评价工具的使用

随着教育思想的发展、教育评价理论研究的深入，人们对教学评价不再局限于宏观的评价，越发注重微观的变化，因此评价内容越来越细，评价手段越来越先进。信息技术是当前社会发展的重要动力，基于信息技术的评价方法和评价工具越来越多，越来越有效，越来越受到人们的重视，正逐渐成为教学评价的重要工具和手段。

查阅与教学评价发展相关的资料，仔细研习新课程改革中对教学评价的新要求，体会新课程改革中教学评价发展的内在依据，反思新课程改革以来在实施教学评价时存在的一些问题。同时将反思的结果写在下面的横线上。

_____

_____

_____

第二章

信息技术对教学评价的影响

本章要点

- 理解信息技术对教学评价目的的影响。
- 理解教学评价工具的概念。
- 理解信息技术对教学评价工具的影响。
- 了解信息化环境下的新型评价工具。
- 理解信息技术对教学评价过程中数据的收集、处理、分析的影响。
- 能够依据具体的教学需求，使用信息化手段应对教学评价过程。

本章知识结构图

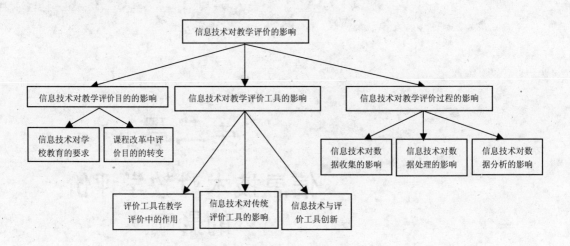

第一节 信息技术对教学评价目的的影响

本节导读

　　本节主要介绍信息技术的发展对学校教育带来的新要求，阐述学校教育目的的转变引发的课程改革中评价的转变，分析传统教学评价与新课改中教学评价的差别。通过本节的学习，应了解信息技术对学校教育的要求，掌握课程改革中评价的转变方向，并认识到信息技术对教学评价目的的影响。

案例研习①

　　夏老师任职实验学校的校长已经有五年了，对于新课程改革中的教学评价，他有着自己独特的见解。

　　"教育绝不是简单的知识传输和能力培养。教育是不断地对一个'自然人'施加影响，使他逐渐成为一个'和谐的社会人'。心灵的舒展、人格的健全和品质的优良是教育关注的第一位要素。真正的评价，不是表露在外的东西，而是在教师和学生交流时那份眼神，那种语言和动作。所以，我主张重视主观评价，而淡化客观评价。教育就是要给孩子以环

---

① 案例改编于夏青峰老师"教育在线"上"新课程标准下如何评价学生和老师"话题中的一次回帖
　[EB/OL]. http://bbs.eduol.cn/post_28_11351_1.html。

境、机会和动力。给孩子以动力，就要求我们老师带着发现的目光、感动的心情去走近学生。"

正是在这种评价理念的指引下，夏校长所在的实验学校建立了明星激励机制，有明星教师、明星家长、明星年级、明星班级，更有明星学生，"劳动明星"、"篮球明星"、"学习明星"、"科技明星"、"舞蹈明星"等，哪个方面有了闪光点，哪个方面就可以有个明星称号。校园里真是群星璀璨，人人成功。学校的目标是让每个孩子每个学期至少得到一张奖状、三张优点卡(题目就是"老师的赞美")。一张张"优点卡"带着老师们的衷心祝福和殷切希望飞向孩子们手中。"你真棒！""你进步了，老师真为你高兴！""你的表现真出色！"……这些话语犹如一股股清泉流进孩子们幼小的心田。学校还在每个教室前设置了一块"表扬栏"，要求老师不断地寻找学生身上的闪光点，用一两句话写在"表扬栏"内，并且天天更换。这样一来，孩子们的热情可高啦！学生们一下课纷纷围在"表扬栏"前，争着看谁的名字被写上去了。表扬栏内显身手，优点卡上见真情，学校倡导的理念是：校长和老师，要从一个评判者变为鼓励者，从冰冷的打分者变为热情的加油呐喊者，要让学期的总结考评大会变为学期的颁奖大会。

案例分析

这是一个充满生机、富有活力的校园，是一个让每个人都获得自尊和自信的场所，在这里每个人都有获得成功和欢乐的体验。夏校长本着发展学生、发展教师、发展学校教育的理念去相信每一位教师、相信每一位学生，相信人人都能成才，相信人人都有他的闪光点和特长。这种评价理念不再从一个角度、用一个标准去评价一个人，而是全方位、多角度地去评价每个发展中的个体，让评价更富有个性和激励性。"考考考，老师的法宝"、"分分分，学生的命根"将不再适合这个信息化的教学环境，评价的目的不再是为了甄别与选拔，而是达到教育价值的增值，提高教学质量，满足个体与社会的需求。

一、信息技术对学校教育的要求

20 世纪 80 年代以来，以计算机技术和网络技术为核心的信息技术的发展，对人类生活产生了广泛而深刻的影响。现代信息技术在生活中的普遍运用，极大地改变了人类的生活方式，获取、处理和运用信息的能力成为人类生存的基本技能。尤其是随着网络技术的发展和网络的日益普及，人类获取知识的方式发生了重大变化，对传统的以知识传授为主的教育教学模式形成了巨大的冲击。如何应对信息社会的挑战，使学校教育跟上时代的步伐，成为学校教育亟待解决的重大问题。[①]

信息技术的迅猛发展对教育产生了深刻的影响，这引起了我国政府的高度重视。2000年 10 月，教育部主持召开的"全国中小学信息技术教育工作会议"做出了"以信息化带动教育的现代化，努力实现基础教育跨越式发展"的战略决策，并将中小学校园网建设和信息技术与学科课程的整合作为推进教育信息化的主要措施。2001 年，教育部颁布的《基础

---

① 沈玉顺. 课堂评价[M]. 北京：北京师范大学出版社，2006.

教育课程改革纲要(试行)》中要求"在课程的实施过程中,加强信息技术教育,培养学生利用信息技术的意识和能力","大力推进信息技术在教学过程中的普遍应用,促进信息技术与学科课程的整合,逐步实现教学内容的呈现方式、学生的学习方式、教师的教学方式和师生互动方式的变革,充分发挥信息技术的优势,为学生的学习和发展提供丰富多彩的教育环境和有力的学习工具"。

国家出台的一系列政策,引发了我国基础教育中信息技术与学科课程整合的热潮。受此影响,各中小学校在运用信息技术改进传统教学模式、优化学生学习环境、改善学生学习方式等方面进行了积极的探索,加快了我国教育信息化的发展进程。随着与教育结合的日益密切,信息技术在给学校教育注入新的生机与活力的同时,也对学校教育提出了新的要求。

(一)信息技术要求更新教育观念[①]

思想决定行动。信息化社会要求教师以及学校管理人员要以一种积极的态度去认识信息技术、接受信息技术、探索信息技术的优势、应用信息技术。每个教师在提高专业素质的同时,还要认真学习先进的教育思想、教育理念,尤其要真正理解素质教育的思想,理解信息技术与课程深层次整合的思想,构建信息技术环境下的新型课堂,使信息技术更好地服务于教育教学。

(二)信息技术要求优化教学内容

教育信息网及资料库的建立,特别是计算机越来越强的智能性,使以传授知识和记忆知识为主要内容的教学受到了极大的挑战,传统教学中许多要教师记在脑子里的东西,现在可以储存在电脑中。因而,面对高速发展的信息技术,教师不仅要考虑如何及时将它们整合到教学过程中,提高教学效率;同时还要考虑如何根据信息技术提供的条件来调整教学内容。基于信息技术的教学内容的选择,应统筹考虑人和技术两个方面,即哪些内容是信息技术可以代替人去做的,人类只需掌握这些技术即可;哪些是教师必须掌握的知识和能力,需要应用信息技术的支持与帮助。如阅读是传统语文教学中的一项基本内容,信息技术提供了全新的阅读方式,它提供的电子多媒体读物使阅读与感受、体验结合在一起,大大提高了阅读的趣味性;计算机及网络技术具有非线性特点,可以高效地组织和管理信息,提供了检索式阅读方式。因而阅读教学应从单纯的内容记忆或文本阅读技能的教授转移到同时注重培养学生检索和筛选信息的能力上来。

(三)信息技术要求转变教育方式

随着信息环境的开放特别是互联网的发展,多元文化、多元价值观等思潮冲击着人们的思想,对价值观尚未形成的青少年来说,影响更大。信息技术是一把双刃剑,它可以是不良信息的始作俑者,也可以成为学生精神食粮的供给者。因此,一方面要开发利用信息

---

① 韩慧玲.现代信息技术对学校教育教学的影响[EB/OL]. http://www.lw263.net/Html/zhlw/jxlw/730220090506210232. html.

技术的功能，清除网络污染，加强正面信息的力度和可接受性；另一方面在学校德育内容上要紧密结合信息环境的实际，改变疏离学生的枯燥内容的灌输，增加鲜活的有利于培养学生辨别和选择能力的素材，特别是注意学生的自律能力和整体素质的提升。

(四)信息技术要求改善师生关系

教学民主、师生平等是学校教育一贯的追求，但从实施上看，传统教学中教师仍占据着优势地位。教师是知识的拥有者、权威者，教师把自己拥有的知识传授给学生，自然就站在了居高临下的位置，学生只能被动地接受知识，没有资格也没有能力与教师站在平等的位置上。信息技术环境尤其是网络环境下的教学将改变这种状况。学生获取知识的渠道将不再唯一，教师不再是知识的权威，从知识占有量上来看，教师与学生的差距正在缩小，在一些最新信息的获取方面教师可能还不如学生。在这种情况下，如果教师放下尊严，师生教学关系将得到极大改善，不仅仅是我们今天所追求的主导与主体关系，可能更增加了合作伙伴的成分，要从真正意义上实现师生平等。

(五)信息技术要求改进学习方式

教学信息资源的数字化和多媒体化，使得传统的"讲授式"、"一言堂"的教学模式不再合乎学生的胃口，要求学校教育进行学习方式的改革。教学中最基本的教材、教参、黑板、粉笔等载体和手段，可以被计算机及网络所提供的集成化的教学环境所取代。教师可以利用多媒体充分表达教学意图；学生可以通过下载学习软件、在网上查寻资料，或通过电子邮件 BBS 等与教师、同学交互联系的方式来完成学业。在信息技术环境下，新课程标准倡导自主学习、合作学习和探究学习三种学习方式。

拓展阅读

信息技术环境下的自主、合作与探究

1. 信息技术与自主学习

自主学习的核心是发挥学生学习的主动性、积极性，充分体现学生的认知主体作用，变"要我学"为"我要学"。网络环境下的数字资源可以充分覆盖学生的个体差异，实现对个性化的较全面的关照，学生能从资源中选择适合自己的教学服务，使因材施教或个性化教学更好地体现出来。

2. 信息技术与合作学习

合作学习是以小组为基本组织形式，教师与学生之间、学生与学生之间，通过彼此激励、互相帮助的积极依赖，共同完成学习任务。在计算机网络环境下，教师、课堂、教材等都可以成为变量，学生可以根据自己的需要选择求教对象，在适合自己的时间、地点以自己喜欢的主流的方式进行学习，多渠道获取学习资料等，在整个教学过程中，学习者可以获得较充分的自由和便利，更大限度地体现学习者的意愿。教师的作用将更主要体现在学生自行建构知识过程中的引导与协助，也可以是学习伙伴。

3. 信息技术与探究学习

探究学习是从学科领域或现实社会生活中选择和确定研究主题，在教学中创设一种类似于学术(科学)研究的情境，学生在教师指导下通过独立发现问题，实验、操作、调查，搜集与处理信息，表达与交流等探索活动，获得知识、技能、情感与态度发展的学习方式和学习过程。利用计算机及网络可以为此创设更充分的条件：网上充足的信息可以使思路更开阔，多媒体强大的模拟功能可以提供实践或实验的丰富情境和操作平台，网络便捷的交互性可以使交流更及时、开放等。

——摘自何克抗《教育技术培训教程(教学人员·初级)》，高等教育出版社

二、课程改革中评价目的的转变

信息技术的发展，使得学校教育转向注重培养学生积极的学习态度、创新意识和实践能力以及健康的身心品质等多方面的综合发展，为学生的终身发展奠定基础。于是，配合学校教育目的的转变，评价的目的也发生着根本性转变，不再只是检查学生知识、技能的掌握情况，而更为关注学生掌握知识、技能的过程与方法，以及与之相伴随的情感态度与价值观的形成，评价不再是为了甄别和选拔，而是为了发挥评价的激励作用，关注学生成长与进步的状况，并通过分析指导，提出改进计划来促进学生的发展。

基础教育课程改革的具体目标之一就是要"改变课程评价过分强调甄别与选拔的功能，发挥评价促进学生发展、教师提高和改进教学实践的功能"[①]。

课程改革在课程评价方面的具体要求如下。

首先，建立促进学生全面发展的评价体系。评价不仅要关注学生的学业成绩，而且要发现和发展学生多方面的潜能，了解学生发展中的需求，帮助学生认识自我，建立自信，发挥评价的教育功能，促进学生在原有水平上的发展。

其次，建立促进教师不断提高的评价体系。强调教师对自己教学行为的分析与反思，建立以教师自评为主，校长、教师、学生、家长共同参与的评价制度，使教师从多种渠道获得信息，不断提高教学水平。

(一)评价目的比较

由表2-1的分析可知，传统的评价目的就是甄别与选拔智力等级较高的学生，"择天下英才而教之"。随着信息技术的发展，人们受教育的机会增多，新课程改革中的评价已经由"鉴别性"转向"发展性"。课改中的评价目的不在于诊断智力水平的高下，选拔那些"智优"的学生，而在于发现和识别每个学生的智力特点，因材施教，以长补短，长善救失，帮助他们实现富有个性特色的全面发展。

---

① 基础教育课程改革纲要(试行)[EB/OL]. http://www.moe.edu.cn/edoas/website18/level3.jsp?tablename=1162 &infoid=732.

表 2-1　传统评价与新课程评价的目的比较

评价目的的对象	传统评价	新课程评价
对学生	强调甄别与选拔 选择适合教育的学生	强调激励 发现和识别每个学生的智力特点，帮助他们实现富有个性特色的全面发展
	评价学习结果	评价学生的表现和学习过程
	通过正规的评价获得判断性的结论	通过不正规的评价产生建设性的意见
对教师	强调奖惩、排序	促进教师未来发展及学校发展
	评价教学成果	对自己的教学行为进行分析与反思
	调动教学积极性	提高教学水平与教学质量

新课程评价的根本目的在于为发展服务，支持发展，促进发展。这里的发展，不仅包括学生，也包括为学生发展提供大量指导的教师。对教师的评价不再是以奖惩、排序为目的，面向过去，只注重结果的一种总结性评价，而是以促进教师的未来发展为目的，面向未来，既注重结果又注重过程的一种形成性评价。它不仅注重教师个人的工作表现，而且更注重教师的未来发展和学校发展。在实施发展性教师评价的过程中，根据教师个人的工作表现，确定教师的个人发展需求，制定教师的个人发展目标，为教师提供在职培训或自我发展的机会，提高教师履行工作职责的能力，从而促进教师的未来发展，最终促进学校的未来发展。

 拓展阅读

发展性教师评价的特点

发展性教师评价是一种形成性评价，它不以奖惩为目的，而是在没有奖惩的条件下促进教师的专业发展，从而实现学校的发展目标。

王斌华教授认为，发展性教师评价的主要特征如下。

(1) 学校领导注重教师的未来发展。

(2) 强调教师评价的真实性和准确性。

(3) 注重教师的个人价值、伦理价值和专业价值。

(4) 实施同事之间的教师评价。

(5) 由评价者和教师配对，促进教师的未来发展。

(6) 发挥全体教师的积极性。

(7) 提高全体教师的参与意识和积极性。

(8) 扩大交流渠道。

(9) 制订评价者和教师认可的评价计划，由评价双方共同承担实现发展目标的职责。

(10) 注重长期的目标。

——摘自刘尧《发展性教师评价的理论与模式》，中国教育和科研计算机网

此外，新课改评价的目的侧重于促进教师教学质量和教学效益的不断提高，让师生认识到自己的优点和不足，发扬优点，克服缺点；评价的目的更侧重指导教学的正确方向，用教学评价制约教学方向，为教学树立符合素质教育要求的指标和标准，通过对教学事实的描述，进行全方位的教学价值判断。

(二)信息技术在促进学生全面发展中的作用

信息技术在教育中的应用，改变了传统教学的评价目的，并且也为实现新课改中的评价目的提供技术支持。信息技术可以为学生提供丰富的多媒体资源，帮助学生发展多方面的潜能；可以非常方便地记录学生学习过程的信息，为学生的形成性评价提供条件。数字化的学习者记录可以包含音频、视频、图片、文字等多媒体的信息与资源，可以全面地反映学生的学习过程与学习态度，方便教师、家长了解学生的学习情况，使学生对自己的成长经历有一个更加清晰的认识和对比，也为学生之间的学习与借鉴提供了方便。

(三)信息技术在促进教师全面发展中的作用

网络环境为教师的自我反思与自我发展提供了便利条件。网络为教师之间的经验交流与教学方法研究提供了交流的平台，并具有反馈及时、更新较快的特点，方便教师进行自我反思与提高，也方便学校管理人员、家长、学生对教师进行多方面的评价。网络环境下的教师培训为教师的发展与成长提供了更灵活的空间与时间。教师可以充分利用自己平时的点滴时间为自己充电，也可以将听课、评课的过程放到网上来进行，使教师从深层次上认同这种评价方式，并从这种评价中汲取营养，实现自身的全面发展。

利用互联网查找有关信息技术对教学评价影响的相关资料，仔细阅读资料，深刻理解信息技术在教学改革中的作用以及对教学评价的影响。同时结合你所在的学校，谈一谈信息技术的发展对教学评价目的有哪些影响。最后将分析结果及心得写在下面的横线上。

_____

_____

_____

第二节　信息技术对教学评价工具的影响

本节主要介绍有关教学评价工具的知识，阐述评价工具在教学评价中的作用，分析信息技术对传统评价工具的影响，探讨信息技术的发展如何导致新的评价工具的产生。通过本节的学习，应了解评价工具在教学评价中的作用，掌握信息技术对传统评价工具的影响，

了解信息技术支撑下的新型评价工具。

案例研习

　　张老师是某小学的音乐老师，她是个思维活跃而又认真负责的人，学生们都非常喜欢她。张老师为她的每个学生都准备了一个大信封，装载了学生一个学期的测试成绩，有乐感方面的、有歌唱方面的、有乐理常识方面的等。她认为这样做能够让每个学生都知道自己的发展过程。每到期末，学生们都会把装有测试成绩单的大信封带到家里，可是家长们看到的只是一串串的数字，并不能真正分享孩子的成长历程。

　　新课改倡导了新的评价方式，也为张老师提出了解决问题的新办法。张老师尝试着用新工具来帮助学生和家长理解课堂学习。在歌唱教学中，她使用录音软件为每一位学生的不同阶段分别录音。例如："今天是 2010 年 9 月 20 日，是我第二次练习'咯咯哒'这首歌曲……"，然后是每一阶段的歌唱录音。这样，每一位同学都能够听到自己在不同阶段的歌唱效果。当期末的时候，张老师把这些音频文件播放给同学们和他们的家长听时，大家都感到非常惊奇，没想到在学习歌唱之前和学习之后的差别这么大，学生在不知不觉中就有了进步。的确，无论是谁，听到这一组录音，谁能不被孩子的成长所感动呢？

案例分析

　　张老师使用的是电子档案袋的教学评价方法，是使用了新课程的评价理念与信息技术的结合所产生的新型评价工具的结果。新的评价方式将改变分数决定一切的传统评价方式，而是以促进学生的创新精神和实践能力，寻找学生富有个性的未来，引导学生不断寻找到新的发展点，不断得到新的个性独特的发展为真正目的。只有让学生成为课堂教学活动评价的主体，才能使学生在教学活动中分享应有的权利，承担相应的义务。而学生成为评价主体的前提是必须调动学生的主观能动性，使学生有意识、有兴趣、有责任去参与教学活动，让学生在课堂中体验成功的喜悦，获得进取的力量，分享合作的和谐，发现生命的灿烂。

　　教学评价是对教师工作和学生的学习质量做出客观衡量和价值判断的过程，是教学工作的重要环节。古语云："工欲善其事，必先利其器。"要做好教学评价，必须先了解并熟练掌握教学评价工具。教学评价工具可以降低操作难度，提高教学评价效率和效果。信息技术在教育中的应用不但改变了传统的评价方式，而且产生了一些新型的评价工具。

一、评价工具在教学评价中的作用

　　评价工具，也称评价用具，是指收集评价对象的信息、对评价对象进行价值判断时所采用的一些器具和手段。[①]由于评价过程要包含制定评价标准、收集评价信息并对之进行价

---

① 万伟，秦德林，吴永军. 新课程教学评价方法与设计[M]. 北京：教育科学出版社，2004.

值判断、反馈评价结果等三个步骤，在每个步骤中都涉及方法和工具的问题，所以上述评价工具只是一个狭义的定义。由于评价标准是预定的，评价结果的反馈往往要延迟，所以在实际的教学中，使用更多的往往是狭义的评价工具。

教学评价工具是为了辅助教学评价主体完成教学评价、达到教学评价的目的而设计、使用的方法、手段，一般是指能够实物化的工具，如试卷、档案袋、量规、概念图、学习契约等。

 拓展阅读

评价工具与评价方法的异同

评价工具与评价方法是不可截然分开的。一张问卷如果不是用于调查法之中，几乎就没有什么用，也就不能成为"评价工具"；调查法离开了问卷，也许还可以用其他的工具，但总是要使用某一种或是某几种工具，否则就什么也调查不出来。因此，也有人将评价工具和评价方法统称为"评价技术"，并把评价工具中的测验特指为评价工具，而把其他的工具和方法笼统地称为评价方法、评价手段、评价途径等。

但是，评价工具和评价方法还是有很多不同的地方。教学评价的方法是指评价的程序和角度，教学评价的工具则是指对评价对象进行测定时采取的方式和手段。教学评价的方法可以千变万化，不断推陈出新，比较灵活；而教学评价工具虽然也在发展，但常用的也就那么十几种，主要集中在考试、测验、问卷、观察记录、谈话、作品分析、档案袋、典型事例和个案研究等方面。

——摘自万伟等《新课程教学评价方法与设计》

教学评价工具就如同医生给病人看病时使用的探查器具一样，是用来辅助教学评价主体完成教学评价的。新课程要求教学评价主体要多元化，不再只有教师，还要包括学生和家长，都要参与到教学评价活动中。这就要求教师、学生、家长要了解评价工具，能够选择合适的评价工具，并学会使用多种评价工具。

评价工具在教学中的作用可以总结为以下三个方面。

(一)提高评价效率

教学评价工具作为教学评价主体的辅助工具，可以促进教学评价顺利地开展，可以起到事半功倍的效果，提高评价效率。

符合学生学习规律及学习原则的教学评价工具可以为教学评价提供标准化模式，简化评价流程，将教学评价程序化，使教学评价工作的开展更迅捷、有序，对评价工作具有一定的指导作用。

(二)增强评价效果

评价工具的使用，使得评价的结果更科学、更准确，评价方法更灵活。同学和老师都可以按照评价工具的要求和标准来要求自己、完善自己，通过评价达到促进学习、提高教学质量的目的。

(三)促进学与教的主动性

通过教学评价工具的使用，可以促进师生教与学的主动性，达到以评促教的效果。适合的评价工具，可以对教师、学生的劳动做出公平、合理的判断，评价结果能够真实地反映师生的劳动付出，有一定的说服力，能够得到师生的认可。

评价工具的选择要根据评价目标和评价任务来定。评价工具作为技术和方法是为教学服务的，最终都是为了实现教育目标。因此，评价工具就是为了方便检测教师或者学生在某一方面或是某几方面是否达到教学目标的要求，是否实现了教育目的。

二、信息技术对传统评价工具的影响

传统与现代是相对的。就教学评价而言，笔者将信息技术与课程整合以及《基础教育课程改革纲要》的全面实施作为传统评价与现代评价的分界线。

(一)传统评价工具

传统评价工具通常有测验、调查、观察三种。[①]

1．测验

如果评价的目的是为了了解学生认知目标的达标程度，测验是最常用的工具。试卷是实现测验这种评价方法的主要工具之一。试卷中的题目通常可分为两大类，即主观题和客观题。所谓主观题，指的是要求学生用文字、算式等对给定的题目提供正确答案的试题。所谓客观题，指的是要求学生在题目所附带的两个及以上的答案中选择正确答案的试题。这两大类试题各有利弊并功能互补，是不能相互取代的。

测验这种传统的评价工具既适合于绝对评价，如期末测试，60 分及以上及格；又适合于相对评价，如高考这种选拔性的考试，根据所有考生的成绩划定录取线。测验，操作起来迅速、简单，通常用在需要团体表现水平和外在成绩比较的地方，如跨校进行比较研究；但是对学生个人或课程评鉴用处不大。

2．调查

调查是通过预先设计的问题请有关人员进行口述和笔答，从中了解情况，获得所需要的资料。作为传统教学评价的重要工具，它可以了解学生的学习兴趣和态度、学习习惯和意向，了解各方面对教学过程和教学效果的意见，也可以通过调查了解学习资源对学生产生的效果等，从而判断教学或学习资源的有效程度，为改进教学或学习资源提供依据。调查的主要形式有问卷和面谈两种。在调查过程中，将有很多相关因素相互作用，以面谈为例，谈话时的气氛、谈话人的态度、谈话人的身份、谈话的时间、问题的表述及敏感性等都会影响调查的结果。为此，为保证评价的合理真实，必须事先对即将付诸实施的调查进行精心的设计。

---

① 现代教育技术网上课程[EB/OL]. http://www.nqyz.org/e-Education/gg035/gg03508/gg035086.htm(有修改).

问卷调查表是进行调查的工具之一，它的设计将直接影响调查的结果。在设计问卷调查表时，应该注意：首先，要明确调查目标，并根据调查目标设计表述简单明了、没有歧义的问题，同时也要考虑调查结束后，这些问题在进行整理评价时的意义。其次，为被调查者的方便起见(也是为了避免草率的问卷填写)，应使问卷填写工作尽可能地简单。为此最好将每个问题的答案都设计成选择题的形式，并提供尽可能多的答案，同时在必要的地方也不要忘了设置"其他"项以收集意料之外的答案。最后，还要考虑问卷调查表的表现形式。最基本的要求是简洁大方，便于理解，方便填写。

在信息化教学评价中，可以通过问卷调查表发现学习资源对学生的作用，引导学生有目的地进行反思，还可以让学生自行制作问卷调查表，以培养他们收集信息、处理信息的能力等。

3. 观察

观察即在教育自然的场景下了解观察对象。与测验、调查不同的是，在观察中，被观察者像往常一样地学习和活动，不会产生或感到任何的压迫感。所有收集的资料自始至终都是被观察者的常态表现，都是自然的、真实的。观察一般要在事前确定观察目的、观察范围，并明确对将观察的某现象需设置哪些变化的情况或场景，使被观察者在这种特定条件下进行活动，以获得合乎实际目的的材料。对于观察在情境化教学中的评价作用应该引起重视，但需要结合评价工具的使用，以便使观察更具目的性，观察结果更具客观性。

(二)信息技术延伸了传统评价工具的功能性

很多传统的评价工具能够流传下来，并被长期应用，说明其存在还是有一定的必然性及科学根据的。虽然上面介绍的这几种评价方法已经发展得比较成熟，但随着信息化教育的发展，对教学过程的关注越来越广泛，这就要求对传统的评价方法进行一定的改造，尽可能使之适应信息化教学评价的特点和原则。

如"测试"这一传统的评价工具，在强调素质教育的今天仍然作为高考的评价工具。但是，伴随着信息技术在教育中的应用，一些测试工具、调查问卷也从纸质材料转向了电子版、网络版。为适应当今的信息化社会，很多教育机构开发了独立的测试系统与在线问卷调查系统等，如托福考试就是借助互联网通过计算机进行的。

信息技术对传统评价工具的延伸，也使教学评价从课内延伸到了课外。对于课堂上表现好的学生，教师容易发现并给予及时表扬，但对学生课后表现知之甚少，无法便捷地跟踪监控。网络化的"电子档案袋"很好地解决了这个问题。它包括每一个学生在学习过程中所做的努力、取得的进步以及学习成果。电子档案袋以文件夹的形式收藏每个学生具有代表性的学习成果(如作业、手抄报等)、学生自评、家长评价以及教师所做出的评价。通过设立"电子档案袋"，可以督促学生经常检查他们所完成的作业，在自主选出比较满意的作品过程中，反思他们的学习方法和学习成果，培养他们学习的自主性和自信心。可以说，"电子档案袋"评价一方面能够记录学生的成长过程，真实地反映他们在成长过程中的成功与挫折，让学生体验成功，感受成长与进步；另一方面也为教师和家长提供了更加丰富多样的评价材料，使教师能够更加开放地、多层面地、全面地评价每一个学生，尤其是对学生的情感态度。信息技术延伸了传统的评价工具，使教学评价变得更迅捷、更准确、更灵活。

(三)信息技术增强了传统评价工具的趣味性

传统的一次性终结考试评价方式容易使学生产生焦虑和厌烦的心理。有效利用多媒体网络技术，不仅可以丰富教学资源，而且使教学评价趣味化。学生在游戏中学到知识并愉快地接受评价。教师可以合理、适时、适度地使用多媒体技术创设学习环境，并且做出及时的评价与反馈。例如，教师可以设计几个趣味性很强的练习题。如"砸金蛋"，每一道题目的下方都有几个蛋，学生在答完问题后，可以用鼠标单击他认为对的答案。当选择正确时，"金花四溅"，同时伴随喝彩声；如果选择错误，就会看到一堆破碎的蛋壳，并出现"加油啊！"的鼓励提示音。这时，学生可以再做，计算机会让他再选一次，直到答对为止。当然，学生在操作过程中也可以向计算机寻求帮助。在设计评价时，将后面的题难度逐步加大，有一定的挑战性。这样，所有学生都能完成必要的学习任务，表现好的学生可以在相同的时间内做具有更大难度的挑战题，每位学生都能得到最大的提高。学生在没有心理压力的情况下纠正自己的错误，他能够及时调整学习活动和策略来建构新的理解。通过活泼的游戏把枯燥的练习生动化，把令人紧张的打分轻松化，能激发学生的学习兴趣，学生在玩中学，更有利于巩固所学的内容。

三、信息技术与评价工具创新

教学评价要以教学任务和教学目标为依据。信息技术的发展对教学评价的任务产生了影响，评价的要求发生了变化，评价的工具也要随着变化。新课改要求"建立全面发展的评价体系"，不再只关注学生的学业成绩，这就决定了要开发新的评价工具来适应新的评价需求。

(一)新评价工具产生的缘由

1. 课程改革对教学评价的要求

基础教育课程改革的具体目标之一就是"改变课程评价过分强调甄别与选拔的功能，发挥评价促进学生发展、教师提高和改进教学实践的功能"。它要求"建立促进学生全面发展的评价体系。评价不仅要关注学生的学业成绩，而且要发现和发展学生多方面的潜能，了解学生发展中的需求，帮助学生认识自我，建立自信。发挥评价的教育功能，促进学生在原有水平上的发展"。

2. 课程标准对教学评价的要求

综合分析中小学各学科中课程标准对教学评价的实施建议，可以看出，评价的目的不仅是全面考查学生的学习状况，也是检验和改进教师的教学状况，激励学生的学习热情，促进学生的全面发展。评价要从知识与能力、过程与方法、情感态度与价值观几方面开展，应用多种评价方法及评价手段，既要考查学习结果，进行总结性评价，也应关注学习过程，进行形成性评价；既要有客观评价，也应有主观评价；既要有定量评价，也应有定性评价；既要有教师对学生的评价，也应有学生的自评和互评。

3. 教学任务对教学评价的要求

信息技术作为教学内容已写入中小学的教学规划，成了具有时代特征的一门课程。因此，对信息技术教学的评价自然不能再仅仅使用传统的评价工具，必然要加入信息技术手段来进行科学评价。

由以上三点分析可以看出，仅仅依靠传统的教学评价工具不能够满足课程改革及新课程标准中对学生全面评价的要求，因此开发新的评价工具势在必行。

(二)信息技术对评价工具创新的支持

在信息化教学中，除了要根据教学目标的不同对传统评价方法进行改造外，还要发展一些新的评价工具。[①]评价工具的介绍在本书第四章中会详细讨论，本节中只是进行简单归类介绍。

1. 学习契约

学习契约(Learning Contract)也称为学习合同，这种评价方法来源于真正意义上的契约或合同。例如：当建筑设计师承担一项设计时，委托人通常要就这项设计的具体要求及交付日期进行详细的说明，并与设计师签订合约。待设计完成后，评价设计是否合格(设计师是否能拿到酬金)的主要依据将是这纸合约。学习契约的意义和实施方法与上例中所说的合约相差无几。在信息化教学中，其基本原则就包括以"学"为主，以"任务驱动"和"问题解决"作为学习和研究活动的主线。为了能够让学生在完成任务和解决问题时有一个具体的目标或依据，也为了客观合理地评价，学习契约这种评价方式是应该得到足够重视的。

2. 量规

量规(Rubric)是一种结构化的定量评价标准，往往是从与评价目标相关的多个方面详细规定评级指标，具有操作性好、准确性高的特点。虽然从字面上看量规是一个全新的名词，但从内涵上讲并不是全新的。在传统的教学评价中，特别是在评价非客观性的试题或任务时，人们已经自觉不自觉地应用了这种工具。例如，教师对学生作文的评价，往往会分别就内容、结构、卷面等方面所占的分数给予规定，以便更有效地进行评价；又如教师在期末评价学生一学期的表现时，也往往会从学生的学业成绩、劳动与纪律、同学关系等多个方面进行综合考虑，给出优、良、中、差的等级评定。只是教师使用量规的自觉性和规范性还远远不够。在评价学生的学习时，应用量规可以有效降低评价的主观随意性，不但可以教师评，而且可以让学生自评或同伴互评。如果事先公布量规，还可以对学生学习起到导向作用。此外，让学生学习自己制定量规也是很重要的一个评价方法。随着教育信息化的发展，越来越多的学习任务是以非客观性的方式呈现的。传统的客观性评价方法已被证明具有较大的局限性，因而，量规的应用逐渐受到重视。

---

① 现代教育技术网上课程[EB/OL]. http://www.nqyz.org/e-Education/gg035/gg03508/gg035086.htm.

3. 范例展示

所谓范例展示(Example Presentation)，就是在布置学习任务之前，向学生展示符合学习要求的学习成果范例，以便为学生提供清晰的学习预期。例如，在信息化的教学中，常常会要求学生通过制作某种电子文档来完成学习任务，如多媒体演示文稿或网站等，教师所提供的范例一方面可以启发和拓展学生的思路，另一方面还会在技术和主题上对学生起到引导作用。科学的范例展示不但可以避免拖沓冗长或含糊不清的解释，帮助学生较为便捷地达到学习目标，还会对学生日后的独立学习起到潜移默化的引导作用，使他们在必要的时候，可以通过各种途径寻找可参考的范例来规范自己的努力方向。

4. 电子档案袋

电子档案袋(E-Portfolio)是按一定目的收集的反映学生学习过程以及最终产品的一整套材料。这种档案袋在客观上可以促进个人的成长，而学生也能在自我评价中逐渐变得积极起来。电子档案袋往往以文件夹的形式呈现，里面可以再包含多个文件及文件夹，存放各种形式的学习材料，如录像资料、图片、程序、论文心得等。例如，一个学歌唱的学生的电子档案袋里，可以有他每个阶段的学唱录音、学歌唱的心得体会、参加歌唱比赛的视频资料，还有教师建议、家长的认可及同学之间的鼓励。电子档案袋可以使学生在一段时间后检查自己的成长，从而成为自身努力的更有见识、更善思索和善于反思的评估者。电子档案袋提供具体的参考资料，凭借这些资料，教师能辅导和支持学习者达到自己的目的。

5. 概念地图

概念地图(Concept Map)是一种图表，可用以指示课、单元或知识领域的组织。在识别与某一课题有关的概念后，学生可通过沿着空间等级层次或时间先后顺序的维度，创建心理模式，以此识别和标识概念间的相互关系。学生可通过绘图将概念联系起来，以表征这些概念对于他们个人的意义。在实际应用中，教师可以和学生在进行"头脑风暴"的基础上织就一个概念地图，这一显示主题和有关子主题的图表对于学习活动的进行和评价有重要的意义，有助于学生以具体和有意义的方式表征概念。

 活动建议

利用互联网查找"信息技术环境下的教学评价工具"相关内容，仔细阅读资料，深刻理解信息技术对教学评价工具的影响以及信息技术支撑下的新型评价工具有哪些。结合您的教学经历，反思您在日常教学中使用了哪些新型评价工具，效果如何。同时将分析结果与反思写在下面的横线上。

_____

_____

_____

第三节　信息技术对教学评价过程的影响

本节主要介绍信息技术对教学评价过程的影响，分别阐述了信息技术对数据收集、处理和分析的影响。通过本节的学习，应了解信息技术具有强大的数据处理功能，可以简化教学评价过程、提高评价效率的优点，并能够使用"调查派"等简单数据处理工具实施教学评价。

　　小王老师是辽阳市某小学教务处的一位工作人员，每逢快要放假的时候，她都有一件令人头疼的事情要做，那就是"学生评教"工作。由于这几年办学质量越来越好，学生数量逐渐增加，每学期开设的课程又那么多，因此要把每位学生对每门任课教师的评价信息都输入计算机进行分类统计，无疑是一件既烦琐又繁重的工作。每到这几天，王老师都要加班加点地熬夜录入信息。

　　眼看这学期的期末要接近尾声了，假期马上到来了，怎么没看见王老师加班呢？原来，从省里参加培训归来的胡老师，给王老师带来了一样新工具——在线问卷调查系统，这是胡老师在互联网上免费申请的。输入胡老师给的网址，王老师果然看到了她刚刚印好的"评教调查表"。在胡老师的帮助下，王老师组织学生在网上评教，直接获取了学生的评价信息，大大减轻了工作量，不仅可以及时地进行归类统计，并且还得出详细的图表分析，效率高、数据准，任课教师再也没有理由怀疑她在统计过程中的差错了。小王老师真是从内心里感谢胡老师，更是下定决心，自己也要学习新技术，研究如何把新技术应用到教育教学当中去。

　　本案例讲述了教务员王老师应用"互联网在线问卷调查系统"这一新技术组织学生评教的事。通过这个案例能够看到，信息技术的介入已经改变了传统的教学评价形式，简化了教学评价的过程，提高了工作效率。信息技术对教学评价数据的收集、处理与分析都产生了重要的影响，"在线问卷调查系统"等一些新型的评价工具可以集数据的收集、处理、分析于一体，能方便、快捷地完成教学评价工作。

　　教学评价是对教学活动的评价，其目的是通过评价数据的处理获取学生学习状况的信息，达到以"评"促"教"，提高教学质量的目的。教学评价的相关数据也成为考核教师教学质量的指标之一，也是教师评优、晋升的重要依据，所以教学评价数据的处理方法也是大家最为关注的内容。

教学评价活动的实施,主要是运用各种评价方法和技术收集各种评价信息,并在整理评价信息的基础上做出价值判断,同时对评价者和被评价者的心理进行调控,以保证评价工作的顺利进行。在当今社会里,信息技术的发展对教学评价过程产生了巨大的影响,它改变了传统的人工处理数据的方式,使数据的收集、处理、分析融为一体,能够迅捷、准确地获得评价信息,增强了教学评价的有效性。

一、信息技术对数据收集的影响

收集评价信息是实施教学评价的第一个环节,是指根据前期制定的评价方案,利用相应的评价方法、手段、工具、仪器等收集所需要的评价信息。评价方案制定是否合理规范、评价方法的使用是否科学都直接影响到信息收集的有效性。

那么有哪些方法可以用于收集学生的评价数据呢?根据教育技术能力标准中对教学人员的要求可知,教师应该掌握以下一些常用的数据收集方法。

(1) 平时作业,测验、考试结果。

(2) 小组协作学习的各类文档及成果。

(3) 调查问卷。

传统的教学评价工具都是一些纸质材料,这样,收集上来的评价数据表现为一摞摞厚厚的作业本、一捆捆的调查问卷及测验试卷、一页页的活动心得及活动成果汇报。这样的数据收集,耗时费力,而且需要占用大量的存放空间,不易保存。

信息技术在教学中的应用,改变了传统的教学评价工具,变纸质材料为电子材料,这样既方便了数据的收集,又有利于数据的存放,也为后期关于数据的加工、处理、统计、分析提供了方便条件。

(一)在线考试系统对数据收集的影响

针对教师在教学评价中要掌握学生的平时测试及考试成绩,对测试结果进行收集的要求,在线考试系统应运而生。在线考试系统可以实现根据教师要求自由组卷的功能,包括考试科目、试题类型、难易程度及试题数目等,可以非常有效地解决老师出试卷、做答案、收试卷的困扰。在线考试系统既可以学校统一购买,也可以教师自主研发,对于仅用于教学中使用的小型测试系统,还可以申请免费使用,这就极大地减轻了教师出题、组卷的压力。

(二)电子档案袋对数据收集的影响

面对学生平时作业及协作学习生成的各类文档及成果,电子档案袋发挥了重要的作用。它充分利用了数字存储的存储容量大、数据容易备份的特点,解决了传统纸质材料占用大量存储空间、不易保存的缺点。学生可以随时将作业等资料保存在自己的档案袋中,教师只需随时登录查看学生的相关资料就可以及时掌握学生的学习动态,节省了数据收集的时间,进而缩短了教师反馈学习意见的时间。

(三)在线调查问卷系统对数据收集的影响

问卷调查是教学评价中一种实用有效的评价方法,如在国内几乎所有的中小学中都开展的学生评价教师的课堂教学活动,就可以使用这种方法。正是由于传统调查中问卷的发放、回收、数据收集统计特别烦琐,工作量大,耗时费力,因此在教学中的应用受到了一定的限制。伴随着信息技术的发展,基于互联网的免费调查问卷系统的出现改变了这一现象。它在增强调查灵活性(可以不受时间、地点的限制)的同时,最重要的是改变了数据回收的形式,从而使数据收集变得简单而又快速有效。

借助互联网可以查找到很多免费的调查问卷系统,大体上可以分为两类:一类是下载免费调查问卷系统,安装到服务器上进行调查,如"塞普森调查问卷系统";另一类是直接在互联网上注册登录就可以获得一些问卷系统的使用权,而且是完全免费的,无任何其他限制,如"调查派";也有一些网络调查问卷系统注册后可以使用试用版,如wezuo,试用版的部分权限要受到限制,比如在问卷的数量、参与答题的人数、使用的期限、对调查结果的下载次数等会有一定的要求。因此,教师可以根据教学评价的实际需要来选择合适的调查问卷系统,实现最优化。

如何选择合适的方式收集学生的评价数据

收集学生评价数据的方式有许多种,在教学实际中具体应该选择何种方式,取决于特定的环境和条件。可以根据以下原则进行选择。

1. 依据评价目的要求,确定收集何种数据

不同的评价目的需要收集不同的学生数据,因此收集方法也不同。例如,研究学生学业成就的变化,需要获得学生学习成绩的数据;而研究学生的学习动机,则通常需要进行问卷调查来获取数据。研究目的是选择收集数据方法的重要依据。

2. 考虑数据易得性的要求,选择数据收集的工具和方法

在进行数据收集时,应该从实际条件出发,在多种数据类型和收集方式中,考虑选择有条件或者容易实施的方式,例如,目前是否有现成的工具、数据收集是否方便、是否有能力分析所收集的该类数据等。

3. 遵循研究道德要求,合理收集数据

在收集学生的评价数据时,要遵守研究道德的要求,不能够损害被研究者(如学生)的心理和身体健康;在要求未成年学生回答涉及隐私的问题时,需要得到家长的同意。

4. 评价指标多元化

在实际的教学中,我们常会针对某个评价需要综合选择多种评价方法,以便全面考查和评定学生的学习,即从多个角度收集学生的评价数据,如形成性评价与总结性评价相结合、定量评价与定性评价相结合等。

——摘自《全国中小学教师教育技术水平考试说明(教学人员·初级)》

二、信息技术对数据处理的影响

数据处理有广义与狭义之分。在百度百科中所描述的数据处理是对数据的采集、存储、检索、加工、变换和传输，因此是广义的数据处理概念。而狭义的数据处理仅仅强调对数据的再加工的过程。在本节中，数据处理取其狭义的含义。

对收集到的评价信息，通常需要进行审核和归类，这个环节被称为教学评价数据的处理。审核是为了对评价信息的有效性进行判断，如回答问题是不是敷衍了事或随心所欲，判断评价信息是不是被评价对象的真实反映；归类则是根据评价信息的共同点进行归纳，以减少信息的杂乱和无序，使评价结果更有条理性，为后面的数据分析打好基础。

教学评价的数据处理方式一般有手工处理和数字化处理两种。对于数据量较少、交叉分类项目简单的数据，一般使用手工处理的方式；但是对于数据量较多、交叉分类项目复杂的数据，最好是使用准确、快捷的数字化处理方式。

(一)信息技术对数据审核的影响

对于数字化数据的审核工作，通常是在评价数据收集时同步完成的。一些现代化的评价工具在编制过程中就设定了对数据填写的要求，这样可以在一定程度上避免无效数据的产生。如，调查问卷系统会设计一些与调查内容密切相关的必填项目，只有完成这些项目的填写，才能进行下一项内容的调查，否则系统会把当前问卷作为无效问卷，不允许提交；假如有些人不负责任，将页面上的所有问题都选择同一列选项(如都选 A)，调查问卷系统也将做出无效提示，让他重新进行填写。这样，可以在技术环节上确保数据来源的真实性、客观性和可信性，以保证教学评价信息的有效性。

(二)信息技术对数据归类的影响

对于通过审核的有效数据，可以进行归类统计。为了使统计结果能够更好地反映出被评价对象的真实情况，体现出被评价个体的差异，在统计时不能简单地进行数据的求和、求平均值。

因此在设计评价数据的处理方法的过程中，应注意以下几点。

(1) 避开报复分和人情分(即最低分和最高分)，采用最能真实说明问题的中间分。

(2) 确保所采集的样本观察值的可比性，解决分数普遍高或普遍低的问题，使不同的被评价主体有相互比较的基础和可能。

(3) 确保最终分值与原始数据的密切相关性。

(4) 使用不同的权重来表达各个数据重要程度的差异性问题。

(5) 最终的测评结果必须使被评价主体相互之间有显著的差异性，尽可能地使数据处理方法更合理、更科学，体现出先进性、多样性、灵活性和可操作性。

面对庞大而复杂的数据信息，依靠人工方法进行分类统计，将会是一件令人十分头疼的事情，况且所统计的数据还可能存在一定的误差。因此应用信息技术对评价数据进行归类统计，可以保证最终的评价结果做到科学性、客观性和公正性。

目前，有很多软件都具备分类统计的功能，最简单、实用的要数微软公司办公自动化系列之一的 Excel 电子表格工具了。Excel 虽然没有数据收集的功能，但是对于数据量不大、可以人工录入的数据来说，这无疑是一个最好的选择。Excel 工具拥有强大的数据管理功能，可以非常方便地实现求最大值、最小值，数据求和、求平均数的功能；还可以对数据进行升序、降序排列，并根据排序结果进行数据筛选，显示满足条件的所有数据，达到数据的分类统计目的。

Excel 统计功能一瞥

Excel 电子表格具有操作方便、简单易学、数据处理功能强的特点，在中小学教学的数据统计应用中发挥着重要的作用。

下面以"显示学生成绩表中 90 分及以上的学生姓名、成绩"为例，体验 Excel 电子表格统计数据的魅力。具体操作如下。

(1) 打开原文件后，首先要对"成绩"进行排序。

选中"成绩"所在列，单击常用工具栏中的【降序排列】按钮，弹出如图 2-1 所示的【排序警告】对话框，选中【扩展选定区域】单选按钮，完成对"成绩"的降序排序。排序后的成绩表如图 2-2 所示。

图 2-1 【排序警告】对话框

图 2-2 降序排序后的成绩表

(2) 选中所有"姓名"和"成绩"的值(包括这两项), 在【数据】菜单中, 选择【筛选】| 【自动筛选】命令, 出现如图 2-3 所示的效果。

图 2-3 完成【自动筛选】后的成绩表

(3) 单击【成绩】右侧的下三角按钮, 在下拉列表中选择【自定义】选项, 出现如图 2-4 所示的对话框。

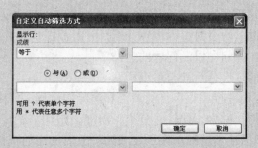

图 2-4 【自定义自动筛选方式】对话框

(4) 在对话框中, 设置【成绩】下面的选项为"大于或等于", 如图 2-5 所示; 在右侧的下拉列表框中输入 90(或从下拉列表中选取 90), 单击【确定】按钮, 就可以看到如图 2-6 所示的效果了。

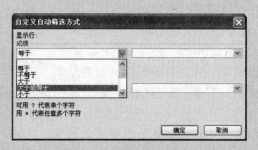

图 2-5 设置选项

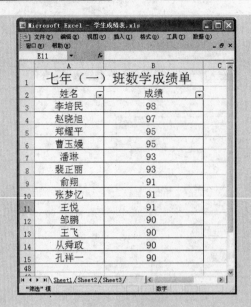

图 2-6　最终效果

三、信息技术对数据分析的影响

教学评价的目的不是简单地对被评价者进行等级分类，而是为了有效地促进课堂中的教与学，因此需要对所收集的资料进行细致分析，并对被评价者的优劣状况进行系统评论，帮助被评价对象找出存在的问题以及问题的症结所在。

数据分析的方法包括定性分析和定量分析两类。

(1) 定性分析：对观察进行非数字化的考查和解释的过程。其目的是要发现内在的意义和关系模式，多运用分析、综合、比较、分类、演绎、归纳等逻辑分析方法。

(2) 定量分析：为了描述和解释观察所反映的现象而使用的数值表示和处理方法。一般运用统计分析方法，最常用的是计算百分比、平均数、标准差、频数(出现的次数)等。

在分析评价数据的过程中，要注意以下几个问题。

(1) 要掌握评价标准及其具体要求。

(2) 评价者应该使用事先规定的计量或方法来处理评价信息，在评价结果中要给出明确的相应分数、等级或定性描述等评价意见。

(3) 在条件许可的情况下，应该对评价者的测量或观察结果进行认定、复核。

(4) 根据分析结果做出综合评价。

综合评价是将分项评定的结果汇总成综合评价的结果。它要求评价者根据汇总的评价结果，对评价对象做出准确、客观的定量或定性的评价结论，形成评价意见。必要时，可对评价对象做出优良程度的区分，或做出是否达到应有标准的结论。

信息技术的应用，使得教学评价数据的分析更加科学、准确、公正、公平，不存在人的情感因素。在进行教学评价数据分析时，大多使用较著名的统计分析软件包，如SAS(Statistical Analysis System，统计分析系统)工具，SPSS(Statistical Package for the Social

Sciences，社会科学统计软件)工具等。这些统计分析软件包功能强大，不仅能单变量分析，而且可做各种复杂的多变量分析；不仅可以显示统计的结果，还可以非常清晰地将结果以图表的形式呈现，方便评价者分析数据，做出决策。

 **拓展阅读**

统计分析工具的主要功能

根据《统计分析工具软件基本功能规范》中的规定，统计分析工具的主要功能如下。

(1) 数据的导入功能。

(2) 数据的处理功能，包括变量处理、记录处理(如查询、筛选、排序、选择、追加等)、数据处理(如数据合并、拆分、行列转换、分类汇总等)。

(3) 数据统计分析功能，包括基础描述统计分析、方差分析、回归分析、聚类分析、多元分析、抽样调查分析、时间序列分析等。

(4) 数据挖掘功能，包括采样技术、补缺技术、神经网络分析、决策树、关联规则等。

(5) 统计制图功能，提供线图、条状图、直方图、圆饼图、面积图、序列图、散点图、雷达图等。

由于信息技术的介入，在实际的教学评价过程中，并没有把教学评价的数据收集、数据处理、数据分析割裂开来单独执行；而是将三个方面融合到一起，共同完成教学评价过程的信息化处理。与此相对应，一些评价信息的处理软件也是囊括了收集、处理与分析这三个方面，完成对教学评价过程的全程处理。

 拓展阅读

数据统计工具应用简介

1. "调查派"问卷调查系统

调查派(http://www.diaochapai.com/)是一款体验友好的问卷设计工具，方便用户进行在线数据收集、在线数据分析。目前，调查派已经发展到 V3.0 Beta 版本。

调查派提供一套完全免费、没有功能限制的问卷调查系统和定制服务，它采用所见即所得的调查表设计界面，让用户在设计一份专业的调查问卷时就像编写文档一样简单、快捷。调查派提供了极为丰富的问题题型，其中包括单选题、多选题、矩阵题、填空题、问答题、章节分隔等，用户可以随意控制问题的各种属性说明、选项，它甚至支持图片以及多媒体内容等。此外，调查派还有一项非常重要的功能，就是提供了对调查者行为的分析、问题结果的图表显示、调查来源统计等，从而让用户精确掌握调查数据的情况。

使用"调查派"创建调查表、获取统计结果的操作步骤如下。

(1) 登录网站：http://www.diaochapai.com/。

(2) 用已有邮箱注册，就可以看到"我的调查表"和"新建调查表"选项。

(3) 第一次使用，可以选择"新建调查表"，如图 2-7 所示。

(4) 按照图 2-7 页面上面出现的试题类型，可以创建调查问卷。

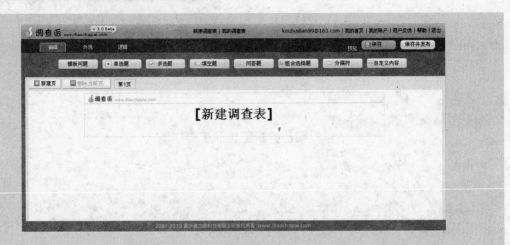

图 2-7　使用【调查派】新建调查表页面

(5) 预览。在浏览器中查看效果，不合适可以修改。满意后，单击【保存并发布】按钮。

(6) 返回【我的调查表】页面，单击【调查表链接】的网址，即可进行问卷调查了，如图 2-8 所示。

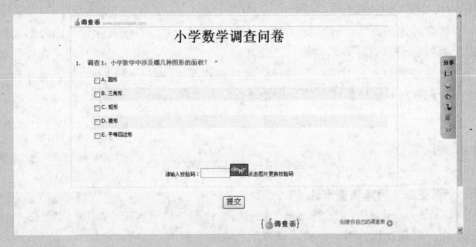

图 2-8　调查问卷样例

(7) 调查问卷结束后，可以登录调查派，进入【我的调查表】页面，如图 2-9 所示。

图 2-9　【我的调查表】页面

(8) 单击【报表】按钮，就可以获取各种调查信息了，如图 2-10 所示。

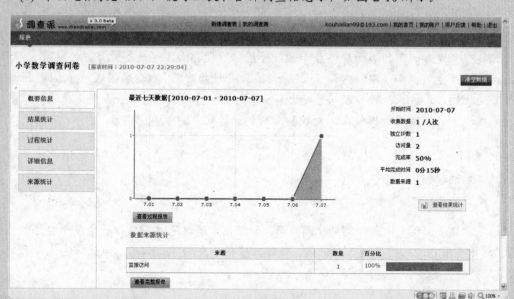

图 2-10　查看调查信息

2. SPSS 数据统计软件

SPSS 是一种集成化的计算机数据处理应用软件，操作简便，好学易懂，简单实用。它是世界上最早的统计分析软件，由美国斯坦福大学的三位研究生于 20 世纪 60 年代末研制开发，如今已经发展到 SPSS 17.0 版本。将其应用于教育科研中，能简单、快捷、准确地得到统计分析结果。

SPSS 软件界面友好，操作简单，具有第四代语言的特点，大多数操作都是通过"菜单"、"按钮"和"对话框"来完成的。它具有简单、快捷、准确地统计分析功能，统计功能囊括了《教育统计学》中所有的项目，包括常规的集中量数和差异量数、相关分析、回归分析等；也包括近期发展的多元统计技术，如多元回归分析、聚类分析等方法，并能在屏幕上显示如正态分布图等各种统计图表。SPSS 集数据录入、资料编辑、数据管理、统计分析、报表制作、图形绘制于一体。

SPSS 工具属单机运行的计算机应用软件，使用之前需要下载、安装；运行后，参照帮助文件，可以根据窗口中的菜单命令完成调查问卷的创建及数据的处理。SPSS 在教育科研领域内应用广泛，对调查问卷中难于处理的多项选择题也能够进行方便的统计，实用性很强。

3. 数据库软件

微软公司的 Access 数据库及 Visual FoxPro 数据库软件都具备强大的数据管理功能，可以实现对教学评价信息的处理。

(1) Visual FoxPro 是微软公司 Visual Studio 系列开发产品之一，简称 VFP，是可以运行于 Windows XP 和 Windows NT 平台的 32 位的数据库开发系统。Visual FoxPro 提供了一个功能强大的集成化开发环境，采用可视化和面向对象的程序设计方法，使数据管理和应用程序的开发更加简便。Visual FoxPro 是数据库管理软件，可以实现数据与应用程序的独立。

(2) Access 是 Microsoft Office 的一个组件，是一个前后台结合的数据库"软件"。Access 数据库既拥有用户界面，也拥有逻辑、流程处理，又可以在"表"中存储数据。这个软件本身就具有开发者使用的界面和适合于"最终用户"的界面，这就是通常说的前后台结合。Access 数据库也可以与 ASP 结合，形成前台界面用网页呈现，后台数据在 Access 数据库中存储并处理的应用方式。教师可以开发出 ASP+Access 的在线问卷调查系统、在线测试系统等教学评价工具，实现数据收集、处理和分析的一体化。

活动建议

根据"拓展阅读"中所介绍的"调查派"的使用，建议您注册申请一个属于自己的"调查表"，并应用它进行问卷调查，收集、处理、分析学生的学习状态，体验信息化带来的乐趣吧！

_____

_____

_____

第三章

信息技术支撑的教学评价

本章要点

- 了解过程性评价的概念、分类及特点，能够根据教学需要设计并实施过程性评价。
- 了解表现性评价的概念、分类及特点，能够根据教学需要设计并实施表现性评价。
- 了解发展性评价的概念、分类及特点，能够根据教学需要设计并实施发展性评价。
- 能够利用系统的观点对信息技术支撑的过程性评价、表现性评价和发展性评价进行综合应用。
- 能够将信息技术支撑的教学评价方法融入教学设计方案中。

本章知识结构图

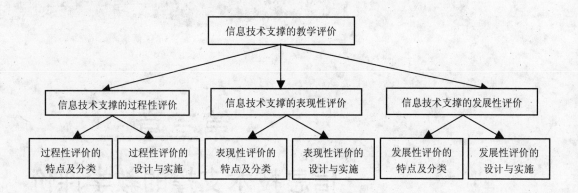

第一节　信息技术支撑的过程性评价

本节导读

本节主要介绍有关过程性评价的知识，包括过程性评价的概念、特点、分类，以及信息技术支撑下的过程性评价的设计与实施。通过本节的学习，应掌握什么是过程性评价，什么是过程性评价的特点和分类，掌握过程性评价的设计方法以及如何根据具体的教学内容合理地设计和实施过程性评价。

案例研习

郑老师是沈阳市某中学的体育老师。近些年来，在新课改的指引下，学校在体育教学中尝试进行过程性评价，取得了一定的效果，郑老师也积累了丰富的经验。下面，让我们共同走近郑老师的过程性评价，看看他采取了哪些新方式、新手段来提高教学效率。

1. 学习日记

郑老师要求学生将重要的学习体验、感受和心得以日记的形式记录下来，用 E-mail 发给他。这样可以打消学生的顾虑，使日记反映的内容更真实，让学生有话可说，并说出心里话，说出知心话。郑老师会逐一地对学生的学习日记进行评价，把主要着眼点放在学习态度和情感变化等方面；同时，他还鼓励学生对自己的教学提出合理化建议，让他们从真正意义上参与到学习中来。通过学习日记的形式开展过程性评价，使得教学评价更客观、更全面；同时，教师也能进行深入的教学反思，实现专业成长。

2. 教师评语

与学习日记的及时性评价不同，教师评语往往发生在一个单元的学习告一段落或一学期结束时，包括书面评语和口头评语。郑老师根据学生的个性差异，对每个学生给出书面评语。评语的侧重点放在了学生的学习态度、进步幅度、情感表现及合作精神等方面。在评价时，郑老师尽量给予正面支持和鼓励，以简明扼要的语言肯定学生的成绩，同时明确指出其应努力的方向。郑老师还不失时机地把握好契机，在平时的课堂教学中运用口头评语来评价学生，如在学生完成动作较好时，就给予肯定性评价；练习受挫时，则给予鼓励性评价；学生思想出现偏差时，他委婉指出并给予引导和纠正。这样，郑老师的评语就像是学生的"定心丸"，使学生们上体育课的学习积极性特别高，并主动要求上进。

3. 电子档案袋

这是一种典型的过程性评价方法，也是郑老师近一年来探索并应用的新手段。在信息化环境下，这种方法易于操作、方便可行，学生们也非常乐于做档案袋的搜集与完善工作。他们在郑老师的引导下，将平时的一点一滴都记录在档案袋中的有体育成绩、老师在特定场合对学生的特别表扬、学生自己独特的学习体验、学生之间的相互点评、学生在课堂上(运动会及各类比赛中)表现精彩的照片以及学生自己设计的新颖体育游戏等。这些内容既有对学生学习兴趣和态度方面的评价，又有运动技能学习和体能测试方面的评价，几乎涵盖了新课程标准的所有学习领域。它记载了学生平时体育学习过程中的"轨迹"，全面而客观地反映了学生体育学习的质量和水平，对于促进学生的身心健康十分有利。

 案例分析

本案例详细描述了郑老师积极探索体育教学中过程性评价的事实。过程性评价作为新课程改革所提倡的评价方式之一，具有许多传统教学评价不具备的优势。它不像总结性评价那样间歇式地进行，而是贯穿于教与学的始终。有利于学生充分展示自己的运动天赋，充分张扬个性，这与新课改"以人为本"的理念是相通的。另外，过程性评价可以深入到体育学习的不同方面和不同层次，可以从不同角度、对不同对象的体育学习进行描述和评价，因而评价层次更高、更客观，也更具针对性。

过程性评价能及时反映学生参与运动的深度和广度，有利于及时肯定学生的运动表现、对动作技能的掌握情况、情感态度等，有利于及时发现体育教学中存在的问题和不足，从而迅速对教学方案做出合理调整，使教学变被动为主动。对教学过程的关注，使过程性评价不用过于刻板地使用标准去衡量所有学生，而是根据学生参与学习的过程、方法和情感态度等方面去评价每位学生的学习质量和水平，所以评价更全面，且符合多元智能理论的评价要求，有利于充分发挥评价对学生学习的促进功能。

一、过程性评价

过程性评价(Process Evaluation)是20世纪80年代以来逐步形成的一种评价范式，其理

论来源与过程哲学和学习过程心理学有着紧密的联系。在我国新一轮的课程改革中，提倡过程性评价成为改革的一项重要内容。

过程性评价是随着人们对教育评价的性质和功能的认识逐步加深而提出来的。20 世纪20、30 年代，人们认为学习评价就是对学习效果的评价；30、40 年代以后，人们根据具体的教学情况提出科学合理的目标并对这些目标进行分类，以此对教学进行评价；到了 60 年代，人们开始注意到评价对教学具有一定的反馈作用，也就是说，人们开始注意到评价过程与教学过程之间的相互影响，利用评价的结果来诊断教学中出现的问题，能更好地指导教学；从 70 年代开始，就有很多的教育家对以往的评价只是注重学习的量的方面而忽视了学习的质的方面进行了批判，并要求从质的方面来评价学生的学习；到了 80 年代以后，教育家更进一步认为学习的质量不仅反映在学习的效果上，也反映在学习的过程中，从而提出了要对学生的学习进行过程性评价。

目前，国内对过程性评价的观点主要有以下四种。

第一种观点认为过程性评价的对象是学生的认知学习的过程。[①]这种观点引导教师和学生去关注、认识学习的整个过程，提高学生的认知水平，从这一点来看是很有意义的。然而，不同学习者的学习过程是因人而异的，是否有必要对每个学习者所经历的学习过程进行价值判断，是值得商榷的问题。此外，从评价的角度来看，任何评价都需要有一定的标准，提不出这样的标准，也就无法进行评价。

第二种观点强调过程性评价"主要是对学生学习过程中的情感、态度、价值观做出评价"[②]。这种观点十分重视学生的非智力因素，对学生的情感、态度、价值观做出评价也是很有意义的。但是，学习是一个整体的活动，在整个学习过程中，学生的非智力因素(如情感、态度等)和智力因素(知识的学习)是紧密结合的，是不可分割的。很显然，在对学生进行过程性评价的同时，不能只对学生的非智力因素进行评价而忽视了对学生的智力因素的评价。

第三种观点认为过程性评价是"在教育、教学活动的计划实施的过程中，为了解动态过程的效果，及时反馈信息及时调节，使计划、方案不断完善，以便顺利达到预期的目的而进行的评价"。[③]而这种观点对过程性评价的理解显然忽视了对学生在整个学习过程方面在情感、态度和价值观方面的评价。也就是说，这种观点只对学生的智力因素进行评价却忽视了对非智力因素的评价。

第四种观点是目前国内较为认可的，是由华南师范大学高凌飚教授提出来的，他认为过程性评价是一种在课程实施的过程中对学生的学习进行评价的方式，它采取目标与过程并重的价值取向，对学习的动机效果、过程以及与学习密切相关的非智力因素进行全面的评价。[④]

虽然这四种观点在描述上存在一定的差异，但是共同指明了过程性评价更多的是关注学习者的学习过程，而不是关注学习结果，在学习者的学习过程中实施评价，在评价中促

① 王秋红. 浅议初中地理实践活动课[J]. 北京教研，2002.
② 彭广森，崇敬红. 中小学生学业成绩评价改革初探[J]. 教育实践与研究，2003.
③ 朱德全，宋乃庆. 现代教育统计与测评技术[M]. 重庆：西南师范大学出版社，1998.
④ 高凌飚. 关于过程性评价的思考[J]. 课程·教材·教法，2004.

进学习。过程性评价注重对学生的学习过程以及在这个过程中的智力因素与非智力因素的评价。在整个教学过程中，过程性评价可以肯定学生的成绩、发现学生存在的问题，从而促进学生在学习过程中积极地反思，更有助于提高学生的学习能力。而信息技术的发展可以让师生随时随地地记录学习者的学习过程，并根据学习者需求即时地、积极地对自己的学习进行评价，以实现学习个体终身的可持续发展。

二、过程性评价的特点

(一)关注学习过程

过程性评价是以一种动态的方式来评价学生的学习，它强调在学生的学习过程中要对学生的整个学习过程不断地关注，而不只是在学生学习活动结束的时候对学生的学习结果进行评价。过程性评价还强调要大量地收集并保存学生在整个的学习过程中的所有关键性的资料，并且通过对这些资料的分析和评价，能够帮助我们对学生的学习有更加正确、全面的认识，同时也可以给予学生及时的鼓励与帮助，最大限度地发挥教育评价的功能。

(二)评价目的人性化

传统的学习评价通常是在学生学习结束之后进行的评价，它强调通过评价来掌握学生学习的总体情况、了解学生的总体水平，并且把学生按照成绩的高低分成不同的等级。但是在这一评价过程中，只有少数"名列前茅"的学生能够真正体验成功的快乐，获得奖赏和鼓励。但对于排名靠后的同学则往往感觉自己很失败，甚至为此而自卑。因此，在这样的评价过程中，被评价者极容易对评价活动和结果产生反感甚至抵触的情绪，十分不利于评价的进行，而这样的评价结果也不是十分具有说服力。相反，进行过程性评价不是为了给学生下某种结论，更不是按照学生学习的成绩来给学生分级，而是要通过评价了解学生的学习过程，分析其学生存在的优势和不足，并在此基础上提出具体的改进建议，促使学生在原有的水平上有所提高。

(三)评价主体多元化

传统学习评价中评价主体比较单一，通常只有教师对学生进行评价。这样的评价信息来源单一，评价存在片面性、主观性等问题，难以保证评价结果的客观、公正。过程性评价强调改变单一评价主体的现状，实施多主体的评价，即加强学生的自我评价和互相评价，增加信息的反馈渠道，使评价真正有利于教师的"教"与学生的"学"。

(四)评价内容综合化

传统学习评价的内容比较片面，只注重对评价对象某一个或某几个方面情况的评价。比如，过分地关注学生的知识与技能，而对于学生学习过程与方法、情感、态度、价值观等其他方面的发展却忽略掉了。过程性评价强调评价内容的全面性和综合性，强调对评价对象各方面活动和发展状况的全面关注，同等重视各个方面的评价内容。

(五)评价方式多样化

要改变单纯通过书面测验和考试来检查学生对知识、技能的掌握情况，过程性评价提倡运用多种评价方法、评价手段和评价工具，综合地评价学生在情感、态度、价值观、创新意识和实践能力等方面的发展与变化。这打破了传统的、单一的评价方式，强调将质性评价与量化评价相结合。这就意味着，评价学生将不再只有一把"尺子"，而是有多把"尺子"，从而突破传统的教育评价方式。

三、过程性评价的分类

过程性评价的分类方式并不唯一，根据不同的评价角度可以划分多种分类标准。下面分别从评价主体、评价层次、评价规范程度和评价方式四个方面作详细介绍。

(一)依据评价主体划分

依据评价主体划分，可以将过程性评价分为学生自评、同学互评和教师点评三类。

过程性评价中的学生自评和同学互评，是指在一个阶段的学习结束时，学生对于自己和他人在学习过程中的学习方法、学习态度、学习效果进行的自我反思与相互评价。而教师点评则是在学生自评和互评过程中表现出来的对突发事例进行的引导性评价。

过程性评价也关注学习的结果，但它对于结果的关注是基于价值多元化原则的，它给非预期学习目标预留空间。如：某个学生在某一学科的一个模块学习结束时，在教师组织的学生自评与互评活动中，向同学讲述他的学习体会。他将教科书上以及老师所讲的内容中未完全展开的部分记录在一个笔记本上，课后通过利用图书馆以及上网查阅等相关搜集信息的方法，之后他弄懂了笔记本上的问题并学到了许多课堂上和书本上没有的知识。这正是在学生的学习过程中形成的、有价值的非预期的学习结果。这样的评价方式除了有利于形成良好的学习习惯、端正学习动机以外，还有利于学生逐步提高评价自己与评价他人的能力，这也是终身学习所需要的。

(二)依据评价层次划分

依据评价层次来划分，可以分为教师对小组的评价和小组对于个人的评价。这样的评价方式是在教学的过程中进行的"嵌入式"过程性评价，通常采用竞赛的方式来进行。例如，将全班分成若干个小组，或者利用原来的自然分组将学生划分为不同的"学习共同体"。教师事前明确竞赛规程：各小组在课堂上提出问题、回答问题的次数，质量如何记录、如何评价；各小组课堂表现情况的汇总办法；模块或者学期结束时的评价与奖励方法等。在这种两层级的评价过程中，教师只评定到小组，通过小组内部同学互评的方式再评定到学生个人。其特点是：教师没有太重的评价负担，符合我国教学的实际。此外，由于采用竞赛的方式进行，学习者参与的积极性也较高，有利于增强课堂教学的效果。实施这类评价应当注意的问题是：评价的频度要适当；否则记录负担过重，会影响学习者的学习。

(三)依据评价规范程度划分

按照评价的规范程度来划分，可以分为程序式评价与随机式评价。程序式过程性评价通常是指在一个学习阶段结束时，教师组织的旨在反思与评定学习者的学习过程的评价。作为一种事后的过程性评价，程序式评价有以下几个特点：一是有相对集中的时间与合适的场地，可以在一个模块学习结束后进行，也可以在一个学期结束后进行；可以每个模块都实施这样的过程性评价，也可以只在部分模块中实施。二是评价过程会有相应的记录，例如：过程性评价量表、小组互评记录、教师评语等。三是评价的结果会用作学习者阶段学习成绩的评定依据。随机式评价则没有相对固定的时间、地点与完整的评价程序，它通常是在教学的过程中进行的，不作评价记录，其结果也不用作对于学习者进行总体评价的依据。教师在课堂中对于学习者表现的一句表扬或批评、一种肯定或否定，甚至一个眼神、一个动作，都引导着学习者的学习与思考，规范着学习者的学习行为与学习方式，所以，随机式评价是与教学融为一体的。

上述两种评价方式各有特点：程序式评价可以发挥学生的主观能动性，使学生在评价中学会评价。但耗费的时间多，师生的评价负担重；随机式评价则有利于发挥教师的主导作用，且方式灵活，有利于教学的组织，但学生较为被动。所以通常两种评价方式需要结合起来使用。

(四)依据具体评价方式划分

依据具体的评价方式来划分，可以有轶事记录、课堂观察、成长记录、个别交流、态度调查、辩论演讲、作文比赛、模型制作等。由于任何一种评价方法与评价工具都不能完全评价出一个学生的全部素质与能力，各种评价方式对学生的评价视角又各不相同，所以对于学生学习的过程性评价，应当尽可能地将各种方法结合起来使用。对于不同的学科内容和学生群体，可以选用不同的方法。

如：某学校的一名语文教师推行的"课前 5 分钟演讲"活动，将教学、竞赛与评价结合起来，收到很好的效果。他的具体做法是：事前规定与教学内容相关的演讲主题，要求每一个同学都必须做好演讲准备。将学生分为若干学习小组，竞赛以小组为单位。然后随机抽取某一个小组的同学就规定的主题作课前 5 分钟的演讲，演讲的质量当堂评定，作为小组的成绩。模块学习结束后，教师对各个小组的表现进行综合评价。实践表明，这种方式极大地调动了学生学习的积极性，学生通过演讲的准备，在课外搜集了大量的材料，学到了很多东西；同时，也增强了集体荣誉感以及在同学面前表现自我的信心与勇气。

此外，过程性评价的分类方式还有很多。比如：以评价是否有记录来划分，可以分为记录式评价、无记录评价；以评价者与被评价者的相互作用形式来划分，可以分为直接评价、间接评价；以评价对象的覆盖面来划分，可以分为全体评价、部分评价、抽样评价；以评价目标的覆盖面来划分，可以分为整体目标评价、局部目标评价、个别目标的评价等。

四、过程性评价的设计

过程性评价强调对学习者学习过程的评价，侧重考查学习者在学习过程中的实际表现，主要从学生的动手操作能力、科学探究过程、合作交流能力等方面进行评价，目的是掌握学习者在学习过程中所表现出来的创新能力、学习兴趣、习惯、情感态度与价值等方面的信息。

要想成功开展、实施过程性评价，良好的设计思路是前提。过程性评价的总体设计包括明确评价目的、选择学习任务、确定评价内容、制定评价标准、设计评价工具及评价结果的反馈利用六个方面的内容(如图 3-1 所示)。

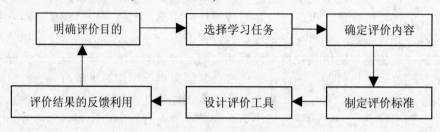

图 3-1　过程性评价的总体设计

1．明确评价目的

评价是一个目标导向的过程，明确评价目的是策划、实施和调整具体评价活动的有力依据。评价目的主要是用来诊断、激励、比较和预测。

过程性学习评价可以是为了对学生的学习状况进行诊断从而为教学方案的修正提供依据，也可以是为了对学生某一阶段的学习进行确认从而作为终结性评定的依据。过程性评价积极主张学生参与评价、成为评价的主体，让学生意识到评价是发现问题、自我提高的方式。通过教师给予学生的及时性、鼓励性的反馈，为学生创造一种积极的学习氛围和积极的自我形象，增强他们的自信心，使得他们对于学习具有浓厚的兴趣及责任感，促进学生有效地反思和学习，从而提高学生的学习兴趣、改进学生的学习方法。

2．选择学习任务

学习任务与过程性评价有着紧密联系，过程性评价实际上就是对评价者在完成学习任务过程中的表现情况进行观察与评估，能否选择合适的学习任务是保证过程性评价的信度和效度的基本前提。根据学生能力发展的特点及教学实际，在选择学习任务时，应遵循学习内容由易到难，学习方式由教师指导—半开放探究—自主探究的原则，给学生一个接受和适应的过程。

3．确定评价内容

评价内容的确定要结合具体的教学内容，依据学科课程标准，涵盖学习过程的基本要素，即提出问题、猜想与假设、分析与论证、交流与合作等。而且评价内容要包括在学习过程中所表现出来的非智力因素，比如学习态度(指学习兴趣、学习动机、努力程度、互相帮助的精神等)和情感等。根据过程性评价对评价内容的要求，通常情况会把评价维度确定为知识与技能、过程与方法、情感态度价值观三大类。

4．制定评价标准

明确而清楚地界定过程性评价的标准，是成功实施过程性评价的关键。一个好的评价标准应该具体、明确、易于操作。

5.设计评价工具

常见的过程性评价工具有如下几种。[1]

(1) 等级量表，包括数字的、图表的或者检核表的形式。

(2) 相互作用表。

(3) 自我汇报表、学习日志和轶事记录。

(4) 观察表。

(5) 角色扮演和模拟。

(6) 诊断式谈话和有声思考。

 拓展阅读

评价量表和学习日志的设计

在过程性评价工具中，比较流行、使用比较广泛的是评价量表(或称等级量表、检核表)和学习日志(或称轶事记录)。

1. 评价量表的设计

在评价内容中已经将过程性评价的评价维度确定为知识与技能、过程与方法、情感态度价值观三大类。为了突出过程与方法的地位，可以根据不同的教学内容再细化，分解为与学习过程相关的更详细的要素及在学习过程中所体现出来的学习态度、参与意识和合作意识的评价。并且，在设计评价量表时，要考虑质与量的结合，既有操作简便的量化评分部分，又有文字描述的质性评语的部分。考虑到评价主体要由学生个人、小组同伴以及教师三者组成，因此评价量表也应该包括自评量表、组评量表和教师评量表三部分。表 3-1 是初中物理探究学习过程评价表，设计时可供参考。

表 3-1　初中物理探究学习过程评价表[2]

班级：_____　姓名：_____　日期：_____　探究活动名称：_____

评价内容	评价标准	自评	组评	师评
提出问题	能认真思考，提出适合进行科学探究的问题			
	能在老师的启发下提出问题			
	提出的问题不具有科学探究价值			
猜想与假设	能对问题的解决方式与实验结果提出合理的假设			
	对问题的解决方式提出假设，但不能合理预测实验结果			
	对问题解决方式的假设与实验结果的预测不合理			

---

① 梁惠燕，邓健林等．高中如何进行过程性评价[J]．人民教育，2005 年 20 期．

② 周春宝．初中物理探究学习过程性评价探索[D]．南京师范大学硕士学位论文，2008．

续表

评价内容	评价标准	自评	组评	师评
制订计划与设计实验	探究计划合理，探究方案新颖，探究活动器材选择恰当			
	能在老师或组员的帮助下制订探究计划，设计探究方案，选择探究活动需要的器材			
	照搬别人的探究计划与探究过程，不能独自合理选择器材			
进行实验与收集证据	实验操作正确、熟练，如实记录实验数据，多次测量			
	实验操作基本正确，数据记录基本符合要求，但不够精确			
	实验操作不熟练，记录数据不够完整，有时会编造数据			
分析与论证	能科学分析处理实验数据，能正确解释与描述探究的结果			
	能够分析处理数据得出结论，能基本解释和描述实验结果			
	处理数据误差较大，不能正确解释与描述实验结果			
评估	能注意活动中未解决的矛盾，发现新问题，改进探究方案			
	能够发现一些新问题，但不能根据情况及时改进方案			
	很少发现新问题，探究方案改进不足			
交流与合作	能准确表达自己的观点，尊重他人的意见，发挥团队精神			
	基本上能表达自己的观点，能听取他人的意见			
	不愿和他人合作与交流，固执己见			
参与热情	积极分工，认真完成任务，善于提出自己的观点与建议			
	服从工作分配，完成任务，能够发表自己的观点			
	在组员的提醒督促下基本完成任务，但不肯参加小组讨论			
学习态度	善于动脑，提出问题并努力寻求解决			
	能在组员提示下或借助辅导书解决问题			
	不善于动脑，遇到问题总想依赖别人			
学习兴趣与动机	兴趣非常浓厚，学习积极性很高			
	对学习内容兴趣较浓厚，积极性较高			
	不感兴趣，不积极			
总评分	综合等第			

教师对学生的简评：_____

_____

评价表的填写说明：

① 评价表先后分别由学生、组长和教师填写，权重分别为 0.5、0.2、0.3；

② 评价表满分为 100 分，各项分三个等级：A 代表 10 分，B 代表 7 分，C 代表 4 分，综合等第 80～100 分为优良，60～80 分为合格，60 分以下为不合格。

2. 学习日志的设计

日志不同于日记，日记更具个性化与开放性。出于教学反馈的目的，这里选择了给予若干问题提示的学习日志，供学生进行反思，而且教师也可以通过这些问题提示分析教学过程、寻求关于教学的反馈信息。表3-2是物理探究学习中的学习日志，仅供设计时参考。

表3-2　初中物理探究学习日志[①]

班级：＿＿＿＿＿　姓名：＿＿＿＿＿　日期：＿＿＿＿＿　探究活动名称：＿＿＿＿＿

序　号	评价项目	自我评价
1	探究活动中，你是否感到有什么困难之处？困难在什么地方？如何解决的？	
2	探究活动中你运用了哪些科学研究方法	
3	探究活动中的分工与合作表现	
4	存在的问题与不足	
5	提出有价值的物理问题	
6	参与探究活动与参与讨论程度	
7	本次探究活动中的闪光之处	
8	对老师的希望与建议	

说明：

① 此表是在每次探究活动结束后，由学生填写。

② 此表的作用：一是为了获得学生在探究活动表现中更加翔实的、观察中所看不到的信息；二是通过填写此表，学生能更好地反思探究学习。

6. 评价结果的反馈利用

过程性评价结果可以作为给予教学的反馈为：发现学生在学习过程中存在的问题，引导学生进步，获知学生的学习水平与能力，调整教学策略、设计将来的教学措施；给予学生和家长的反馈为：向学生传达他们自己的进步信息，为学生的进步提供一个累积的记录，向家长提供关于孩子发展所取得的进步的具体信息。分数只告诉了家长们孩子是成功了还是失败了，但是过程性评价却能为他们提供孩子能力和兴趣的具体细节和例子。在必须给予分数的时候，过程性评价将会协助教师帮助家长理解他们的孩子获得一个具体分数的原因。

拓展阅读

过程性评价的设计原则

1. 以学生发展为中心原则

在过程性评价中，始终要把每位学生在知识与技能、过程与方法、情感态度与价值观方面的全面发展作为教学和评价的最终目标和中心任务。根据这一原则，在评价中教师要

---

① 周春宝. 初中物理探究学习过程性评价探索[D]. 南京师范大学硕士学位论文，2008.

改变以往的教育观念，无论哪一类学生都有其特殊的潜能和自我发展的要求，教师应因材施教，因势利导，通过鼓励激发每个同学的自信心和内驱力，使全体同学在原有基础上得到发展。同时，该原则还要求教师从以往仅仅关注学生在知识与技能方面的发展，转而关注其在知识技能、探究能力、情感态度与价值观等各方面的综合发展。评价指标应关注学生的过去和现状，但是更要重视其未来的发展，设计评价指标的着眼点不是如何甄别学生，不是企图给不同层次的学生贴标签，而是通过评价让各个层次的学生都知道自己在学习上的优点与不足，帮助学生明确努力的方向。

2. 主体性原则

过程性评价必须充分发挥学生的主体能动性，鼓励学生参与各项评价活动和对自己学习活动的不定期或定期的反思性评价，逐步使自我评价成为过程性评价的一个中心环节。评价主体的多元化是过程性评价的一个重要特征，尤其是突出评价对象——学生的主体地位，使得评价更民主、更公正、更接近真实、更能让学生接受。

3. 可行性原则

评价指标的表述应简洁、明白，能为学生接受，可进行独立测量，可控制。多数指标既能用于教师评价，又能让学生进行自评和小组评价。每项一级指标既能单独施评，又能支持整个评价体系的评价功能。

4. 灵活性原则

过程性评价要根据学生的实际情况来开展，切不可机械照搬或套用他人认为"正确"的评价模式，亦不可机械地执行课前准备的一系列评价步骤，一定要结合真实的评价情景和实际条件，由师生共同创造性地完成评价活动。

5. 真实性原则

评价结果及其得出过程一定要客观公正。过程性评价中要尽可能地减少主观因素的干扰，以使过程性评价能真实、准确地反映学生最近一段的学习情况；另外，评价的结果也要客观地描述，减少主观色彩，以体现学生间的平等和为学生提供一个客观的反馈。

6. 及时性原则

及时性原则指过程性评价实施过程中或实施完毕后都必须及时准确地做出反馈，以使学生和教师能在第一时间调整自己的学习方法和教学策略。要使评价和教育教学活动一体化。在整个探究学习过程中，对学生学习的各个环节不断地关注、评价，并随时反馈改进，不断促进学生的发展。

7. 激励性原则

激励性原则指评价完毕后应淡化学生间的横向对比，避免给学生排序的情况，而要注重对学生个体纵向发展的质的分析与研究。最终的评价结论一般不宜量化为百分数，较为理想的方式是为学生提供一个多维度的等级评价结论，以使每个学生既能看到自己在某些方面的优势，也能洞察到自己某些方面的不足，为其制订下一段的学习计划或开展新的学习活动提供有益的参考。评价的目的不是为了给学生分等，而是为了激发学生参与的兴趣，改善学生的学习方式，丰富学生的生存体验，鼓励学生在活动中展示自己的个性和才能，只要学生积极参与，即使结果不理想，也应对其学习活动中的积极成分给予肯定和鼓励。

——摘自周春宝的硕士学位论文"初中物理探究学习过程性评价探索"

五、过程性评价的实施

过程性评价与教学是融为一体、不可分割的，它直接评价教师的教学行为和学生的学习行为，因此不能将教师的教学和学生的学习分离开来。基于学习的基本过程、特点以及学习中的评价内容，过程性评价在实施过程中应遵循如下流程，如图 3-2 所示。

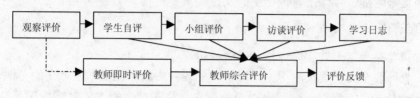

图 3-2　过程性评价实施流程图

过程性评价是伴随着学习过程进行的，每次学习之前，教师要把评价量表和学习日志发给学生。学习过程中，教师要注意观察学生的表现，即时给予评价；而学习结束后，学生自评并将评价的结果交给小组长，统一进行互评后小组长将小组互评和学生自评的结果交给教师，最后由教师总评。学习结束后教师要对部分同学追踪访谈，学生完成学习日志，教师总评后把评价结果及时反馈给学生并对学生的学习进行个别指导。实施过程性评价的具体评价做法如下。

1．观察评价

观察评价的主体是教师和小组内的其他成员。在整个教与学的过程中，教师巡视观察每位同学的表现，一方面，可以对学生的课堂表现进行即时评价，起到鼓励和引导学生的作用；另一方面，也可以作为教师对学生综合评价的依据，为评价反馈及对学生个别指导做准备。在学习过程中，小组成员也要注意观察同伴的行为，这样才能在小组评价中做出正确的判断，并通过观察，学习同伴的优点。

2．学生自评

在教学活动开始前就将"学习过程评价表"和"学习日志"发给每一位学生，这样做是为了让学生知道对自身的要求，在完成任务之前就充分地明确学习任务期望达到的水平，在学习结束后立即组织学生自评。在学生自评之前，教师要向学生着重强调：过程性评价的目的是促进学生的发展而不是用来排名和选拔的，以确保学生能实事求是地进行各项指标的评定。

3．小组互评

由小组长组织组员共同讨论，结合"学习过程评价表"对本组同学的学习过程进行评价，对每一项标准全体成员经过探讨达成一致意见后，由组长填写小组成绩，并把评价表上交给老师。

4．访谈评价

学习结束后，教师根据课堂观察，对个别同学进行访谈。访谈要以开放式问题为主，以鼓励的手段为主，让学生把当时的想法、做法充分表述出来，不要产生压力感。这样才能够更加全面地把握学生的学习状况。

5．学习日志

学生在做完自评与小组评价之后，要填写"学习日志"，对在活动中的表现进行全面反思。记下本次学习活动的得失、感受及建议。这也是过程性评价的一个重要环节，虽然不打分，但这是老师综合评定每位学生的质性的重要材料。

6．教师评价

教师评价包括课堂上的即时评价和综合评价。

首先，教师要全面收集反映学生学习情况的各种资料。包括学生上交的"学习日志"、"学习过程评价表"、追踪访谈记录以及教师在学生探究过程中的观察情况等。在收集到足够信息时才是评价的最佳时机。

其次，要详细分析学生上交的各种资料，即分析学生在学习活动中哪些方面表现好，哪些方面还待提高，哪些学生参与程度高，哪些学生不太积极等，然后结合自己的观察综合做出评价。

获得评价结果并不是过程性评价的最终目的。过程性评价要求将评价结果及时地反馈给学生，并根据评价结果为学生学习进行个别指导。由于过程性评价更加关注学习过程，因此，评价结果更能够反映出学生的学习特性，为学生改进自身不足，增强学习的主动性与积极性起到一定的促进作用。

拓展阅读

过程性评价的实施方法

过程性评价实施的具体方式按主体不同可分为教师对学生的评价、学生之间的互评和学生自评。学生自评是指学生参照评价指标体系对自己在探究学习中的活动状况和发展状况进行自我鉴定，自评的过程实际上是一种自我认识、自我分析、自我提高的过程。但自评的缺点是没有一个客观的统一标准，其主观性较强，容易出现对成绩评估过高或过低的现象。因此，使用时要特别注意对学生的引导。教师对学生的评价和小组之间的学生互评都属于他人评价，相对自评来说，他人评价一般都有统一的评价标准，而且由于评价本身不直接涉及评价者的利益，一般来说更为客观一些。所以在实际操作时，要根据具体情况，合理使用自评和他评。

过程性评价是质性评价和量化评价的整合，实施过程性评价要选择恰当的方法，即选择方法时要考虑其是否适合对预期目标的评价。过程性评价经常使用的方法有：观察法、访谈法、评价量表法和学习日志法等。

1．观察法

观察法是过程性评价的一种常用方法。通过观察，可以了解学生对知识的理解与应用情况。如能否根据已有知识经验做出合理的猜想与假设；能否依据已有的知识和经验对猜想或假设作初步论证的意识；实验探究过程中实验基本操作是否规范、仪器安装是否正确等。通过观察，可以了解学生学习能力的发展状况，如能否设计出科学合理的实验方案；在实验过程中能否发现新问题并积极思考提出解决问题的办法；能否仔细观察记录实验现象等。

同时，通过观察，还可以掌握学生在学习过程中的情感、态度与价值观等方面的发展状况。如学生是否积极参与到整个学习过程中去，在学习中能否积极与同伴交流等。在使用观察法时，要注意由于学生人数多这一因素，一次不可能对所有的学生都进行全面、详细的观察。因此，每次实施时，可以分组次有重点地观察某几名同学，课外及时地与问题突出的学生进行交流，探明问题的根源，并用激励性语言鼓励学生进步。同时还应注意观察的连续性，不能仅凭一次观察就对学生的科学素养的发展状况做出评价，而是要经过比较长时间的连续观察之后，再对学生的科学素养发展状况做出评价。

2. 访谈法

访谈法，是以口头形式根据学生的答复搜集评估资料的方法。访谈法具有较大的灵活性和适应性，它有四个明显的优点：①访谈可以避免问卷回答的遗漏和不回答的情况；②访谈可以提供向深层探索的机会，以及陈述、讲清问题的机会；③访谈的结果如事先设计要点，也可以做到标准化；④访谈可以让学生自由回答，更有利于表述他们的观点与想法。访谈的题目分为选择型问答和开放型问答两种。选择型问答(一般问题)有利于结果统计，开放型问答(例如，"对于这次活动，你是怎样看待的？有什么感想？怎么来解决？"等等)有利于学生的充分表述，因此这两种方法应结合使用。在运用访谈法进行评价时，每个学生都要回答同样一组问题，但在提问的措辞上可作一些变化。采用访谈法的评价基本操作过程是：确定评价目标与对象—拟订题目—访谈—整理记录—分析和解释结果—完成评价报告。访谈也是评价学生表现的常用方法，可以在实施过程性评价结束后进行，利用课后3~5分钟时间追踪访谈1~2名学生或一组学生，访谈内容可涉及活动感受、活动方案的设计情况、学习中的困惑、合作交流情况、对下次学习的期待等内容。访谈内容可根据具体情况具体实施，不要给学生压力，让学生畅所欲言，使学生真正得到充分、自由的发展。

3. 评价量表法

在过程性评价中要经常对学生学习的预期目标和非预期目标进行评价，这种评价最常用的一种方法就是评价量表法。量表可以是开放性的，也可以是封闭性的。其优点是方便实用，能收集广泛的信息，也便于归类整理和分析；其缺点是收集到的信息只反映了表面现象，难以了解隐含在现象之下的深层次原因。所以，评价量表的编制是实施评价的关键，量表有些可以用现成的，有些需要改编或完全要自己编制。编制量表时要明确自己所要评价的具体内容变量是什么，以及这一变量的内部结构和外在表现是怎样的，然后在此基础上编写出一系列封闭和开放式的问题。

评价量表法是以书面的形式对学生学习活动做出评价的一种方式。通过分析学生上交的各种活动过程评价表，可以对学生在探究学习中所表现的参与意识、合作精神、实验操作技能、探究能力、分析问题的思路、知识的理解和认知水平及表达交流技能等进行全方位的评价，交流材料的汇总可收录在学生档案袋中，每隔一段时间，教师将评价汇总反馈给学生，可以使学生了解自己在一段时间的探究学习中的进步与不足，从而为下一阶段的探究学习做好准备。如果运用得好，评价量表将能实现以下的重要评价功能。

(1) 有利于直接评价学生学习过程的不同侧面。

(2) 通过明确一系列行为特征，为评价学生的行为表现提供一个共同的框架。

(3) 为教师提供了一种简便的评价工具。

(4) 可以作为很好的教学手段，量表中所列的尺度和对行为表现的描述向学生说明了所期望的行为表现。

4. 学习日志法

要求学生记学习日志，并以此为基础进行评价，非常有利于考查学生对概念的理解、进行科学探究的能力水平以及在学习过程中的情感态度和价值观。评价量表作为一种量化评价工具，使用简便是它突出的特点；而学习日志作为一种质性评价工具，其特征是能够考虑到学生的个性差异，让学生充分反思自己的不同体验。学习日志也可以小组日志的形式开展，内容包括：组内"大事"的各种记录、同学之间的互相表扬与批评以及教师的留言。学习日志也可以个人的形式展开，内容包括探究学习中参与的程度、参与活动的表现和主要收获、存在的问题与不足、提出有价值的问题、疑难与解答、对老师的希望与建议等。学习日志是非正式的过程性评价，带有强烈的情感性和交互性，相比评价量表有较强的针对性、即时性、模糊性和临时性。

——摘自周春宝的硕士学位论文"初中物理探究学习过程性评价探索"

**活动建议**

深刻理解信息技术支撑下的过程性评价的内涵，并与传统教学评价作比较，分析它们的异同点。结合本节文中所列出的"初中物理探究学习过程评价表"及"初中物理探究学习日志"，试考虑：在过程性教学评价的设计与实施中，教师应该注意哪些问题；并反思自己平时在教学中是如何应用过程性评价的，效果如何。同时将分析结果与心得写在下面的横线上。

_____

_____

第二节　信息技术支撑的表现性评价

**本节导读**

本节主要介绍有关表现性评价的知识，包括表现性评价的概念、特点、分类，以及信息技术支撑下的表现性评价的设计与实施。通过本节的学习，应掌握什么是表现性评价，什么是表现性评价的特点和分类，掌握表现性评价的设计方法以及如何根据具体的教学内容合理地设计和实施表现性评价。

案例研习

　　申老师是某实验小学三年级的数学老师。在同学们学习了"单位换算"这一单元后，他给大家安排了如下任务：

　　妈妈在网上订了一套在本地书店买不到的百科全书，这套书的价格为 100 元，不过如果想通过邮寄的方式拿到这本书，邮费得你们自己付。

　　你们可以选择两种不同的邮寄方式：

　　一种是普通的邮寄方式，三天后能拿到书，邮资是每 0.5kg 收费 2 元。

　　另一种是快递的邮寄方式，一天后就能拿到书，邮资是每 0.5kg 收费 8 元。

　　这套书包装好以后，称重显示是1050g，那么，你会选哪种邮寄方式来得到这套书呢？为什么？要想得到这套书，你们究竟要花多少钱呢？能不能用写一写、画一画等方法来解释你是怎么想的？

　　为了使评价更具公平性和科学性，申老师针对本次任务制定了分项等级评价量规。

评分项 等级	事实性知识	策略性知识	解　释
4分	1. 能辨别出问题中所涉及的所有重量单位和货币单位 2. 在解决任务的过程中采用了正确的进率 3. 运算完整并准确	1. 识别问题中重量与货币之间的关系，并对这种关系表现出完全的理解 2. 使用了合适的、系统的问题解决策略 3. 问题解决的步骤是完整的	1. 对解题方法做出完整的书面解释，包括做什么及为什么这么做 2. 若采用图表，则对图表中每个要素做出清晰、合理的解释
3分	1. 能辨别出问题中涉及的所有单位 2. …… 3. ……	1. 识别出问题中重量与货币之间的关系，大体理解它们之间的关系 2. ……	1. 对解题方法做出基本完整的书面解释，说明做什么和为什么做 2. ……
2分	……	……	……
1分	……	……	……

　　让我们来看看同学们的作品及申老师做出的反馈吧！

学生作品代表：

　　我选第一种邮寄的方式，因为这种方案比较便宜。这种方案，我一共需要付 104.2 元。

　　因为，我知道，0.5kg 就是 500g，500g 是由 10 个 50g 组成的，我将 500g 的东西按50g 为一袋，分成了 10 袋，10 袋需要 2 元，也就是 20 角，如此每一袋只需要 2 角，所以，50g 就需要 2 角，1050g=500g+500g+50g，所以，邮费总共 2 元×2+2 角=4.2 元，书是 100 元，所以，我要付 104.2 元。

50	50	50	50	50
50	50	50	50	50

教师反馈:

你很好地理解了这个问题中所涉及的重量单位和货币单位,并且记住了重量单位之间该怎样转化,计算正确,因此,在这道题中,你的事实性知识的掌握可以得到 4 分。你使用画图的方法来理解这个问题,并且通过将 500g 平均分成 10 份,来考虑重量为 50g 的货物应该付多少钱,这样的方法很巧妙,这说明,在这个任务的完成过程中,你能够很好地联系我们所学过的平均分等知识来解决问题,你真的很棒!所以,在这个任务中,你的策略性知识的掌握方面可以达到水平 4。而且,你能够对你的做法做出完整的、合理的解释,你画的示意图能够使我们理解你的想法。继续保持哟!

 案例分析

这是一个表现性评价在小学数学中应用的案例。案例中的申老师为学生们设计了一个任务情境——邮寄百科书,这样可以将所学的重量、货币等单位转换问题与实际生活联系起来。在学生们完成这个任务的过程中,申老师引导学生观察任务情境、明确要解决的问题,并识别解决问题所需要的关键信息。通过学生之间的交流、讨论,引导学生表述出解决问题的策略与方法,进而更好地建构策略性知识,提高学生主动运用数学知识解决问题、运用数学语言进行交流的能力。表现性评价能够促进学生策略性知识的获得,并展示出学生认知风格上的差异,对学生创新能力的培养有一定的现实意义。

一、表现性评价

表现性评价(Performance Assessment)是在 20 世纪 90 年代,美国兴起的一种评价方式。它是在学生学习完一定的知识后,通过让学生完成某一实际任务来评价学生的学习状况,包括表现性任务和对表现的评价。它的评价方式有别于传统的纸笔测验评价,是对学生能力行为进行直接的评价。

表现性评价并不是在教育领域最先提出并得到运用的,它最早是运用在心理学领域和企业管理领域。如在非语言的心理测试中,要求被试者通过动手操作具体的实物而对被试者的某种技能进行评价;在工厂里,主管人员通过观察受雇者在完成一项特殊工作任务时的表现来对工人的工作做出评价。直到 20 世纪 40 年代教育测量学家才开始对表现性评价产生兴趣并加以研究,并在 20 世纪 60 年代以后获得迅速发展,到 90 年代基本成熟,成为今天国外在学校课程评价中得到广泛应用的一种独立的学生评价方式。在我国新一轮的课程评价改革中,表现性评价也以其发展性特征而备受关注。

目前,国内外对表现性评价的看法并不统一。现列出几种有影响力的看法。

在国内,李永珺等人认为,通过学生自己给出的问题答案和展示的作品来判断学生所获得的知识和技能的评价是表现性评价(《新课程评价中的表现性评定》,载《教育发展研究》,2002(12));李金亏认为,表现性评价是指通过观察学生在完成实际任务时的表现来

评价学生已取得的发展成就的评价(《语文学习评价研究》，西北师范大学硕士学位论文，2003)。

在国外，斯蒂金斯(R.J.Stiggins)和威金斯(G.Wiggins)的观点比较具有代表性。斯蒂金斯(1992)认为，"表现性评价为测量学习者运用先前所获得的知识解决新异问题或完成具体任务能力的一系列尝试。在表现性评价中，常常运用真实的生活或模拟的评价练习来引发最初的反应，而这些反应可直接由高水平的评价者按照一定的标准进行观察、评判，其形式包括建构反应题、书面报告、作文、演说、操作、实验、资料收集、作品展示"。而威金斯则强调，表现性评价要求学生完成一个活动，或制作一个作品以证明其知识与技能等，即主张让学生在真实情境中去表现其所知与所能。[①]

综合以上多个定义的描述，可以从中得到两个共同点：一是评价中涉及的任务是实际的、具体的，不是远离社会真实情境的；二是学生在处理实际任务时必须运用已有的知识、技能，表现出真实水平。这两点也正是表现性评价之所以产生并受到欢迎的原因。

表现性评价在我国中小学教育中并不陌生，它早已经广泛应用在职业教育、美术、音乐、体育等课程的评价中，只是在其他传统学科课程评价中使用较少。在新课程改革中，大力倡导在各科课程评价中广泛使用表现性评价，因此，广大教师需要及时掌握表现性评价的理论和操作技术，并在自己的教育教学工作中创造性地加以运用。

二、表现性评价的特点

表现性评价强调通过观察学生用自己的知识技能来完成实际任务时的表现来评价学生所取得的发展成就。表 3-3 是从目标、学生的反应、优点、对学习的影响四个方面分析了表现性评价不同于客观性测验的特点。

表 3-3　各种评价方式的比较

评价方式	表现性评价	客观性测验
目标	评定将知识和理解转换成行动的能力	知识样本，具有最大的有效性和信度值
学生反应	计划、建立和传递原始反应	阅读、评价和选择
优点	提供表现技能充分的证据	有效率——能在同一时间内进行多个测验度量的施测
对学习的影响	强调在相关和问题背景情况下，使用现成技能和知识	过分强调记忆，如妥善编制，亦可测量到思维技能

通过分析表现性评价的概念以及与客观评价方式的比较，可以总结出表现性评价的几个突出特点。

(1) 表现性评价的目的既可以是给学生评分，也可以是对学生的学习情况进行诊断，但其重点是在后者。

---

① 周文叶. 论表现性评价在综合素质评价中的运用[J]. 全球教育展望，2007(10)：54～58.

(2) 表现性评价关注的评价领域不是知识和技能的回忆与再认知，而是知识和技能的应用与非智力因素的发展，评价时要求学生演示、创造、制作或动手做某事。

(3) 表现性评价的问题情境是比较真实的，需要学生解决的问题是现实中的问题，而不是脱离现实情境的抽象问题，要唤起真实情景的运用。

(4) 表现性评价中需要学生完成的任务一般是比较复杂的，使用有意义的教学活动作为评价任务，需要学生综合运用多学科的知识和技能来加以解决。

(5) 表现性评价鼓励学生的发散性思维，允许甚至追求答案的多样性，要求教师在教学和评价中担任新的角色。

表现性评价特别强调情境的真实性问题。通常情况下，表现性评价的情境越真实，就越能显示出学生在知识、技能等方面的真实发展状况。但是，有时发生学习的真实情境是无法重复的，因此只好使用模拟情境。模拟情境越接近真实情境，表现性评价的结果就越能代表教学所期望的结果，就越符合教师期望学生达成的教学目标。当然，表现性评价施测情境的真实程度是受教学目标的特征和客观条件的限制的。表 3-4 显示了在初中物理"机械能守恒定律"课程的导入环节中，教师提出同一个问题，但模拟情境的真实性程度越来越高。

表 3-4　解决同一问题的不同真实性程度

真实性	低	让学生思考一个问题：大家都看过摆动的钟摆，请问，在不考虑摩擦的情况下，运动的钟摆将会如何呢？你能得到什么结论
		将时钟带入课堂，让学生观看钟摆的运动过程，回答问题
	高	在课堂上演示"铁球碰鼻"：将一个铁球悬挂在教室天花板上，让铁球能刚好接触鼻子，然后释放铁球，让学生观看现象，回答问题
		让学生亲身感受"铁球碰鼻"的实验，回答问题，得出实验结论

本例中，在老师演示"铁球碰鼻"实验过程中，当球再次摆回朝老师打来时，教室中爆出了一阵惊叫声，学生都为教师捏了一把汗，不知老师能否避免这一"劫难"。但老师那安详的神态又激起他们求知的欲望，学生的兴趣与好奇心已被唤醒，情不自禁地思考其中的奥秘，从而为讲授新课开了一个好头。当学生亲自参与实验后，"铁球摆回来的高度与初始高度相同"的结论就很容易得出了，再去理解"机械能守恒定律"就是轻而易举的事情了。

从上述表现性评价的特点的分析中可以看到，表现性评价既有许多优点，也有一定的局限性。

表现性评价的优点如下。

(1) 有助于阐明学习目标。

(2) 可以评价学生"做"的能力。

(3) 注重知识技能的整合与综合运用。

(4) 与教学活动有密切联系。

表现性评价具有以下几点不足之处。

(1) 高质量的表现任务与评分办法难以编制，且评分具有主观性。

(2) 表现性评价的实施比较困难。

(3) 难以评价学生在其他表现性任务上的迁移能力。

(4) 很难评价所有类型的学习目标。

在实际应用时，最好将客观形式的测验与表现性评价结合起来使用，这样可以相互弥补，更全面地对学生做出评价。传统的客观性测验对许多方面的知识和能力的测量是高效而可信的，如果精心编制，它也可以用于评价包括分析、推理和综合在内的一些高层次的心智技能。所以，在运用表现性评价时，要根据教学目标和教学条件来分析判断方法的适切性，避免不分具体情况，盲目推广。当然，在淡化分数的义务教育阶段，甚至高中阶段，采用表现性评价作为对客观性测验的补充，是极其必要的。由于表现性评价更加尊重教育目标的整体性和广泛性，可以让学生更充分地、多方位地表现自己，因此，从促进学生全面发展的课改理念出发，表现性评价理应成为当前新课程评价改革中大力倡导的一种发展性评价方法。

三、表现性评价的分类

按照不同的标准，可以将表现性评价划分为不同的类别。

(一)按照任务类型划分

根据美国学者 R. L. Linn 和 N. E. Gronlund 在《教学中的测验与评价》一书中的论述，将表现性评价分为限制型和扩展型两种。[①]表 3-5 列举了几种具体的限制型和扩展型任务。限制型表现性任务通常结构性较强，对完成任务所要求的表现容易做出明确描述，相对比较简单，一般集中在专门技能上面。扩展型表现任务则相对较复杂，对任务完成的限制也较少，完成任务过程中更多地涉及多种技能或能力以及较复杂的认知过程，一般包含对理解能力、问题解决等深层能力的评价。

表 3-5　表现性任务的类型

任务类型	具体任务
限制型的表现任务	大声朗读 用外语问路 设计一个表格 使用一种科学仪器 打字
扩展型的表现任务	建造一个模型 收集、分析和评估数据 组织观点，创作一种视听作品 创作一幅画和演奏一种乐器 写一个具有创造性的小故事

---

① 余林. 表现性评价的特点与设计[EB/OL]. http://www.ludongpo.com/Html/lunwen/pingjia/397520090116100500.html.

限制型和扩展型表现性任务各有优势和局限。相比较而言，限制型表现性任务有比较具体的结构化要求，完成任务需要的时间较少，评分相对容易，一定时间内可执行的任务也就更多，这使得测查内容的覆盖面可以更宽泛些；但另一方面，结构性的要求也使得在完成任务时对学生的限制增多，学生发挥自主性的余地相应变小，评价学生整合信息和独创性等方面能力的价值也就变小。扩展型的表现性任务则正好可以弥补限制型任务的缺陷。在实际应用中，教师可以根据需要择优选用限制型或扩展型任务，也可以尝试将两种任务结合起来使用。如，一道以选择题开始的限制型的表现性任务，选择完答案后可以通过让学生解释为什么选择该答案而进行扩展，或者是解释为什么没有选择其他的答案加以扩展。这样就可以知道学生选择了正确的答案，到底是因为一种合适的理由，还是出于一种简单的猜测。

(二)按照表现形式划分

按照表现形式划分，表现性评价可以分为以下五类。

(1) 演示。演示是一种按要求做出的能力表现，学生借此展示他能够使用知识与技能来完成一件定义良好的复杂任务。构成演示的任务通常是定义良好的，而且学生和评价者通常也知道完成演示的正确或最佳的方式。

(2) 实验与调查。实验与调查也是一种按要求做出的能力表现，学生从中计划、实施及解释经验研究的结果。研究集中于回答具体的问题或调查具体的研究假设。

(3) 科研项目。这是指让学生或学生群体完成一项科研项目，从而对其综合运用知识的能力做出评价。在实际运用时，主要有个体项目与群体项目两种形式。

(4) 口头描述与戏剧表演。口头描述允许学生说出他们的知识，并以会谈、演讲的方式使用其口语技能。戏剧表演将言语化、口头与演讲技能及运动能力表现结合在一起。

(5) 作品选集。作品选集是学生作品的有限集合，用于展示学生的最佳作品，或者展示学生在给定时间段内的教育成长过程。作品选集并不仅仅是学生所有作品的集合，还包括判断优秀作品的标准、学生对作品的修改及对作品的自我分析与反思。

四、表现性评价的设计

表现性评价与传统评价的主要区别就在于所用的测量任务的类型不同。表现性评价能否达到预期的目的、是否成功，很大程度上取决于表现性任务的设计。

(一)表现性任务的设计原则[①]

表现性任务是表现性评价的重要依托，设计表现性任务时，要遵循如下的原则。

(1) 确保评价任务与评价目的的高度相关。表现性评价涉及的任务一般比较复杂，通常也没有客观的标准来衡量任务的合适程度，所以，要保证表现性评价的质量，在设计任务

---

① 余林. 表现性评价的特点与设计[EB/OL]. http://www.ludongpo.com/Html/lunwen/pingjia/397520090116100500. html.

时首先要考虑的就是保证评价任务与评价目的的高度相关。

(2) 关注那些需要复杂智力技能并能反映多方面教学成果的任务。表现性评价需要教师和学生投入大量的时间、精力。因此，本着高成效原则，设计表现性任务时，教师要考虑那些用纸笔测验不能很好地测量到的知识或技能，选择那些能够反映多方面教学成果的内容时，不要过于简单，要在任务的完成过程中尽量涉及问题提出、收集、组织、分析和处理信息等高级思维技能。

(3) 表现性任务要尽量真实，即尽量接近实际生活情境中的任务原型。表现性评价的原理就是要用较为真实、复杂的任务引出学生的"原创性"反应来评价，任务越接近真实情况，学生越接近真实反应，评价效果也就较好。

(4) 要考虑评价前后的有关因素和效应。设计任务前，对学生现有的学业水平、智力水平等应有一个大致的把握，过难或过易都不可取，最好以教育学上所说的"跳一跳，够得着"为原则来设计。另外，还要考虑评价能够促进以后的学习、教学和学生良好思维的发展，尽量减少负面的影响。

(5) 要求表述清晰、简洁易懂。所设计的任务，尤其是指导语，一定要清晰、简洁易懂，不要出漏洞、有歧义。语言的简洁、易懂也避免了学生在任务的理解上浪费过多精力。

(6) 可操作性，即任务的可行性，需考虑人力、财力、物力、空间、时间和设备等方面的因素。在客观条件允许的范围内，还要考虑学生的承受能力，如考虑学生的学业水平、经济水平、身体状况等。

(二)表现性评价的设计步骤

表现性评价的设计可以分为三步：确定评价目标、设计评价任务、制定评价标准。

1. 确定表现性评价目标

评价目标要根据学生所掌握的知识及获得的相应能力来确定，不同的知识能力要设计不同的评价目标。教师要十分明确通过这次评价你要知道什么、要推论到什么，清楚自己想要评价哪种高级思维或解决问题的能力，这些技能是否符合学生的知识能力。

李老师的学生刚刚学会了怎样应用十进制的数学技能，他想知道学生们是否真正掌握了这一技能。他决定使用表现性评价来测量学生应用十进制的能力。通过这次评价他想清楚地知道学生对十进制的掌握达到了什么程度，掌握不好的学生问题出在哪里，基本掌握的学生为什么没有达到灵活运用的程度，掌握好的学生在学习过程中有哪些可以总结的因素。根据掌握程度将学生分为这几类，还有没有其他情况出现。

上面例子中，李老师的表现性评价目标十分明确，就是想测量学生应用十进制的能力，对学生掌握的程度、问题所在、优势是什么等描述得十分具体。在实际应用中，教师应该做到评价目标明确、具体，最好形成文字，以便在设计任务的整个过程中，时时刻刻提醒自己。

2. 设计表现性评价任务

美国的教育评价专家 Garcia 和 Pearson 认为：表现性评价要"以真实世界的情境呈现来激发学生的实际表现"，所以在设计表现性评价任务时，除了要明确采用何种评价形式，包括哪些评价内容,更重要的是如何创设问题的情境。

问题情境创设时要注意以下几点。

(1) 科学性。设计的问题情境在文字表述上要清晰、明确,不能带有歧义,表述的内容要准确,不能带有科学性的错误。

(2) 难易适当。设计的问题情境不能难度太大,也不能过于容易。表现性评价的目的是让学生展示他们在学习过程中发展起来的高级思维能力,如果完成任务的程序和内容非常不合适,学生就难以展示他们的能力。因此,设计的表现性任务必须是新的,但又不能是学生十分陌生的类型,应该是学生曾接触过的,但又不是一模一样的。也就是说,活动要有一定的挑战性,既要有一定的难度,但难度也不能太大,也就是任务一定要适宜。

(3) 多重关注点。这要求表现性任务的完成要能够反映多方面智力技能和教学成果。表现性评价的设计耗时耗力,在保证主要目标明确的前提下,一次能兼顾多个目标更好,在设计任务时要充分考虑这一点。一个理想的方式是将内容和技能通过多个学科结合在一起。可以尝试设计一些较复杂的表现性任务,要求学生综合运用数学知识、写作能力、科学知识、艺术能力等来完成。另外,较复杂的任务也会更加吸引学生。

在一个跨学科的单元中涉及刘易斯和克拉克的冒险,一位教师就要求学生仿照刘易斯和克拉克,在旅途中创建一本自己的旅游日记。要求学生假设自己是刘易斯和克拉克,给家里写一封信,记录他们沿途看到的鸟类、树叶和醒目的路标等,并把他们写的东西用图画记录下来。这里就涉及了科学、艺术、写作、社会学等多重关注点。

(4) 问题解决方式的开放性。表现性评价的一个重要目的是充分展示学生的能力,实现学生的自主性。在解决问题过程中,要允许学生自己选择查找资料的方式(如向专家求助、查阅杂志、百科全书、报纸、科学刊物等)和呈现成果的方式(如录像带、磁带、辩论性文章、口头说明、图表展示、故事、对话等)。尽管它们很耗费学生的时间和精力,但这种方式能让学生感觉到对学习拥有自主权,因而能充分调动学生的积极性,最大限度地展示学生的能力,同样也能将学生最大的优势和不足测量出来。因此,设计的表现性任务要允许学生自由选择解决问题的方式,完成这个任务的方式应该是开放性的,答案应多种多样,不应该是唯一的。学生要体现一定的自主权,为展示他们的能力提供足够的时间和资源。

(5) 真实性。设计的问题情境应该是真实的,对于虚拟问题情境,也应该尽可能接近学生的生活体验。只有将评价置于实际的问题情境中,才能真正地评价学生发现问题、解决问题、合作学习、迁移的能力,这样的评价结果才是真实的。

3. 制定表现性评价标准

评价标准是教师进行评价的工具和依据。明确的评价标准能够使教师在整个评价过程中保持客观性,减少主观性和盲目性。如果是多位教师对同一问题情境中学生的表现进行评价,可以增加信度。对于学生而言,明确的评价标准可以使他们反省自己的学习,并为提高学习能力制订计划。可见,评价标准的制定至关重要。

评价标准的编制可以从两个角度来描述,即评价等级量表和评价细则。

1) 制作表现性学习的评价等级量表

评价学生行为表现是一件复杂的事情,要对学生完成各类各项学习任务给予有效的、可信的评价,制作评价等级量表和制定细则是关键。

由于表现性学习任务是千差万别的，不可能用一个万能的标准，对所有学生在所有项目中的表现给出一个客观的量化评价。事实上，对表现性评价进行量化操作是不必要的，也是不可能的。表现性学习行为的多元性(智力的、思维的、技能的……)、多样性(口头的、操行的、制作的、实验的……)和答案的"弹性"，决定了对学生的表现性学习水平的评价不可能是测量的，只能进行等级评估。按着习惯做法，表现性评价可划分为优秀、良好、满意、一般和较差五个等级。在实际操作中，也可根据评价项目的不同，做出相应的等级划分。

2) 制定表现性学习评价细则

为对学生行为表现实施有效的评价，有必要制定与考查项目内容相关的评价细则。恰当地描述学生行为表现的水平程度，对教师来说可以使评价公开、公平，提高评价的信度、效果，得到广泛的认同；对学生来说，可以更清楚地了解学习任务和表现项目的预期目标，让学习行为和学习表现更有成效，更好地促进自身的发展。

表现性评价细则的制定，一般是通过对学生在特定的学习活动中的行为表现进行等级描述来完成的。通常等级描述应把握以下几点。

(1) 对要评价的行为表现，教师自己先实际表现一下，记录和研究自己的表现或任务可能展现的成果。

(2) 列出这些表现或成果的重要方面，作为指导观察和评价的表现标准。

(3) 为方便观察和判断，表现标准的数量不宜太多，一般限制在10～15项之间。

(4) 尽可能用可观察、可测量和可量化的学生行为或成果特质来界定表现标准，避免用含糊不清的字眼来描述表现标准。

(5) 按行为表现的顺序排列表现标准，以方便观察和判断。

(6) 检查是否已有现成的表现评价工具。若有，则可直接借用；若无，再自行编制。这样可以避免不必要的时间和精力的浪费。

以上内容介绍了设计表现性评价时的三个主要步骤，具体设计时，可参考这三个方面灵活运用，不必完全拘泥于此。表现性评价的形式不拘一格，教师可以根据实际教学需要灵活处理。

五、表现性评价的实施

设计是实施的前提与基础。设计完成后，表现性评价的评价目标、评价任务及评分标准就确定下来了，接下来就是考虑如何实施的问题了。实施中最关键的问题就是如何提高表现性评价的信度和效度，保证表现性评价的客观和公正，使学生能够积极参与到事先设计的任务当中，并依据评价标准客观、真实地检验学生评价任务的完成状况。为了保证表现性评价的有效性，实施过程中应注意以下几个问题。

1. 确定测验规则

通常应考虑的条件有如下几个。

(1) 时间：给学生多少时间来计划、修改及完成任务。

(2) 参考资料：学生在完成任务时，可以使用何种参考资料(如字典、课本、上课笔记、电脑软件等)。

(3) 其他人：学生在测验或完成项目时能否向同学、教师或专家求助。

(4) 设备：学生在完成任务时能否使用电脑、计算器、拼写检查器以及其他的设施。

(5) 评估标准：你是否会明确地告诉学生用来评价他们的学习成果或表现的标准是什么。

在确定这几个条件时，可以考虑现实生活中人们在完成这种类型的任务时受到的限制；怎样制定这些规则才能获取学生的最佳表现。

下面是《中小学教育评价》中给出的例子，可以作为参考。

李老师的测验规则

时间： 学生可以用午饭前一个小时来准备他们的商店、给商品标价以及制造玩具钱。午饭后，每个小组要进行买卖活动的展示。展示的时间大约为 10 分钟，包括提问的时间。

参考资料： 学生可以使用艺术品、杂志以及任何从家里带来的实物。可以用教室中的字典来检查拼写是否正确。

其他人： 教师会把全班分成 4~6 人的小组。学生要尊重和协助其他组的同学。

设备： 学生可以用彩色纸和剪刀制作玩具钱，用图画画出用于出售的商品，用个人的计算器来找钱。

评分标准： 明确告诉学生。如果标价正确和玩具钱清楚准确，学生就会得到 5 分。展示买卖活动的过程总分也是 5 分。分数的给法主要看运算的准确性和解释是否清楚。如有额外的表现，或者正确回答同学或教师的问题可以得到总分为 2 分的奖励。

——摘自[美]G.D.Borich & M.L.Tombari《中小学教育评价》，中国轻工业出版社，2004

2．确保活动顺利进行

实施过程中要考虑活动进行的全过程。为保证活动顺利进行，一般要考虑以下几方面。

(1) 组织任务：活动开始时，采用合适的方式向学生描述这次表现性评价以及这次活动的目的和意义；复习学过的相关知识和策略，以帮助他们顺利完成任务；确认学生在开始活动前已经明白了任务的要求。

(2) 调动积极性：学生的参与程度对表现性评价的质量很重要。活动开始时，要给学生一定的鼓励，以激发他们的好奇心和兴趣。

(3) 初步指导：在学生独自或分小组活动前，考虑怎样进行解释，如何进行示范。必要的话，也可以考虑用几个具体的例子来引导学生。

(4) 过程调节：学生开始自由活动之后，要采用一定的方法进行监控，尽量使他们能从错误中学到东西，或在他们完成任务过程中出现混淆或错误概念等现象时，给学生提供过程性的反馈。为便于监控，可以采取"鱼缸布局"，即参加者聚集在一间屋的中间，其他学生和教师从一个更大的、外层的圆圈中进行观察。

(5) 总结：在快要完成任务时，帮助学生回顾他们学到的东西，在大的学习背景下而不是眼前的任务中解释他们的成就。帮助他们将表现性评价和其他的科目、将来要学习的内容以及课堂外的大千世界联系起来。

3. 注重学生自评

在表现性评价中，大多数教师所用的评价工具同样可以被学生用来判断自己的进步。因此，学生也可以参与到评价中，即学生的自我评价。让学生自评他们的行为，再与教师的评价进行对比是非常有用的。这对学生有很多好处：更好地理解教学目标；促进朝向目标的活动；更有效地诊断优势和不足；发展学生自我评价的技能。如果师生通过讨论进行比较，教师就可以了解每个学生给自己等级评定的理由，并对双方的差别进行有效的沟通。

 拓展阅读

口语交际表现性测验

1. 简介

无论是在校园内还是校园外，学生日常生活中都要完成许多类型的讲话任务。本表现性测验关注下面几种类型的任务，分别是描述物体、事件和经历，按顺序说明某个操作步骤，在突发事件中提供信息和说服某个人。

要完成一个讲话任务，讲话人必须向听话人简短地陈述某些信息。这一过程包括决定要说什么，将信息组织起来、根据听话人和场合的情况改编信息、选择传递信息所用的语言，最后正式表达。讲话的效果可以根据讲话人符合任务要求的程度来予以评估。

2. 任务样例

描述任务：想想你最喜欢的课或课外活动是什么，向我描述一下，让我也了解了解。(某一学科、某一社团或某一运动项目怎么样？)

突发事件任务：假设你独自在家，忽然闻到一股烟味，你打电话给消防队，而接电话的正好是我。现在你假装正在和我通话，你要告诉我帮助你所需要的各种信息。(直接对我说，从说"你好"开始)

顺序任务：想一想你会烹调什么。告诉我，一步一步地，怎么完成这一过程。(爆米花、三明治或煎鸡蛋怎么样？)

说服任务：想想你希望在学校看到的某一转变，比如说校规的变化。假如我就是学校的校长，试着说服我学校应该这样变化。(说说走廊通行的规则或报名选课的程序怎么样？)

总任务：在某个课堂活动中，要求学生在同学面前做一个规定内容的口头沟通(即席演讲或精心准备的演讲)。

3. 评估标准

每次口头沟通根据四个标准进行评价：表达、组织、内容和语言。每个评价标准需要考虑2~3个因素。对于评价标准中的因素，(如有必要)在下面加以说明(解释)。

这些标准运用的严格程度随口头沟通的性质而变化。例如，评价即席演讲比精心准备的演讲期望要低一些。同时也应该考虑学生的年龄。

在考虑每一个评估标准的因素时，你可以使用"合格"和"优秀"来加以区分。合格学生的表现是指与期待的发展或教学进度相一致的水平。因此，从一定意义上说，某一因素"合格"大体意味着学生的表现正处于被期望的等级水平，而"优秀"则意味着学生表

现明显超过期待的等级水平。四个标准中的每一个都可以给 1～3 分。因此，任何一个演讲都能获得 4～12 分的总成绩。尽管这些规则被分解开来加以使用，但如果不考虑每个标准的分数分配，它们还是能被完整地运用。

4. 表达

口头沟通表达方式的评定依据三个因素，即音量、音速和发音。

优秀演讲(3 分)，所有三个因素至少合格，并且有 2～3 个因素为优。

熟练演讲(2 分)，三个因素至少都合格。

部分熟练演讲(1 分)，三个因素不是都合格。

5. 组织

口头沟通的组织评定依据两个因素，即交流中多个观点间的顺序和相互关系，也就是演讲中观点间的顺序和联系是否清楚。

优秀演讲(3 分)，两个因素都为优。

熟练演讲(2 分)，两个因素至少都合格。

部分熟练演讲(1 分)，只有一个因素合格。

6. 内容

口头沟通内容评定依据三个因素，即内容的量、内容与指定主题的相关性，以及内容对听众和情境的适应性。

优秀演讲(3 分)，所有三个因素至少合格，并且有 2～3 个因素为优。

熟练演讲(2 分)，三个因素至少都合格。

部分熟练演讲(1 分)，三个因素不是都合格。

7. 语言

口头沟通语言评定依据两个因素，即语法和词语选择。

优秀演讲(3 分)，两个因素都为优。

熟练演讲(2 分)，两个因素都合格。

部分熟练演讲(2 分)，只有一个因素合格。

——摘自[美]W.J.Popham《促进教学的课堂评价》，中国轻工业出版社，2003

活动建议

结合本节"拓展阅读"中"口语交际表现性测验"的内容，试考虑：信息技术支撑的表现性评价与传统教学评价的异同点是什么；在表现性教学评价的设计与实施中，教师应该注意哪些问题；并反思自己平时在教学中是否应用了表现性评价，效果如何。同时将分析结果与心得写在下面的横线上。

_____

_____

第三节 信息技术支撑的发展性评价

本节主要介绍有关发展性评价的知识，包括发展性评价的概念、特点、分类，以及信息技术支撑下的发展性评价的设计与实施。通过本节的学习，应掌握什么是发展性评价，什么是发展性评价的特点和分类，掌握发展性评价的设计方法以及如何根据具体的教学内容合理地设计和实施发展性评价。

一位即将成为四年级的小学生"单子洛"同学，在他"记录我的成长"博客中，发表了题为"膨胀的宇宙与无限大数字"的科学日记，如图3-3所示，原文如下。[①]

你知道吗？我们生活的宇宙中也有自己的生命。不相信吗？那么今天我们讨论一下膨胀的宇宙。

你知道宇宙怎样来的吗？大爆炸便是宇宙诞生的源头。随后星系开始形成，宇宙进入了成熟期。那么现在的宇宙是怎样活动的呢？一种说法是开放宇宙。随着宇宙慢慢膨胀，星系之间开始互相离开，距离拉长了。到最后，宇宙膨胀得无限大，谁也说不清有多大。并且由于宇宙膨胀太大，星系耗尽了所有的燃料，宇宙变得黑乎乎一片。还有一种说法是闭合的宇宙。当宇宙产生后慢慢变大，每个星系的距离长了许多。后来，宇宙扩到最大就开始慢慢缩小，星系之间的距离慢慢变短，有一些星系撞到了另一些星系而变成了一个新的星系。到最后，宇宙坍缩成了"大挤压"。但是这两种说法目前还没有确定下来哪个是对哪个是错。

既然宇宙有开放也有闭合，那么在数学中也有开放数学和闭合数学吗？数字也有开放数字和闭合数字吗？今天我们来了解一下数学中的数位。我相信大家已经明白数位是什么吧。数位有个、十、百、千……百万、千万……百亿、千亿。你说它的后面还有吗？有。千亿后面是兆、十兆……，兆之后每增加1万倍有一个新量词，千兆接着是京、垓、秭、穰、沟、涧、正、载、极、恒河沙、阿僧祇、那由他、不可思议、无量大数等。一个无量大数有多少呢？"1"的后面跟68个零，很令人吃惊吧！那么它的后面还有零吗？现在我也不知道它的后面还有没有数。如果数学是闭合的话，那么到了无量大数就终止了。如果是开放的话，可能后面还有。

究竟后面还有没有数字呢？我想，这个问题，就要等我们把知识学好了，掌握了丰富的知识以后，通过不断的认真思考和刻苦的钻研，或许能找到这个问题的答案！

[①] 博文网址为：http://www.1363.cn/article/366726/684506.

▣ 首页 -> 妙笔生花 -> [原创]膨胀的宇宙与无限大数字——我的科学...

6
推 荐

[原创]膨胀的宇宙与无限大数字——我的科学日记

2010-07-24 14:14:00.0

图3-3 博客日志——科学日记

面对一个四年级孩子的这种思考，老师和同学们纷纷给出了表扬与鼓励，如图 3-4、图 3-5 所示。

图3-4 网友评论之一

图 3-5 网友评论之二

案例分析

　　这是一个小学生利用博客写学习日记的案例。该博文发表第五天时，已经有 97 人阅读、14 人评论，位于"中山教师博客"之"学生部落"原创文章的榜首。小作者在博客日记中写出了自己的学习所获及其学习思考，利用博客平台与老师和同学们进行学习分享与思想交流。在分享中思考、在交流中学习，是一个不断肯定自己、发展自己、提高自己的过程。这既是一个学生的学习心得，也是一个孩子的成长记录。开学后，老师可以通过这个博客了解学生一个暑假的收获；而当孩子长大成人后，父母可以从这个博客中重现孩子成长的足迹。这正是发展性评价"促进学生的发展，促进学生潜能、个性、创造性的发挥，使每一个学生具有自信心和持续发展能力"的良好体现。

一、发展性评价

　　新课程评价提出了发展性教育评价的基本理念。与传统教学评价最大的差别是，新课程评价更关注师生的发展，评价的目的之一是促进学生和教师的全面发展。

(一)发展性评价的内涵

发展性评价是 20 世纪 80 年代以后发展起来的一种关于教育评价的新理念。通过系统地搜集评价信息和进行分析，对评价者和评价对象双方的教育活动进行价值判断，实现评价者和评价对象共同商定发展目标的过程。

发展性评价是在以人为本的思想指导下，关注学生发展、教师素质提高和教学实践改进的一种形成性评价。发展性评价不再仅仅是甄别和选拔学生，而是促进学生的发展，促进学生潜能、个性、创造性的发挥，使每一个学生具有自信心和持续发展的能力。其实施的关键是要求教师用发展的眼光看待每一个学生，核心是重视过程的总评价。多种形式结合的评价方式、评价手段，使评价的诊断和发展功能在整个学习过程中，既反映学生全程学习结果又成为促进学生发展的有效手段。

发展性评价是一种重过程、重评价对象主体性，以促进评价对象发展为根本目的的评价。它是针对终结性评价的弊端而提出来的，主张面向未来、面向评价对象的发展。原始意义上的形成性评价强调对工作的改进，而发展性教学评价强调对评价对象人格的尊重，强调人的发展。

(二)发展性评价的理论基础

多元智能理论、建构主义、后现代主义提供了发展性评价的理论基础。

1. 多元智能理论

美国哈佛大学教授、发展心理学家加德纳认为人的智力由多种紧密关联但又相互独立的智能组成。多元智能理论的广阔性和开放性对于我们正确、全面地认识学生具有很高的借鉴价值。

因此，每个学生都有可发展的潜力，只是表现的领域不同而已。这就需要我们的教师在以促进学生发展为终极关怀的参照下，从素养的不同视角、不同层面去看待每一个学生，而且要促进其优势智能领域的优秀品质向其他智能领域迁移。教师评价学生再也不能以传统的文化课成绩与能力为唯一的标准与尺度。

2. 建构主义理论

建构主义强调人的主体能动性，即要求学习者积极主动地参与教学，在与客观教学环境相互作用的过程中，学习者自己积极地建构知识框架。"人在认识世界的同时认识自身，人在建构与创造世界的同时建构与创造自身"。建构主义理论给现代教育、教学有益的启示是：教学绝不是教师给学生灌输知识、技能，而是学生通过驱动自己学习的动力机制积极主动地建构知识的过程，教师在教学中应该是引导者、促进者和帮助者。

3. 后现代主义思想

后现代主义给我们课堂教学评价提供的新视野是：每个学习者都是独一无二的个体，教学不能以绝对统一的尺度去度量学生的学习水平和发展程度，要给学生的不同见解留有一定的空间；教学不能把学习者视为单纯的知识接受者，而更应看作是知识的探索者和发现者。因此，教学不仅要注重结果，更要注重过程。教学评价对学习者来说不仅是对现时状况的价值判断，其功能在于促进学生充分发挥主体能动性，促进下一步教学活动的有效开展。所以，发展性评价的目的在于促进提高，而不在于选择和判断。

(三)发展性评价的价值取向

1. 多元性

发展性评价的多元性取向有两层含义。

首先，评价主客体的多元性。课堂教学是由教师、学生、教材、环境等多因素构成的多边互动的复杂过程，因此，评价主体就不能仅仅限于教师，学生也应该成为能动的、活跃的评价主体。相应地，评价客体也就不能仅仅限于学生，教师、教材、环境等也应该成为评价的客体。

其次，评价内容的多元性。对学生的评价不能仅仅局限于智育。必须把学生作为整体来看待，在系统论的视野中促进学生的发展。现在，学术界非常重视课堂生活的构建与研究，之所以把课堂称为"课堂生活"，其目的就在于在当前的课堂生活和学术研究的情况下，呼唤还原课堂教学以生命价值与意义的本来面目。课堂生活是师生生命历程中重要的组成部分，教师应该在完整的教育理念的指引下，通过完整的方式培养完整的人，课堂教学评价多元性的特征就是新时代课堂教学理念的反映和必然要求。

2. 反思性

发展性评价的反思性是指评价双方对评价过程和结果的逆向思考，重新思考对评价所作的事实认定和价值判断的合理性，构成反思性意识。发展性评价是在关注个体主体精神的状态下，去建构个体的发展，以促使每个个体最大可能地实现其自身价值。发展性评价所具有的反思性特征，使更多人关注人文教育，对提升人文教育在整个学校教育中的教育价值有着特别的意义。

反思性对教学的深层要求是在努力提升教学实践合理性的基础上，以发展师生反思性的品质为基点，以促进师生"学会教学"和"学会学习"为目标。发展性评价所具有的反思性特征，要求教师在教学实践中，学会善于发现问题、解决问题，并对教学经验进行反思、提升，使处于"自在状态"的教学行为转变为"自觉状态"。发展性评价在实践中的运用，将会真正创设让教师、学生、学校均得到发展的教育新空间。

二、发展性评价的特点

从功能来分，教育评价可以分为三类：发展性评价、水平性评价和选拔性评价。发展性评价是一种形成性评价，具备评价的发展功能，即综合功能，目的是为了促进发展而不是为了选拔和淘汰。因此，发展性评价具有以下的重要特征。[1]

---

[1] 刘淑芳. 新课标实施与发展性教学评价研究[J]. 陕西师范大学学报(哲学社会科学版)，2007(有删改).

(一)强调评价功能的转化

发展性评价着力于人的内在情感、意志、态度的激发，着力于促进人的完美和发展，重视激励、调控与发展，淡化甄别与选拔，是以人为本的思想指导下的教学评价。发展性评价所追求的不是一个等级或分数，更不是与他人比较、排名，而是要通过对被评价对象的过去和现在状态的了解，分析存在的优势和不足，并在此基础上提出具体的改进建议，促进其在原有水平上的提高。

(二)关注评价主体的多元化

发展性评价主张使更多的人成为评价主体，特别是使评价对象成为评价主体，重视评价对象自我反馈、自我调控、自我完善、自我认识的作用。在评价主体扩展的同时，重视评价者与被评价者之间的互动，在平等、民主的互动中关注被评价者发展的需要，共同承担促进其发展的职责。

以评价学生的某次学习活动为例，评价应该包括教师、家长、学生、学校领导和其他与该学习活动有关的人。建立学生、教师、家长、管理者、社区与专家共同参与、相互作用的评价制度，以多渠道的反馈促进评价对象的发展。

(三)立足评价因素的多元化

发展性评价在重视施教过程中静态常态因素的同时，更加关注施教过程中的动态变化因素。因为课堂教学面对的是有丰富情感和个性的人，是情感与经验的交流，是合作和碰撞的过程，在这一过程中，不仅学生的认知、能力在动态变化和发展，而且情感的交互作用更具有偶发性和动态性，恰恰是这些动态生成因素对课堂效果的影响更大。

比如，对于教师提出的问题，学生的回答可能超出教师的预想，这就要求教师及时把握和利用这些动态生成因素，给予恰如其分的引导和评价。

(四)重视评价标准的多元化

评价要尊重个体发展的差异性与独特性。它要求评价指标和标准是多元的、开放的和具有差异性的，对信息的收集应当是多样、全面和丰富的，对评价对象的价值判断应关注评价对象的差异性，有利于评价对象个性的发展。

根据美国哈佛大学加德纳教授的多元智能理论，学生的智能是多方面的，如果从一两种智能出发制定评价标准，并用以评判学生的优劣，显然是不公正、不合理的，也无法适应社会对人才多样化的要求。

(五)突出评价方法的多样化

重视指标量化的同时更加关注不能直接量化的指标在评价中的作用，强调质性评价，将定性评价和定量评价整合应用。这就要求教育者使用多种评价方法，目前所推行的等级加鼓励性评语的评价方法是定性与定量结合的范例，有利于更清晰、更准确地描述学生的发展状况。

(六)要求评价重心的变化

发展性评价注重过程，要求终结性评价与形成性评价相结合。学生的发展是一个过程，促进学生的发展同样要经历一个过程。发展性评价强调在学生发展过程中对学生发展全过程的不断关注。它既重视学生的现在，也要考虑学生的过去，更着眼于学生的未来。评价重心应转向更多地关注学生求知的过程、探究的过程和努力的过程，这样才有可能对学生的持续发展和提高进行有效的指导，评价促进发展的功能才能真正地发挥作用。

(七)注重评价的个体差异

发展性评价强调要关注学生的个别差异，建立"因材施评"的评价体系。具体来说，就是要关注和理解学生个体发展的需要，尊重和认可学生个性化的价值取向，依据学生的不同背景和特点，运用不同的评价方法，正确判断每个学生的不同发展潜能，为每个学生制定个性化的发展目标和评价标准，提出适合其发展的具体建议。

三、发展性评价的分类

发展性评价体现的是一种全新的评价理念，按照被评价主体来划分，将其分为基于学生的发展性评价和教师发展性评价。

(一)基于学生的发展性评价

基于学生的发展性评价就是以促进学生的全面发展为根本目的的学生评价理念和评价体系。它不是为了评价而评价，更多体现的是一种全新的评价理念，其理想的情况是教学和评价融为一体。它具备发展性评价的一般特征，强调结果评价和形成性评价并重，重在学生的思考和发展过程；学生和教师之间是一种互动的评价，学生是评价的主体；评价的目的是为了学生的发展，而非奖惩；评价要在科学、客观的基础上让学生感受到教师的暖意和鼓励，是一种师生情感的交流。

(二)基于教师的发展性评价

教师发展性评价是教师将社会要求转化为自我实现目标，且又不断进取—反思—进取的动态发展过程，是主体——教师自我或在他人指导、支持下，设计自我发展性目标、能动实践、主动接纳外部信息及自我调控发展过程的过程。这是一种形成性评价，它不以奖惩为目的，而是在没有奖惩的条件下促进教师的专业发展，从而实现学校的发展目标。教师发展性评价关注的是教师的基础背景，教师的个体差异，教师能动地进行教育实践与反思。教师发展性评价的目标是通过教师主动实践、自我调控，和教师群体的多元支持、多元服务、多元监控的过程中得以实现。

教师发展性评价的内涵是以促进教师发展为目的；重视教师和学校的未来发展；尊重

被评者的个别差异与个性特征；评价者与被评者以信任与合作为基础；评价是与教育、教学过程并行的同等重要的过程，而不是额外附加的成分。教师发展性评价以促进教师发展为目的的同时，并不否定评价的鉴定功能。

在教学评价领域中，提到发展性评价，应用更多的是基于学生的发展性评价，即对学生的评价。因此，在本节中探讨的"发展性评价的设计与实施"也侧重于学生的发展性评价来论述。

四、发展性评价的设计

在发展性评价中，评价与教学是可以同步完成的。教学过程是一个可以控制的过程，是可以进行设计的。而教学设计中最能体现教学过程的环节是教学活动序列，所以重视过程的发展性评价也可以依附于教学活动而发生。在《人是如何学习的》一书中也提到了"基于评价的教学"，这说明教学目标是可以通过教学评价和教学活动的交互作用共同完成的。[①]

发展性评价的设计可以分为三个环节，即评价目标设计、评价标准设计和评价流程设计。

(一)评价目标设计

与传统教学评价的评价目标相似，发展性评价的目标也是教师预期的学习结果。但是与传统教学评价相区别的是，发展性评价目标变得更加丰富多彩而不仅仅局限在某些知识点的掌握程度，教学评价的目标可以是认知的、情感的、态度的、语言技能的、逻辑技能的等，很多是相互交错的，从而形成了一个教学目标域。对于一个教学评价目标域来说，它的具体内容必然是非常丰富的。但是从时间和精力上考虑，教师们又不大可能去评价教学目标域里面的所有内容，因此教师需要从教学目标域中抽样选择适合当前教学需要的内容形成教学评价目标子集，把教学评价目标子集进一步细化以后，即可根据预期的教学结果进行具体教学评价活动设计，如图3-6所示。

图 3-6 评价目标设计与应用

新课程改革强调知识与技能、过程与方法、情感态度与价值观等三大目标，因此，教学评价活动应在这三大目标领域里进行相应的设计。

(1) 知识、技能方面：是否具有最基本的知识并能运用这些基本知识发现问题、提出问题；是否具有独立探索新知识的能力、识别和筛选信息的能力、实践和创新能力等。

(2) 过程、方法方面：是否能认真观察简单的现象过程，是否能从不同角度用不同的方法解决同一个实际问题，是否能积极地与他人合作和交流，是否能大胆地表述自己的观点，

---

① 李君丽，祝智庭. 基于新课改的发展性教学评价设计探讨[J]. 电化教育研究. 2007.

对结果有一定的评估能力。

(3) 情感、态度、价值观方面：是否具有科学的求知欲，乐于参与观察、实验、制作、调查等科学实践活动；在解决问题的过程中是否有克服困难的信心和决心；是否有实事求是、尊重自然规律的科学态度；是否乐于独立思考，敢于提出与别人不同的见解，并能主动与他人合作与交流；是否积极关注科学技术与社会发展以及人们生活中的有关问题。

(二)评价标准设计

教学活动的情境设计为评价活动创设了所需的情境约束条件。刘尧教授在《论教育评价的科学性与科学化问题》一文中指出："教育评价不可能有全人类公认的、完全一致的评价标准，因为这种要求本身就是有悖科学化的。……教育评价在一定的时空限度内，是具有相对的、公认的和一致的评价标准的。"发展性评价的标准的创建也是依赖于教学活动情境的，随着评价的不断深入、评价者水平的不断提高或者其他评价约束条件的变化，评价标准也要进行相应的调整，而不是一成不变地应用于整个教学任务的始终。

(三)评价流程设计

教学活动设计细化了教学模式中的学习任务，提供了详细的活动流程，设置了活动发生的教学情境，依附于教学活动的教学评价也同时具有流程性。教学活动流程设计还为教师选择合适的评价时机提供了指导。图 3-7 展示了基于教学活动序列的评价设计。评价可以针对某个教学活动展开，也可以结合多个教学活动展开；一个评价活动的主体可以是单一的，也可以是多元的，评价主体通过评价活动进行反思，在不断自我反思中能力得到发展，同时评价主体还能对教学的每个环节提出反馈意见。

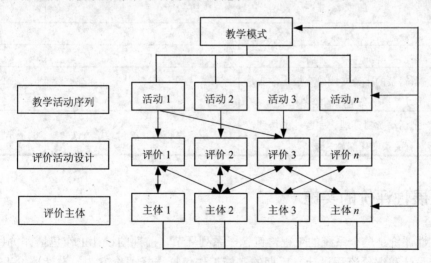

图 3-7　评价流程设计

信息技术支持下的发展性评价工具有概念图、学习契约、博客、量规、电子档案袋、任务清单等，这些发展性评价工具在第四章中将有详细说明，此处仅就任务清单作一简单介绍。

任务清单，顾名思义就是有关教学任务安排的清单，它能清晰地规划一个任务包含的子活动。在发展性评价中，它能帮助师生以清单方式规划教学活动序列，设计相应的教学评价活动开展的情境，简洁明了。

把发展性评价工具整合到发展性评价流程中，就形成了典型的基于活动的发展性教学评价模型。

 拓展阅读

任务清单式"s说茶"发展性教学评价实例

教学目标	1. 了解茶文化 2. 培养参与者的社会实践能力及收集、整理资料的能力 3. 陶冶参与者的情操		
	教学活动	评价活动	评价工具
解决方案	1. 调查参与者的兴趣爱好，收集提炼感兴趣的问题	1. 教师对收集整理活动情况的评价	量规
	2. 根据兴趣爱好分组，各小组带着不同的任务分头活动	2. 教师对学生学习风格的评价 3. 师生对活动任务合理性的评价	学习风格量表任务清单
	3. 茶艺表演	4. 头脑风暴	
	4. 品茶	5. 教师对学生反思策略的评价 6. 学生反思	
	5. 说茶：茶的历史、茶的种类、茶诗茶词	7. 学生互评	
	6. 茶歌对唱：《气碗茶歌》《饮茶歌》	8. 学生互评	
	7. 茶舞欣赏：《采茶舞曲》	9. 头脑风暴	
	8. 撰写茶的小论文或研究报告，或是创作以"茶"为主题的绘图作品	10. 学生自评	量规、电子学档
	9. 把活动资料整理、完善，上传到校园网有关茶文化网站	11. 组织家长会，探讨教学方法	电子学档

五、发展性评价的实施

发展性评价是一个系统的工程，包含一系列环节，前期的设计工作包括评价目标设计、评价标准设计和评价流程设计，后期的实施工作包括选择评价方法，设计评价工具，收集资料和数据，达成和呈现评价结论以及评价的反馈等，各个环节紧密联系，相互制约。从操作层面来看，基于发展的学生评价主要是由学校来完成。一般情况下，学校实施发展性学生评价要遵循以下几个工作环节。

(一)选择评价方法

发展性学生评价为了达到促进学生发展的目的，更强调质性评价方法，如观察法、访谈法、情境测验法、行为描述法、档案袋评价法等。面对这么多的评价方法，教师究竟选用哪一种，要根据评价目标和评价对象的特点来确定。

不同的评价方法要选择不同的评价工具。为了保证评价的科学性及实效性，评价者要对现有的评价工具进行改动或是重新制作。通常情况下，学校和教师在选择评价工具时，应注意以下几点。

(1) 评价工具的使用不仅要求反映学生的学业成绩，而且要求反映学生的学习过程和学习态度。

(2) 评价工具要体现"以质性评价为主"的评价理念。

(3) 评价工具的设计要考虑评价主体多元化的需要，使学生的自我评价、教师的评价和家长的评价都体现出来。来自不同评价主体的评价既可以设计在一起，也可以单独设计。

(二)收集学生数据

反映学生学习和发展状况的资料数据是评价学生的客观事实依据，评价资料的有效性是保证达成恰当的评价结论的基础。信息技术的发展为收集学生数据提供了便捷的通道。学生评价的资料通常包括两部分：一是学生的作业、小测验、问卷调查表、小论文、计划书、实验报告、作品集、活动过程记录等表明学生学习状况的原始资料；二是来自各方面的对上述内容的评价，如教师给学生的分数、等级、评语、改进意见，学生的自我评价，同伴的观察记录与评价以及来自家长和社会的各种相关的或能说明学生发展状况的信息等。为保证评价数据的全面性、真实性和有效性，评价实施者在收集学生评价资料数据时，要注意以下几点。

(1) 坚持多渠道收集资料。学校常用的收集学生评价资料的途径和方法有：标准化考试、小测验、对学生行为表现的观察、访谈与调查、家校联系和交流等。

(2) 评价任务必须与评价目标高度一致。评价资料的有效性主要受到评价任务的制约。评价任务是指为收集评价资料而为被评价者设计的、与评价目标紧密联系的一种表现机会和展示平台，如测验、参加课外实践活动、撰写小论文、参加辩论赛等。学生正是通过完成评价任务来展示自己的知识、技能、能力、情感、态度、价值观、学习过程与方法。评价任务与评价目标是否一致，直接影响到评价资料的有效性，从而影响到评价的效度。例如，如果评价目标是学生的游泳技能，而评价任务是要求学生口头回答游泳要点，那么所获得的评价资料的有效性就不高；同样如果评价目标是学生的合作能力，但却没有对学生在完成表现性任务过程中的合作能力进行仔细观察和记录，而是将学生本人的汇报或调查表的内容作为评价资料，就有可能出现不准确的问题。

(3) 带有评语的原始资料比单纯的分数或等级更重要。给学生打分数或分等级是评价学生的必要方法之一，它一般多用于学生的期末、年终或毕业考试或等级评定。如果从发展性评价的角度来看，抽象的分数、等级掩盖了学生学习过程中方方面面的发展变化，对于促进教学和学习的改进作用是有限的。相反，带有评语的原始资料能够为我们勾画出学生在某一方面发展变化的轨迹，对于改进教学和学习具有重要的参考价值。

(4) 收集的资料不仅要涵盖学生发展的优势领域，也应涵盖被认为是学生发展不足的领域，只有这样才能为学生的发展建立全面、客观的资料档案，清晰描绘出学生成长发展的曲线，发现问题与不足，为进一步的改进与发展奠定基础。

评价资料数据收集上来以后，还需要对收集的数据和证据进行分析，形成一个对学生学习情况的分析报告，客观地描述学生当前的学习情况。在分析评价资料时，应注意以下几点。

第一，要鼓励被评价者参与讨论，体现对被评价者的尊重、理解与关怀。这不仅有助于澄清一些不确定的问题，还有助于分析问题的成因，更有助于促进被评价者的反思和对评价结果的认同。

第二，应对来自各种测评手段的数据进行综合性的分析，以全面描述学生的发展状况。

第三，应尽可能进行纵向和横向的比较分析。

第四，评价结果的呈现方式应是量化表述与质性描述的有机结合，评价的语言应采用激励性语言，以让学生真切地感受到真实的关怀。

(三)制订改进计划

发展性学生评价的根本目的是要促进改进，促进发展。因此，仅得出一个客观描述学生学习情况的分析报告是不够的，还需要在此基础上，提出改进要点，制订改进计划。制订改进计划时要注意以下几点。

(1) 改进要点应用清楚、简练、可测量的目标术语表述出来，明确、具体地描述我们期望看到的学生通过改进以后达到目标时的行为表现。

(2) 改进计划还应关注个体差异和不同背景，提出有针对性的、有个体化特征的改进要点。

(3) 要讲究评价结果和改进计划的反馈方式和策略，使评价真正发挥激励和促进的作用。评价反馈的策略主要有：给予反馈与不给予反馈、单独反馈与公开反馈、全部反馈与不完全反馈、群体参照反馈与个体反馈、正面结果反馈与负面结果反馈等。

拓展阅读

发展性评价实施中遵循的原则

1. 发展性原则

"评价应体现以人为本的思想，构建个体的发展。评价要关注个体的处境，尊重和体现个体的差异，激发个体的主体精神，以促使每个个体最大可能地实现其自身价值"。发展性评价的根本目的在于促进学生发展、教师素质提高和教学实践改进，而教师素质的提高和教学实践的改进，其目的在于使个体最大限度地实现其自身价值。在这一原则的要求下，教学评价的对象不是个别或少数学生，而是全体学生。促进学生的发展也就意味着在承认个体差异性的基础上，使每一个学生的每一个方面都得到尽可能的发展，而评价采取的一切措施都要有利于学生生动活泼的发展，这是发展性教育评价的意义所在。

2. 以学生为中心原则

一般来说，价值观不同，教育目标则不同，也就会产生不同的评价结果。具体到课堂教学活动中，持有不同的教学观，就会有不同的教学过程，进而产生不同的教学评价结果。如，建构主义强调把教学过程的核心由知识传授者转移到知识学习者本身。在建构主义看来，教学绝不是教师给学生灌输知识，而是学生通过驱动自己学习的动力机制积极主动地建构知识的过程，课堂的中心应该在于学生而不在于教师，教师在课堂教学中应该是引导者、促进者和帮助者。因此，教学评价的理念应该由"以知识为本"向"以学生为中心"转变，应该在原有评价指标的基础上将学生参与情况和学生学习状态加入，使"以学生为中心"的原则成为发展性评价的重要原则。

3. 全面性原则

教育面对的是一个个具有独特个性的学生，教育应促进学生全面、和谐的发展，这就要求教育者需要培养的是"全人"或"一个完整的人"，而不是培养某一方面只得到片面发展的人。评价不仅要关注学生的学业成绩，而且要发现和发展学生多方面的潜能，这就要求评价者将学生作为"一个完整的人"来看待，而不是接受知识的容器。所以教学评价就不能仅仅局限于关注其知识的掌握，还要促进其兴趣、爱好、意志等个性品质的形成和发展；不但要注重学生的学习状态和情感体验以及教学过程中学生主体地位的体现和主体作用的发挥，而且要尊重学生人格和个性，鼓励发现、探究与质疑，以培养学生的创新精神和实践能力。

4. 反馈性原则

评价需要向评价对象提供反馈信息，不向评价对象提供反馈信息的评价是不完全的评价制度，也就失去了评价的部分意义，这是一个常识问题。发展性评价向评价对象提供反馈信息，使评价对象总结经验和教训，明确日后的努力方向，并从中了解评价组织对他们的期望。

5. 导向性原则

发展性评价以发展为目的，面向未来，其最终目标是充分调动学生的积极性，为日后的学习提供规范、指明努力的方向，从而实现自身的发展需求。因此，在确定评价目标、评价标准、评价程序、评价方法、撰写评价结论、确定评价者资格等各个环节方面，不仅要求符合目前的学习特点，而且要求充分考虑到未来的发展需求，注重与发展需求和发展方向紧密地结合起来，发挥评价的导向功能。

——摘自杨学良、蔡莉《关于发展性教学评价的理论研究》. 教育探索，2006

 活动建议

结合本节"拓展阅读"中"发展性教学评价实例"任务清单的内容，试考虑：信息技术支撑下的发展性评价与传统教学评价的异同点；在发展性教学评价实施过程中，教师应注意哪些问题。可以参考互联网资料，将分析结果写在下面的横线上。

工

具

篇

第四章
信息化教学评价工具

本章要点

- 了解测验法，能在信息技术支持下改进测验法并进行有效的学生评价。

- 了解档案袋，掌握电子档案袋的应用要领，能根据实际需要利用档案袋进行评价。

- 了解量规，掌握量规的制作方法和应用要领，能根据实际需要利用量规进行评价。

- 了解观察法，掌握观察法的应用要领，能根据实际需要利用观察法进行评价。

- 了解概念图，掌握概念图的评价方法和要点，能根据实际需要利用概念图进行评价。

- 了解学习契约，掌握学习契约的应用要领，能够根据实际需要利用学习契约进行评价。

- 了解教育博客，会申请博客并能够根据实际需要利用教育博客进行有效的评价。

本章知识结构图

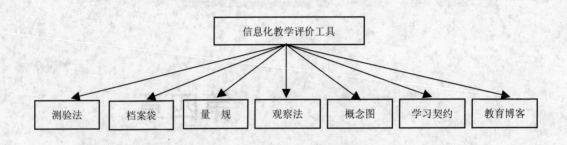

第一节 测 验 法

本节导读

本节主要介绍测验法的理论和实践。通过本节的学习，应了解测验的种类、使用范围和应用要领等内容，对信息技术支持下的测验发展有所了解，能够根据实际需要改进测验法并进行有效的学生评价。

案例研习

在小学语文识字教学中，历来有 200 多个难写、难记、难认的汉字，常规学习的收效有限。在小学语文"四结合"教改试验中，设计了让学生通过计算机实现自我反馈的学习策略。在教师讲解完疑难汉字的读音、笔画及字义以后，引导学生利用认知码将其输入到计算机中，进行形成性测验(认知码是对汉字的拆分符合语言文字规范并符合识字教学规律又较容易学习的一种汉字编码)。如果学生仍辨认有误，则屏幕不能正确显示当前输入的汉字，自动为学生提供"你对该汉字的辨认有误，请仔细观察该字的字形及笔画"的评价反馈，促使学生主动检查和发现自己的错误，纠正后重新输入，实现高效、快速掌握疑难汉字的目标。

案例分析

借助计算机的及时反馈和统计等功能进行辅助测验，可以提高过程性评价的频率和效率。本案例中，利用事先编写的计算机程序对学生的识字情况进行测验，在学生与机器的多次主动对话中提供了及时又不厌其烦的评价反馈，不仅可帮助学生高效地掌握疑难汉字的拼写，更好地达成学习目标，也减轻了教师大量批改此类机械性作业重复劳动的负担。

远在隋唐时期，我国就开始运用测验法进行人才选拔。时至 20 世纪 50 年代，国内外形成了较为系统的测验理论，并广为应用至今。随着教学评价理论的发展，人们逐渐采取目标与过程并重的价值取向，注重对学生的学习过程以及在这个过程中的智力因素与非智力因素的及时、全面的评价。作为一种永不过时与不可或缺的评价方法，测验法正在接受全面的审视，经历着重要的变革，并随着信息技术的发展和支持呈现出新的面貌。

一、了解测验

测验法即我们平时所说的考试法，是指通过编制一套具备一定数量和一定质量的试题来测试学生，并以结果为依据对学生的学业发展水平做出判断的方法。严格地说，测验并不完全等同于考试。考试一般比较正式，多用于正规的学业测试，比如期末考试、毕业考试、自学考试、升学考试等。测验则相对灵活一些，在中小学教学评价实践中应用广泛，如平时教学的小测验、单元测验、智力测验，能力倾向测验，人格测验等。

根据不同的分类标准，可以把测验分为不同的类型。按照测验的内容，可以分为学业测验和非学业测验；按照测验的目的，可以分为诊断性测验、形成性测验和终结性测验；按照试题的类型，可分为客观性测验、主观性测验和情景测验；按照测验的标准化程度，可分为标准化测验和教师自编测验；按照解释分数的参照标准，可分为常模参照测验和标准参照测验等。认识测验的类型有利于教师有针对性地选择和有效使用测验进行评价。

 拓展阅读

不同维度的测验分类

1. 学业测验和非学业测验

按照测验的内容，可以分为学业测验和非学业测验。学业测验也称学业成绩测验或学绩测验，它测量的是经过教育或训练后，学生所具有的知识能力的水平。教学是学校的中心工作，因此学生评价中，有关学业成绩的测验占据重要的地位，通过测验了可了解学生已经学会了什么和能做什么。非学业测验主要指对学生的个性和能力所进行的测验，比如对学生的动机、兴趣、气质、情感、价值观、一般能力和特殊能力等个性特征和倾向性所进行的测量，包括智力测验、人格测验、创造能力测验和能力倾向测验等。

2. 诊断性测验、形成性测验和终结性测验

按照测验的目的，可以分为诊断性测验、形成性测验和终结性测验。诊断性测验是指在教学活动之前或之初进行的测验。其目的在于了解学生的知识基础，以增强教学的针对性，使教师的教学有的放矢。形成性测验是指在教学过程中为检验教学效果而进行的测验，注重了解学生是否达到规定的教学目标，而不是评定学生学习成绩的等第。其测验结果可为教师和学生提供反馈信息，即为教师确定指导方法、制订后继教学计划和为学生改进学

习提供依据。终结性测验是在学期、学年或一门课程结束时进行的测验。其目的在于了解学生对全部教学内容的完成情况，检查是否达到课程教学标准的要求，并对学生的学习水平给予全面的数量评定。

3. 客观性测验、主观性测验和情景测验

按照试题的类型，可分为客观性测验、主观性测验和情景测验三类。客观性测验是指测验的题目要求被测者准确无误地再现固定知识的测验。这类测验的题目有固定的、明确的答案，评分者主要是根据固定的标准答案进行判分，能有效消除评分者的评分误差。主观性测验是指被测者在解答测验题目时可以自由组织答案的测验。主观性测验主要以论述题、作文题的形式出现，评分者既按评分标准又根据其主观判断来进行评分。情景测验是指让学生根据所提供的情景性材料来回答一些问题的测验。例如，让学生观看一段录像，之后让学生自由地对录像做出反应，从而检查学生的观察能力、分析能力、鉴赏能力以及态度价值观等。

4. 标准化测验和教师自编测验

按照测验的标准化程度，可以分为标准化测验和教师自编测验。标准化测验是指测验的编制、实施、计分以及测验分数的解释等方面都有严格程序的测验。标准化测验一般由测验专家进行设计，主要用于大型正规的考试。测验标准化的目的在于尽量减少测量误差，测验的规模越大、越重要，要求的标准化程度也越高。教师自编测验也称非正式测验，是指由教师个人或集体编制试卷并组织实施的测验。教师自编测验与教材内容联系紧密，针对性较强，教师可以通过测验随时了解学生的学习情况，粗略检测学生的发展水平，但是不能准确地对学生的个体差异进行分类或分等。

5. 常模参照测验和标准参照测验

按照解释分数的参照标准，可以分为常模参照测验和标准参照测验。常模参照测验是指参照常模群体的水平来解释分数的测验，便于个体间的比较和选拔，属于相对评价的范畴。常模群体可以是一个特别选定的团体，也可以是被测者所在的群体。常模参照测验以常模为参照点，将被测个人的成绩与其比较，从而对被测者的发展水平进行价值判断，如各种选拔测验。标准参照测验是指以预先确定的目标为标准来解释分数意义的测验，属于绝对评价的范畴。标准参照测验将每个被测者的成绩与预定的标准比较，看其是否达标以及达到什么程度，其目的在于测量学生达到预定目标的程度，而不是为了进行个体间的横向比较。这种测验与教学内容、教学过程结合紧密，有利于了解学生的基础知识与技能的掌握情况，诊断教学问题，不断改进教学。

二、测验的适用范围

在教学实践中，测验特别是试卷测验是最为常用的评价方式。除了采用标准化试卷进行大规模的期中考试、期末考试等正规学业测验，更多时候是教师自编测试题进行及时的随堂测验或单元测验。总体上，试卷测验具有经济易行、内容深广、质量易控和比较客观公正等优点，对于评价学生的认知目标达成度非常有效。但是试卷测验一般专注于易测的知识与技能，对于一些高级和复杂的能力不易或无法测出来，具有一定的局限性。如果教师在编制试卷时不够科学合理，会产生怪题、难题偏多的现象，从而不能很好地评价学生的知识掌握情况。

此外，过程性评价要求进行及时和多次的评价，频繁的试卷测验会增加教师出卷、批阅的工作量，也容易使学生产生厌烦的心理。近年来，随着信息技术的发展和设施环境的普及，计算机辅助测验迅速发展成熟，并与传统的纸笔测验互为补充，可以有效提高测验评价的效率和效益，具有广泛的应用前景。

三、测验的应用要领

(一)测验的编制程序

尽管各级测验的目的和内容存在差别，但其编制过程大致是相同的。对于教师自编题目进行测验，一般程序和要求如下。

1．确定测验的目的和用途

在利用试卷进行测验前，教师一定要明确测验目的。测验在教育上有多种用途，例如诊断学习问题，为教和学提供反馈信息；评价教学效果，促进教师对教学目标的理解，提高教学水平；激发学生的学习动机，提高学生的学习成绩；对学生进行鉴定、选拔，为上级学校输送新生等。测验的目的、用途不同，对试题的难度、区分度、取样范围等要求也不同。

2．明确要测量的学习结果

学习结果是指经过教学期望学生达到的结果。一个测验要测量的学习结果要和教学目标或课程标准一致，要明确不同学科对知识、技能等目标维度的具体要求，从内容和目标两个方面综合考虑。通常，教学重点也是测验的重点，试题内容应该是教学内容的抽样，具有较高的代表性和普适性。此外，一份好的测验试卷要尽可能包括教学目标中规定的各个层次的认知能力。

3．选择恰当题型，编拟、征集试题

试卷中的题目通常可分为构答题和选答题两大类。构答题是指用文字等对给定题目提供正确答案的试题，一般包括填充题、阅读理解题和作文题等。选答题是在题目附带的两个以上答案中选择正确答案的试题，一般有是非选择、多项选择、配对、组合等类型。这两大类试题各有利弊，互为补充。总体上，在评价较高层次的理解能力、归纳推理能力、组织和表达能力等方面，构答题(填充题除外)比选答题效果好一些；在评价较低层次的知识记忆和判断能力等方面，选答题比构答题效率高一些。在出题技巧方面，构答题比选答题容易掌握；在判断和反馈正误方面，选答题比构答题容易处理。

试卷是欲测量的内容和目标的一个样本，它所包含的试题要对欲测量的内容和目标有充分的代表性，试题取样时要广度和深度相结合。为了获得大量的可供选择的优质试题，除了自己编拟之外，还可以向有关学科专家征集试题。

4．对试题进行初步质量分析

对于编拟和征集的试题，要进行初步的质量分析和修订，把质量好的试题储存起来备用。对试题进行初步质量分析时，主要是把握好试题是否测量了一个重要的学习结果，题型是否合适，题目的叙述是否清楚、准确，试题的难度、区分度如何等。试题经过质量分析、修订后，可以写在卡片上备选。在计算机支持下，可以将试题输入到试题库中，方便日后使用时的调用和修改。

5．构成试卷

在编拟好的大量试题中，根据测验的需要选择优良试题，经过适当排列，组合成试卷。试卷中的题目排列，要从易到难，每种题型应归到同一题中。对于正式的测验，一般要同时编制两套以上的试卷，分为正卷和副本或者 A、B 卷的形式。对于随堂小测验或单元测验，通常编制一套试卷即可。试卷构成后，还应编制标准答案、规定评分标准等。

(二)常见题型的编制要点

测验的基本要素是试题，试题质量直接影响到测验的质量。编制试题的一般要求包括命题形式要多样、命题内容要全面、命题内容要有综合性、命题内容要开放。此外，掌握常见题型的编制要点对于提高测验的效度非常重要。

1．判断题的编制

判断题又称正误题，是让学生对题目本身所陈述的事实正确与否进行判断的试题类型，属于客观题的一种。判断题的优点是简洁，可以在较短的时间内考核较多的教学内容，测验的效率较高。但是判断题只有两种答案选项，学生即使不知道正确答案也有 50%的猜对可能。此外，判断题着重考查学生简单的识记能力和知识再现能力，容易养成学生死记硬背、不求甚解的学习习惯。在设计判断题时应该注意以下几点：

- 题干的长度要一致，以免遗漏正确答案，并减少学生根据题干"规律"猜测答题的可能。
- 语言要严密，以引发学生的思考，少用"一般"、"通常"、"经常"等给人暗示的词语和"从不"、"绝不"、"无论……都"等绝对性的词语。
- 忌用否定句特别是双重否定句，以免把题意变得复杂难以理解。
- 避免一个判断题中包含两个观点的现象。
- "正确"和"错误"的题目数量保持平衡。

2．选择题的编制

选择题就是针对一定的知识点提出一个问题或者给出一个有空缺知识点的命题，让学生从备选答案中选择正确或错误答案的题型。可分为单项选择题和多项选择题，也属于客观题的范围。选择题的优点为：考核范围较广，能较好考核学生是否达到各个层面的教学目标；不需要文字叙述，答题效率较高；评分方式客观，答案固定，人工和机器阅卷都比较省力等。选择题的缺点有：现成的答案选择只能检测学生的思维结果，无法检测学生的思维过程，也无法发现学生思维中存在的问题；只允许学生在备选答案中选择，更多是锻炼学生的求同思维，不利于学生求异思维和创新思维的发展；也容易让学生靠猜测得分等。设计选择题时应注意以下几个方面。

- 题干本身应该具有独立完整的意义，是一道具有可选答案的问题。
- 备选答案的表述结构及长度应该一致。
- 备选答案的数量要适当，通常为 4 个，也可以酌情增减。
- 正确的答案应该随机排序。
- 题干多用肯定方式叙述，少用否定方式叙述。
- 干扰项应该是似是而非的。
- 少用内容为"以上都正确"或"以上都对"的选项。

3．填空题的编制

填空题就是给出一个不完整的命题，要求学生将其补充完整的题型。填空题是知识再现式题型，需要学生通过回忆或思考来作答，难度稍大于选择题和判断题，也属于客观题的一种。总体上，填空题适合考查学生的记忆力和简单的思考能力，不适合检测高层次的理解能力和推理能力。其编制要点如下。

- 要求填写的是命题的关键词或结论。
- 一道题需要补充的空白不能太多。
- 需要填的空白最好不放在题目的开头处。

4．简答题的编制

简答题是要求学生对一个问题做出简单回答的一种题型，属于答案简单的一类主观性试题，其目的在于考查学生对基本概念、基本原理、基本事实的掌握情况。简答题是最容易编制的一类题型，也有比较固定的答案，实施起来方便、简单。简答题的编制要点如下。

- 注意试题内容的独立性。
- 体现评价目标的重点。
- 答案要点明确、简洁。

5．论述题的编制

论述题是要求学生做出拓展回答的题型，属于典型的主观性试题。在回答论述性试题时，学生可以充分发挥自己的思想、观点和见解，有利于学生思维能力的发展和创新能力的养成。设计论述题时需要注意以下六个方面。

- 围绕教学目标来设计、考核教学内容的重点。
- 注意考核学生对基本理论的掌握和应用。
- 明确题目的具体要求，便于学生把握发挥的程度。
- 教师要对答案进行预测。
- 尽量不使用自由选答题目。
- 评分方法要灵活。

(三)其他应用要点

在应用试卷进行测评时,还需要注意以下几点。一是有时学生得分的提高并非是教学质量的真正提高,而可能是学生掌握了应付考试的方法、获得高分的手段等原因,教师需要仔细辨别。二是反馈时,一个单独的分数对于学生改进学习的意义不大。教师需要对测验的结果有更细致、合理的解释与应用,才能有效促进学生的学习。三是可以采取多种方法提高测验的灵活性和适用性。如可以给出多套可选择的试卷,让学生根据自己的实际情况自主选择某种类型的试题进行测验;或者将开卷考试和闭卷考试结合起来,以便更全面地评价学生除了识记、领会之外的应用、分析、综合和评价等高阶思维能力;或者可以针对不同学科的特点,将考试内容进行小项分解,以提高测验的灵活性等。

测验的质量分析

测验的质量分析包括测验项目的难度、区分度分析以及测验的信度、效度分析。通过质量分析,可以帮助教师筛选和修订测验项目,提高测验的可靠性和有效性。

1. 测验项目的难度和区分度

难度是指测验项目的难易程度,通常用答对该项目的人数比例来表示。区分度也称鉴别力,是指测验项目对被试者实际水平的区分能力。区分度是评价项目质量的重要指标,区分度高的项目,能将不同水平的被试者区分开来。区分度可由被试者在该项目得分与测验总分间的相关系数来表示,相关程度越高,该项目区分度就越高。

2. 测验的信度

测验的信度是指测验结果的可靠性或一致性程度。一个好的测验,对同一组被试者先后施测两次,测验的结果应该保持一致。影响测验信度的因素主要有:测验长度、测验难度、测验内容的同质性、被试者差异、评分的客观性。此外,被试者的主观态度、测验内容取样是否恰当、施测情境是否良好、测验时间是否充裕等,也都会影响测验的信度。

3. 测验的效度

测验的效度是指测验能够准确测出所需测量的事物的程度。测验的效度始终是对一定的测量目标而言的,判断某种测验效度的高低,就是看结果对目标测量到的程度。测验效度一般分为内容效度、关联效度和构想效度三种。影响测验效度的因素很多,凡能产生随机误差和系统误差、影响测验结果可靠性和准确性的因素,都会影响测验的效度。

四、工具与技术支持

(一)利用字处理软件的模板功能编制试卷

在编制试卷时,教师可以利用字处理软件(如 Word、WPS)中的模板功能,将基本的试卷格式存储起来,如试卷题头、试题类型、装订线、分数栏等,便于日后反复使用,以减少大量出卷的重复工作量，提高编制效率。图 4-1 所示是一份 Word 格式的试卷模板，后缀名为.dot。

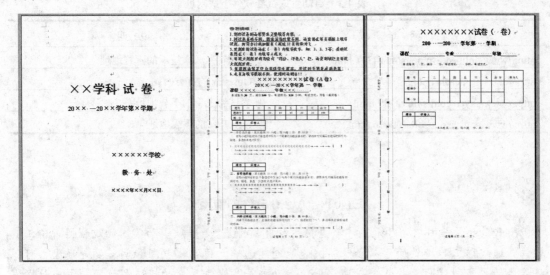

图 4-1　Word 的试卷模板

(二)利用专业软件自动生成试卷

有些软件是专门为方便生成试卷而开发的，教师只需要一次性将考试题目录入题库，并对其进行分类，待需要考试时，系统提供的功能可以快速方便地生成试卷。例如："试卷生成系统"就是一款可以帮助教师轻松地制作测试题的软件，如图 4-2 所示。该系统成卷模式支持"智能出卷"和"手工出卷"两种；支持多位教师、多个科目使用同一个系统；具有导入、导出功能，也可导出为 Word 文档；每位教师都有自己的代号、密码、教授的课程、使用权限，即使是教授同一科目的教师也不能互相浏览其试卷；所有的工作都记录在历史记录中，为工作程序的查询提供了有力证据。

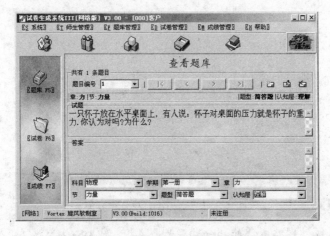

图 4-2　利用"试卷生成系统"软件查看题库

表 4-1 列出了此类常用试卷生成软件的下载网址。

表 4-1 自动生成试卷软件下载网址

网　址	说　明
http://www.onlinedown.net/soft/14391.htm	"试卷生成系统"的下载地址
http://quizstar.4teachers.org/	Quizstar 的官方网站
http://www.skycn.com/soft/12539.html	"试卷王"的下载地址
http://www.softsea.net/soft/109416.htm	EasyTest 的下载地址

 拓展阅读

EasyTest V2.0 软件的使用[①]

EasyTest 软件由华南师范大学教育技术研究所开发,是一款小巧实用的过程性评价工具软件。通过该工具,教师可以轻松、快速地创建选择、填空、判断和问答题等题型,可以将枯燥的文字型试题变成包含图片、视频、动画等多媒体元素的情境型试题,并将试题发布成网页形式方便学生进行及时测评。下面以制作多媒体网页试卷《初一政治期末考试题》为例,介绍利用 EasyTest V2.0 软件进行评价的基本操作。

一、EasyTest V2.0 生成题型概览

EasyTest V2.0 软件的基本界面如图 4-3 所示。

图 4-3　EasyTest V2.0 主界面

利用该软件生成的网络版试卷部分题型如图 4-4～图 4-8 所示。

---

① 参考"教育部——微软(中国)携手助学项目"创新教师培训相关教程,有改动。

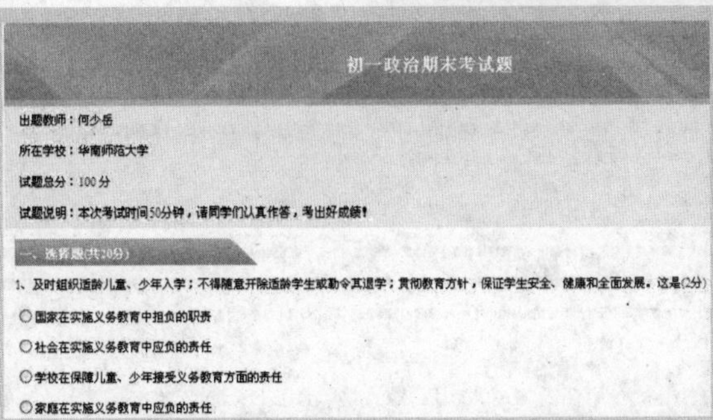

初一政治期末考试题

出题教师：何少岳

所在学校：华南师范大学

试题总分：100 分

试题说明：本次考试时间50分钟，请同学们认真作答，考出好成绩！

一、选择题(共20分)

1、及时组织适龄儿童、少年入学；不得随意开除适龄学生或勒令其退学；贯彻教育方针，保证学生安全、健康和全面发展。这是(2分)

○国家在实施义务教育中担负的职责

○社会在实施义务教育中应负的责任

○学校在保障儿童、少年接受义务教育方面的责任

○家庭在实施义务教育中应负的责任

图 4-4　EasyTest V2.0 生成试卷的单选题

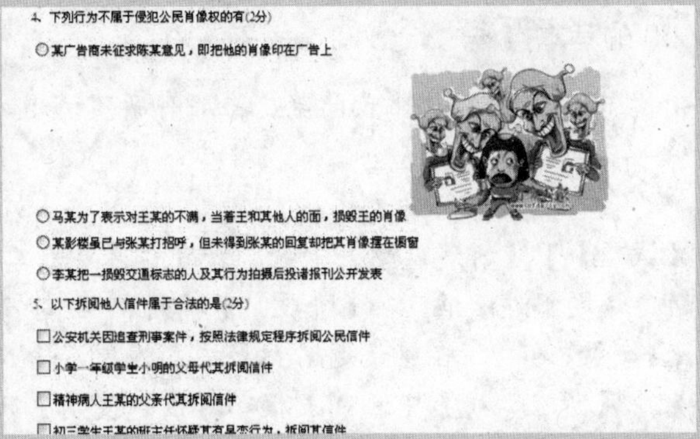

4、下列行为不属于侵犯公民肖像权的有(2分)

○某广告商未征求陈某意见，即把他的肖像印在广告上

○马某为了表示对王某的不满，当着王和其他人的面，损毁王的肖像

○某影楼虽已与张某打招呼，但未得到张某的回复却把其肖像摆在橱窗

○李某把一损毁交通标志的人及其行为拍摄后投递报刊公开发表

5、以下拆阅他人信件属于合法的是(2分)

□公安机关因追查刑事案件，按照法律规定程序拆阅公民信件

□小学一年级学生小明的父母代其拆阅信件

□精神病人王某的父亲代其拆阅信件

□初三学生王某的班主任怀疑其有早恋行为，拆阅其信件

图 4-5　EasyTest V2.0 生成试卷的多媒体题和多选题

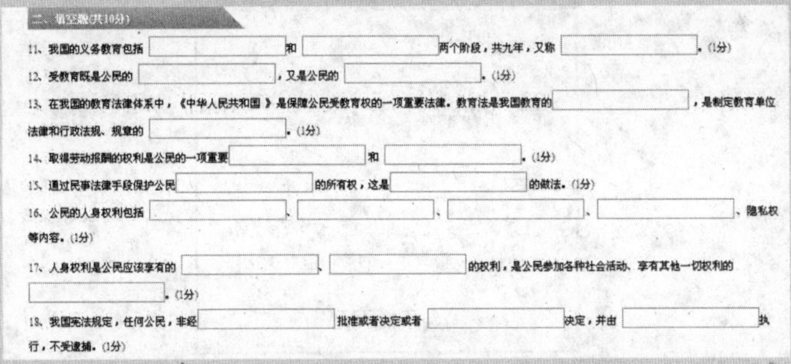

二、填空题(共10分)

11、我国的义务教育包括＿＿和＿＿两个阶段，共九年，又称＿＿。(1分)

12、受教育既是公民的＿＿，又是公民的＿＿。(1分)

13、在我国的教育法律体系中，《中华人民共和国 》是保障公民受教育权的一项重要法律。教育法是我国教育的＿＿，是制定教育单位法律和行政法规、规章的＿＿。(1分)

14、取得劳动报酬的权利是公民的一项重要＿＿和＿＿。(1分)

15、通过民事法律手段保护公民＿＿的所有权，这是＿＿的做法。(1分)

16、公民的人身权利包括＿＿、＿＿、＿＿、＿＿、隐私权等内容。(1分)

17、人身权利是公民应该享有的＿＿、＿＿的权利，是公民参加各种社会活动、享有其他一切权利的＿＿。(1分)

18、我国宪法规定，任何公民，非经＿＿批准或者决定或者＿＿决定，并由＿＿执行，不受逮捕。(1分)

图 4-6　EasyTest V2.0 生成试卷的填空题

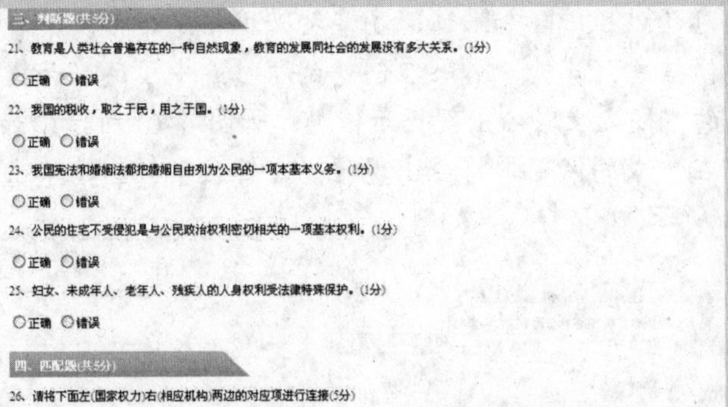

三、判断题(共5分)

21、教育是人类社会普遍存在的一种自然现象，教育的发展同社会的发展没有多大关系。(1分)

○正确 ○错误

22、我国的税收，取之于民，用之于国。(1分)

○正确 ○错误

23、我国宪法和婚姻法都把婚姻自由列为公民的一项基本义务。(1分)

○正确 ○错误

24、公民的住宅不受侵犯是与公民政治权利密切相关的一项基本权利。(1分)

○正确 ○错误

25、妇女、未成年人、老年人、残疾人的人身权利受法律特殊保护。(1分)

○正确 ○错误

四、匹配题(共5分)

26、请将下面左(国家权力)右(相应机构)两边的对应项进行连接(5分)

图 4-7　EasyTest V2.0 生成试卷的判断题

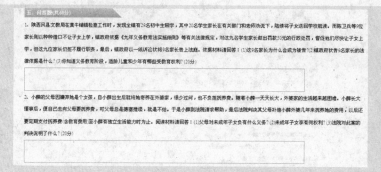

图 4-8　EasyTest V2.0 生成试卷的简答题

二、EasyTest V2.0 的基本操作

总体上，EasyTest V2.0 软件的操作比较简单，主要有新建试题、添加题目和发布试题几项。

1. 新建试题

选择【菜单】|【试题】|【新建试题】命令，或者直接单击工具栏中的【新建试题】按钮，可以弹出【新建试题】对话框。在【阶段】下拉列表框中，选择"初中"；在【科目】下拉列表框中，选择"政治"；在【试题名称】文本框中，输入"初一政治期末考试题"；在【出题教师】、【所在学校】下拉列表框和【试题说明】列表框中填写好试题的相关信息。填好基本信息后，单击【确定】按钮，一份试题就创建好了，如图 4-9 所示。

图 4-9　【新建试题】对话框

在填写试题信息的过程中，如果遗漏了某些必填信息，系统会在相应位置出现闪烁的小红点，提示出错信息。此外，如果在创建试题时选中了【显示提示】复选框，则当鼠标指针移动到生成的试题之上时会出现提示信息，如图 4-10 所示。如果选中了【允许查看答案】复选框，则在生成的试题中将会出现【查看答案】按钮，单击此按钮可以看到正确的答案，如图 4-11 所示。

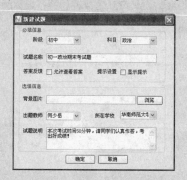

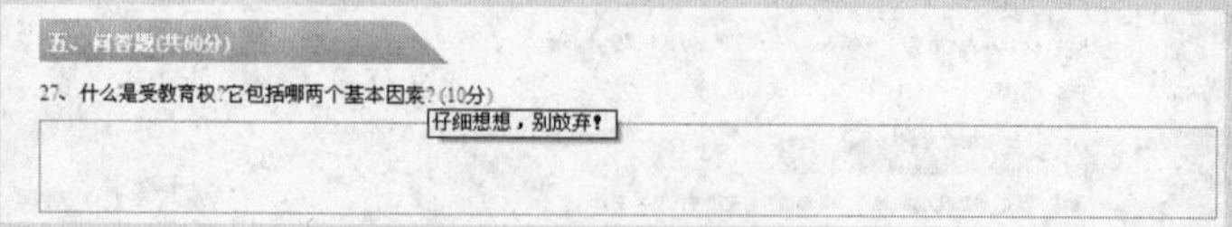

图 4-10　试题显示提示信息

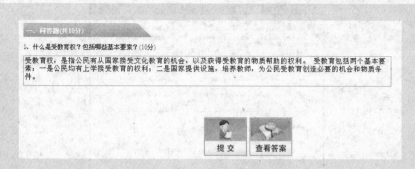

图 4-11　出现【查看答案】按钮

2. 添加题目

创建好试题后，就可以往这份试题中添加各种类型的题目了。单击图 4-3 所示界面左边的【树型】菜单，使得所要编辑的试题处于选中状态，当【编辑】菜单和工具栏中的题型按钮由原来的灰色状态切换到激活状态时，就可以添加各种类型的题目了。下面以选择题为例，详细说明题目的添加过程。

选择【菜单】|【编辑】|【选择题】命令，或者直接单击工具栏中的【选择题】按钮，弹出【选择题】对话框。在【题目】列表框中输入题干"公民最基本的权利是"，在【选项】一栏中分别输入四个选择项"A 人身自由权利、B 人格尊严、C 经济权利、D 生命健康权"，在【答案】一栏中对正确答案进行勾选。如果在前面建立试题步骤时选中了【显示提示】复选框，则在【提示】一栏中可以输入对该选项的提示信息。最后，输入该题的分值、难易度信息和反馈信息，如图 4-12 所示。

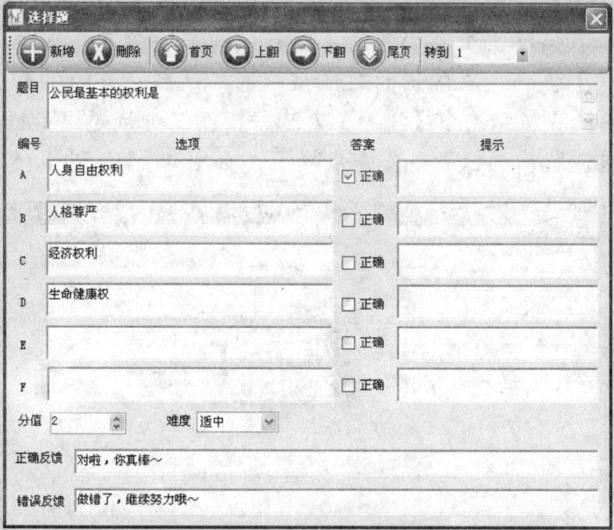

图 4-12　新建选择题

在添加试题时，还可以给题目或者选项添加图片、Flash 和音视频等多媒体信息。方法是：在题目或者选项的相应位置右击，在弹出的快捷菜单中选择【插入本地资源】命令，然后选中需要添加的多媒体资源即可，如图 4-13 所示。

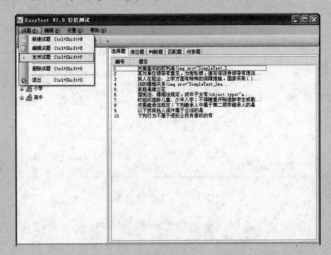

图 4-13　添加多媒体资源

　　单击【新增】按钮，可以添加一道新的题目。单击【删除】按钮，可以删除当前的题目。单击【首页】、【上翻】、【下翻】、【尾页】按钮和【转到】下拉列表，可以快速在各道题目中进行切换。所有的填空题设置完成之后，单击【关闭】按钮，系统就会自动保存添加的题目信息。

　　其他多选、判断、填空、连线、思考题等题型题目的添加方法基本类似，教师可以尝试使用。需要注意的是，在添加填空题时，在【题目】文本框中右击，在弹出的快捷菜单中选择【插入空格】命令，可以增加空格。在添加匹配题时，【左边】和【右边】栏目是对应的匹配信息，在发布试题时系统会随机生成匹配项的顺序。

3. 发布试题

　　编辑完题目之后就可以发布这份试题了。具体方法是：选择【菜单】|【试题】|【发布试题】命令，或者直接单击工具栏中的【发布试题】按钮 ，这时，弹出【发布试题】对话框。单击【浏览】按钮，在弹出的对话框中选择试题发布的位置。单击【选择模板】按钮，可以选择不同的模板。选中【排序】复选框，可以对试题进行排序。最后，单击【发布】按钮，一份网络测验用的试题就发布成功了，如图 4-14 和图 4-15 所示。

图 4-14　选择【发布试题】命令

图 4-15　选择发布试题的模板和保存位置

4. 其他操作

EasyTest 的菜单栏和工具栏如图 4-16 所示。选择 EasyTest 主界面中的【试题】菜单下的命令，或者单击工具栏中的按钮，可以快速地对试题进行操作。选择 EasyTest 主界面中的【编辑】菜单下的命令，或者单击工具栏中的按钮，可以对各种类型的题型进行操作。选择 EasyTest 主界面中的【设置】菜单，可以对系统进行配置。

图 4-16　EasyTest 的菜单栏和工具栏

(三)利用交互式多媒体教学软件进行测验

一些编制精良的多媒体教学软件也能实现交互式测验评价，可大大提高过程性评价的效率。交互式多媒体教学软件一般通过提供图文并茂、丰富多彩的人机交互式学习环境，向学习者提问并要求做出及时反应，通过提问、回答和机器的评价反馈促使学习者思考和操练，达到加深理解、巩固知识的目的。

例如，在人教版课标版小学数学三年级"两位数乘以两位数"[①]教学中，教师利用软件让学生进行随堂练习以提高学生的运算能力，如图4-17所示。课件可以由老师或学生操作(最好由学生自主操作)，首先左侧会显示情境，如该课件显示"小鸟遗失了一粒种子，这粒种子能开出怎样的花朵呢，答对问题你就知道了"，从而激发学生的好奇心和使命感。学生输入答案，单击"小人"判断对错，会得到正确或错误的反馈；如果回答正确，左侧的种子会发芽、被雨水浇灌、有小鸟捉虫子……如果没有回答正确，下方则显示正确的答案，学生通过帮助对照自己的错误，获得解题思路；当学生全部无误地做出答案，最后的种子将开花并出现花仙子向他表示祝贺。

---

① 杜娟等. 现代教育技术与小学数学教学[M]. 北京：高等教育出版社，2009.

图 4-17 "两位数乘以两位数"课件部分界面和反馈

(四)利用具有交互功能的系统平台进行测验

随着信息技术的发展特别是数据库功能的完善，测试网站越来越普遍。近年来开发的网络教育平台中往往内嵌一个考试系统，教师借助网络平台，可以用标准化试题形式了解学生认知目标的达成情况。此外，很多系统还附带强有力的数据分析功能，便于成绩的统计汇总。智能化考试系统平台的一般结构功能如图4-18所示。

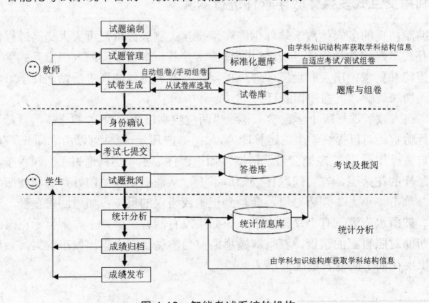

图 4-18 智能考试系统的机构

例如，李健同学是一名小学生，在业余时间报名参加了北京四中网校的学习，这是他在网站少年班学习后，根据网站测评系统进行测试的结果[①]，如图 4-19 所示。

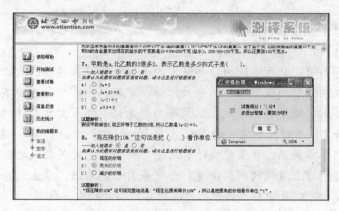

图 4-19 北京四中网站的测评系统

界面上设计了"使用帮助"、"开始测试"、"查看试卷"、"查看积分"、"信息反馈"、"历史统计"、"我的错题本"几部分。单击【开始测试】按钮，系统就会依据用户选择的考试项目，在相应题库内随机抽出试题，显示在屏幕上。每道题都有题目、题干、备选答案，李健只需在判断后借助鼠标单击进行选择或者通过键盘手工输入答案即可。当单击【交卷】按钮后，屏幕将显示考生分数、试题标准答案、系统对考生成绩的评语。另外，系统还设计了"我的错题本"辅助功能，当最后交卷后，系统会显示哪道题有错误。用户可以将其加入"错题本"进行重点研究。

活动建议

根据本节内容提示，上网搜索并下载 1～2 个试卷制作工具软件或者网络评价平台系统，探索其使用方法，尝试在教学中进行实践应用，并将使用体会与心得写在下面的横线上。

_____

_____

_____

第二节　档　案　袋

本节导读

本节主要介绍档案袋的相关内容。通过本节的学习，应了解档案袋的种类、适用范围和应用要领等内容，对信息技术支持的电子档案袋有所了解，并能根据实际需要设计合理

---

① 杜娟等. 现代教育技术与小学数学教学[M]. 北京：高等教育出版社，2009.

的档案袋进行有效的学生评价。

一次作文写得不错，就可以成为你档案中的一项荣誉；在学校的演出中上一次台，就可以把你的演出视频放到档案中去。从今天开始，宁波江东第二实验小学的电子档案评价平台正式启动，学生的档案将不再是白纸黑字，而是记录学习生活点滴的多媒体文件。直到毕业后，学生将拿回一张记录童年的光盘。

据了解，在电子档案里，学生的成绩、荣誉、特长等情况将会及时记录在学生所属的文件夹中，家长可随时上学校的网站浏览，并发表自己的看法。学生的档案又分公开和非公开两块内容。家长可以看到自己孩子的所有内容，但只能看其他孩子的公开内容。

"想起自己在读书时，只有在家长会上，家长才会和老师聊学生的情况，现在不一样了，想知道孩子的近况，上网看一看就行了。"一位王姓家长说。

档案内容将着重于学生的荣誉，学生的一点点小进步都会记录在案。"只要我们愿意，学生课堂上的一个精彩回答都可以放入档案。"一位老师表示。

一位家长说："电子档案是新生事物，关键看家长怎么看，不能把电子档案当成学生间互相攀比的工具，而是要把它当成了解孩子、鼓励孩子的渠道。"

新课程改革要求教育评价由传统单一的考试评价方式向多元化、全方位的评价方式转变。关注学习过程、关注学生的成长经历逐渐成为人们的共识。成长记录袋也称档案袋，可以全方位、多角度地记录学生成长过程的点点滴滴，是过程性评价的重要方法，并在信息技术支持下散发出更多的魅力。

一、了解档案袋

档案袋(Portfolio)或学生成长记录袋是指用以显示有关学生学习成绩或持续进步信息的一连串表现、作品、评价结果以及其他相关记录和资料的汇集。学生档案袋评价则是指通过对档案袋的制作过程和最终结果的分析而进行的对学生发展状况的评价。它是随着20世纪80年代西方中小学评价改革运动而形成和发展起来的一种新型评价方式，体现了"学习是个过程，学习评价也应有过程评价"的思想。

档案袋评价是质性评价方式的典范，注重学生的学习过程以及学生在这个过程中的体验与反思。档案袋评价的实质是从传统的由教师中心、内容驱动的课程向学生中心、探究驱动的课程转变。[2]档案袋评价与传统评价的比较如表4-2所示。

---

① 杭州网——都市快报[EB/OL]. http://news.sohu.com/20040928/n222272642.shtml. 2004-09-28.
② 刘志军. 走向理解的课程评价[M]. 北京：中国社会科学出版社，2004.

表 4-2　档案袋评价与传统评价的比较

项　目	档案袋评价	传统评价
评价功能	确定个性化目标，不是给学生下一个精确的结论，帮助学生认识自我	知识、技能、理解力和记忆力的评价，"大筛子"
评价标准	非硬性，师生共同制定	硬性评价标准，客观，学校或教师制定
评价范围	可以单学科，也可以跨学科	局限于单一学科，不涉及多学科之间整合
评价主体	学生参与到评价过程中	自上而下，学生消极被动
评价过程	过程性评价、总结性评价和诊断性评价相结合，不仅重视学生的现在，更着眼于学生的未来	忽视过程评价，只重视对结果的评价
评价工具	呈现学生的学习作品	独立的纸笔测验
评价方式	质化评价	量化评价
评价关系	把学生作为主题，尊重个别差异与个性的特点	强调个人和集体的关系，忽略个人进步

1．教学与评价相结合

学生档案袋评价不是一项或一组测验，而是一个长期、持续的过程。档案袋的创建过程贯穿于整个学习过程的始终，学生通过不断地回顾、反思学习过程，自我调节地学习，使评价内嵌于整个学习过程之中。正如 Valencia 所言："成长记录袋(档案袋评定)的基本思想是把评价当做教学不可分割的一部分，教师与学生要通过这一过程来指导教和学。我们对评价应有宽泛的理解，也就是说，评价不仅发生在教学之后，还发生在教学的过程中，乃至教学之前。"

2．重视学生的参与

学生档案袋评价能促使学生在学习过程中不断反思，并感受成长的快乐。在传统的课堂教学中，教师对教学目标、教学内容、学习材料、学习评价拥有绝对的控制权，学生只能被动地接受。学生档案袋非常重视学生的自我评价，即强调学生在学习过程中的自我体验、自我诊断和自我反思。档案袋的内容由学习者根据学习目标来决定放哪些资料，使学生拥有评价的权利。

3．评价主体的多元化

在传统的评价中，教师是唯一的评价主体。基于档案袋的评价，教师、学习者和学习伙伴分别从不同的视角对学习档案进行评价，评价主体是多元化的。从档案袋中，教师可以看到学生的整个学习历程，知道学生已经取得了哪些成绩、还有哪些不足，从而有针对性地修改课程内容实施教学。学生则可以从档案袋中发现自己的成长轨迹，通过反思来调整学习策略、改进学习方法。在同伴互评中，不同的学习者可以互相学习、共同进步。

4．以评价促发展

学生档案袋的首要意义在于它是一个支持学生反思学习、促进学生成长的工具。传统评价过分强调评价的甄别、选拔功能，档案袋评价以"评价促发展"作为基本理念。通过自我反省，学生感受着自己的进步，在很大程度上促进其潜能与创造性的发挥，促进其多元智能的发展。

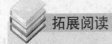

"档案袋"的历史

档案袋，其英文单词是 Portfolio，有"代表作选辑"的意思。档案袋最初来源于画家、摄影家、时装设计师等艺术家对自己作品的收集，以便向预期的委托人展示他的技艺或成就。美国学者加德纳在 20 世纪 80 年代的"零点项目"中首次将其应用到对学生学习过程的评价上。引入我国时，Portfolio 被翻译成诸如"档案袋"、"作品集"、"成长记录袋"、"学习档案"等多种形式。

美国西北评价协会认为：档案袋是一种有目的性的学生作品的集合，它体现了学生在一个或多个领域的劳动、进展和取得的成绩。这个集合必须包括学生参与选择的档案内容、内容选择的标准、判断价值高低的标准以及学生自我反思的证据。定义中强调三点：一是档案袋是学生成长的记录和证据；二是学生的高度参与，学生对作品选择具有决策权和评价权；三是学生对作品的反思，是对作品的进一步理解和认识。

二、档案袋的适用范围

在新课程改革中，数学、语文、英语、科学、艺术和化学等课程标准(实验稿)都在"评价建议"部分对成长记录袋的创建与使用提出了相应的意见和建议。《教育部关于积极推进中小学评价与考试制度改革的通知》也明确要求学校和教师"建立每个学生的成长记录(袋)"，并指出"高中录取标准除了考试成绩以外，可试行参考学生成长记录(袋)等其他资料，综合评价进行录取"。可见，档案袋评价可以广泛应用于各个学段学科，具有普适的应用性。此外，由于档案袋中收集了学生的阶段性学习成果，并注重学生的参与和反思体验，可以在对学生智力因素进行测评的同时，更好评价学生的情感、态度等非智力因素。

虽然"档案袋"评价具有诸多优点，但是基于纸制——记录和实物——记录的档案袋在对学生日常信息的收集、展示和判断等方面都有诸多不便，特别是不利于学生间的交流和互评管理，成为制约其有效应用的症结。电子档案袋是开发者应用电子技术，以多媒体(音频、视频、图片、文本)形式收集、组织档案袋内容，并用数据库或超级链接技术将学习目标、典型作业和反思之间的关系清晰地显示出来。由信息技术辅助实现的电子档案袋，不仅是传统档案袋一种数字化的表现形式，而且收集过程也依赖于信息技术的支持。电子档案袋是信息化教学背景下过程性评价的时代体现，具有高效率、吸引力强、储存携带方便等优势，大大提高了档案袋评价方法的可操作性和时效性，增强了档案袋的评价特色和评价理念。

电子档案袋的优势

随着信息技术与课程整合的深入实践，师生在数字化环境中的教与学机会明显提高，并逐渐成为一种意识和习惯。此时，电子档案袋评价可以增强档案袋评价的特色，克服纸笔档案袋的一些不足，其多个方面表现出的独特优势能够推进档案袋评价向纵深发展。

1. 便于获取与保持

电子档案袋存储方便，在信息技术条件的支撑下，很多在学习过程中形成的学习作品、学习表现和学习成果不用费多大周折就可以被捕捉获取。此外，由于是用数字技术存储，可以保存图片、动画和视频等多媒体形式的作品，不仅存储容量比普通档案袋大得多，而且不受时间、空间、气候等客观条件的限制。

2. 便于共享和交流

存储在电子档案袋里的学习记录随时可以阅读交流，轻松实现浏览指定学生的电子档案袋，并可以在任何时间段进行留言、评论、讨论，甚至同一时间内与不同的学生以不同的方式进行交流、共享信息等。这些特点在教师定期召开的成长记录袋反思、交流与评分会议时体现出了明显的优势，可以更全面、清晰地显示师生的成长记录轨迹。

3. 便于检索与整理

在网络上改变信息的显示顺序只要通过鼠标即可在弹指间完成，筛选具有典型意义的作品和删除评价意义不大的记录也只需简单的鼠标操作，这在普通的档案袋使用中是不可思议的。另外，电子档案袋内的材料之间可以实现自由的跳转链接，再加上层次清晰的导航条、使用关键字查找的检索系统等，使得在检索和整理材料时减少了大量的重复劳动，有效地节约了时间。

4. 便于多元与多样

学习评价主体的多元与评价方法的多样是过程性评价实现程度的一个重要保证。依托电子档案袋，可以让学生自己、其他学生、任课教师、其他教师、学生家长等各类评价人员以特殊的信息化方式实现交融与互动，从不同角度尽可能地反映评价的客观性。运用电子档案袋开展的评价可以非常便捷地贯穿到教学过程中，使得评价方法与教学方法相互融合，发挥出信息技术灵活多样、生动形象的特征，在充分调动学生积极参与意识的同时提高了学习评价的效率和效果。

三、档案袋的应用要领

(一)档案袋的设计流程

应用档案袋进行评价，需要掌握档案袋的设计流程。

1. 确定档案袋的类型

档案袋的建立是教师和学生共同协作的结果，既有利于评价学生的学习，也有利于教师的反思提高。依据使用目的不同，档案袋可以分为理想型、展示型、文件型、评价型以及课堂型等。一般来说，不同类型的档案袋记录不同的内容，具有不同的评价对象。教师利用档案袋进行学生评价时，首要任务是根据评价的目标确定档案袋的类型。

档案袋的类型

美国学者格莱德勒(Margaret E. Gredller)以档案袋的不同功能为标准,将其分为展示型、文件型、评价型、课堂型以及理想型。

展示型:主要是由学生选择出来的学生最好和最喜欢的作品集。可以包括实验报告、调查报告、研究论文、艺术作品等。

文件型:根据一些学生的反映以及教师的评价、观察、考查、轶事、成绩测验等而得出的关于学生进步的系统性、持续性记录。

评价型:主要由教师建立的学生作品集。评价的标准是预定的。

课堂型:依据课程目标描述所有学生取得的成绩的总结;教师的详细说明和对每一个学生的观察;教师的年度课程和教学计划及修订说明等。

理想型:学生的学习目标、学习计划、学习活动的清单、作品的制作过程说明、不同时期的作品、学生自己及他人对作品的评价等。

2. 确定档案袋的内容

根据目标需要确定好档案袋的类型后,需要进一步思考档案袋的内容构成。一般来说,档案袋中记录着学生学习进步的重要资料,如最满意的作业、最喜爱的小制作、影响深刻的问题及其解决过程、阅读读物的体会等。在确定档案袋的内容时,需要考虑的东西较多,教师对以下内容要给予足够的重视。

- 档案袋的基本组成是学生的作品。作品的收集是有目的的,不是随意的。
- 在档案袋中,应该留给学生发表意见与反思的空间。
- 教师要对档案袋的内容给予合理的分析与解释。

图4-20是一个常见的档案袋构成范例。

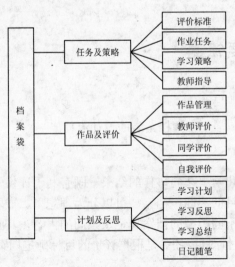

图4-20　档案袋的组成

其中任务及策略部分的主要功能是帮助学习者明确学习目标，了解学习任务、作业要求和评价标准，提供可选择的学习策略和教师指导。作品及评价模块主要收集、记录学生上传的学习作品(如满意的电子作品、得意的课文朗读、深刻的阅读笔记等)，并实现对作品的多元评价。计划及反思模块主要包括学生制订的学习计划和对自己学习过程的反思、评价和总结。

3. 评价、修改档案袋的设计

通过类型设定与内容分析，基本可以确定档案袋的收集内容。为了使档案袋的设计更加科学、合理，具有较好的迁移性，教师应对档案袋的设计进行评价，分析存在的问题并修正设计。必要时，可以与其他教师协商或聘请专家指导。

(二)档案袋的使用方法

1. 档案袋的使用流程

档案袋的使用方法比档案袋的结构更具灵活性和可操作性，恰当的教学策略和使用方法是发挥档案袋功能的重要保证。在进行一般教学评价时，可以基于下面流程使用档案袋，如图 4-21 所示。

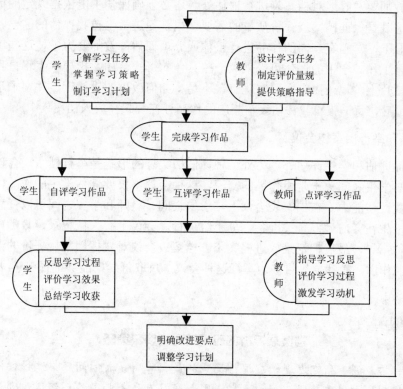

图 4-21　档案袋的使用流程图[①]

---

① 赵颖. 现代教育技术与初中英语教学[M]. 北京：高等教育出版社，2009.

2．档案袋评分的合并

如果在制订的档案袋评估标准中，每个等级都赋予了一定的分值，那么按照这些评估标准可以得到每份作品样本的分数，但是不能得到档案袋中每一类作品样本的分数。例如进步型档案袋，作品样本可能包括学生的草稿和最终产品，这样按照评估标准，从草稿到终稿都会有一个分数，教师必须将这些分数进行合并才能最后确定每类作品的样本分数。一种合并分数的方法是计算所有分数的平均值，即草稿、中间稿、终稿在最后评分中的权重是相等的，此方法简单但是不够科学。另一种方法是给每一稿不同的权重，其中终稿权重最大，第一稿的权重最小。怎样确定权重，权重多大，可以征询学生和家长的意见。例如用百分数决定权重，第一稿占最后分数的 20%，第二稿占 30%，终稿占 50%，只要保证所有的百分数加起来是 100%就可以。

各个作品样本的分数都出来后，可以以这些分数为基础确定档案袋整体的分数或等级。档案袋的整体分数确定也可以参考百分数赋予权重的方法，给予每类作品样本不同的权重，进而计算出整体分数。

3．要求学生不断对其成长记录作品进行评估[①]

档案袋评价的一个主要目的是提高学生的自我评估能力，并由此促进学习。在使用过程中，除了教师要及时地对档案袋进行评估外，还必须确保学生能依据既定的标准评估自己的作品，这既是保证档案袋评价质量的需要，也是促进学生自我评估的需要。学生可以在教师的指导下，对档案袋内的作品进行整体或分项评估，教师要力争使这些事情成为每个学生的日常工作。学生的评估可以采取一些具体的形式，如，指导学生将自我评估意见写在一个小纸片上，记录内容主要是优点、不足、如何改进的设想等，并要求学生自己签署上日期。最后，每一张自我评估表与相应的作品订在一起存放入档案袋中。

4．安排和举行档案袋会议[②]

除了教师评估和学生评估外，另外一种评估档案袋的形式是举行档案袋会议。档案袋会议是教师与学生之间关于学生作品的交流，这种会议不仅要评估学生的作品，还要帮助学生提高自我评估能力。在档案袋会议上，学生之间、教师和学生之间可以任意地交流看法。一般让学生在会前做好有关准备，分小组进行。会议上有人做记录，教师可以在各个小组之间进行指导，最后把记录放进档案袋。档案袋会议对发挥档案袋评价的潜在功能具有十分重要的作用。教师要尽量多地举行这种会议，争取每学期能够进行 3～4 次。

档案袋评价的应用障碍与解决策略

国内外有学者调查研究发现，应用档案袋的最大障碍是时间问题。这种评价方式明显比传统的纸笔测验方式更耗时、耗力。也正因如此，有的教师虽然已经认识到档案袋的潜在价值，但是仍然驻足观望，没有主动将其应用到评价实践之中；有的教师虽然已经创建

---

① ② 余林．课堂教学评价[M]．北京：人民教育出版社，2006．

了档案袋，但是收集起来一大堆东西却没有时间去整理和分析，使得本来十分有价值的东西变成了难以处理的垃圾；有的教师做得比较深入，已经尝试与学生一起回顾和反省所收集的作品，但是由于时间仓促，效果也不是十分理想。

产生这些问题的原因，既有档案袋本身固有的局限，也有使用不当的因素。比如，有的教师将档案袋应用于整个学科，涉及领域过大；没能充分发挥学生的主动性，调动学生参与到档案袋的设计、收集和评价活动中；为收集而收集，将教学与评价割裂开来；在实践中走形式(如让学生、同伴、家长和教师把多主体的评价意见全都用笔写下来)等。教师在使用档案袋时应该做到与教学阶段的具体目标相结合，选择合适的档案袋类型，把教学与评价有机地结合起来，做好时间与内容上的管理，使档案袋评价作为教学过程的一个部分，由此提高评价的效率。

四、工具与技术支持

在纸笔档案袋中，可以借助计算机的 Word、Excel、PowerPoint 等办公软件，提高档案袋中评价表格、说明材料、反思评语、典型作业等内容的设计和编写效率。在电子档案袋评价中，借助信息技术手段可以更好地进行档案袋的管理和实施。

(一)文件夹管理

建立电子档案袋最方便、最常见的技术是计算机"文件夹管理"。图 4-22 是基于文件夹管理技术的典型电子档案袋。坚持用"文件夹"技术对计算机中的电子文件进行科学有序的归类整理，也是初级的知识管理过程。

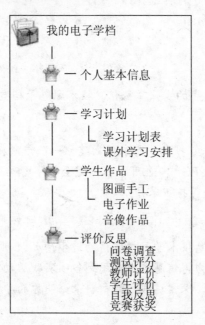

图 4-22　基于文件夹管理的电子档案袋

(二)使用常规软件创建电子档案袋

师生可以使用字处理软件、PDF 制作软件、网页和多媒体制作工具等创建形式多样的电子档案袋。实践证明，如果采用统一规范的软件模板，学生们更愿意使用熟悉的常规软件，如 Word、PowerPoint 等建立自己的电子档案袋。例如，用 PowerPoint 作为聚合电子档案袋时，由于多数学生已经熟悉如何创建多媒体演示文稿，所以实施起来并不是件难事。每张幻灯片对应一个标准或其下的一个组件，一个学习标准常常由多张幻灯片组成。学生可以为每页幻灯片设置链接导航以方便浏览者查阅。不过，PowerPoint 不适合文字较多的电子作品展示，比如作文等。

(三)网上电子档案生成器

一些公司开发了网上电子档案生成器，为其制作提供了更为方便的网页生成形式。如专门为 E-Portfolio 设计的商业软件，LiveText Grady Profile、Scholastic Electronic Portfolio 以及 Sunburst Learner Profile 等；也有免费的非商业软件，如 Open Source Portfolio(OSP)等。一些网络化教育系统也提供了电子档案袋的建立和维护功能，如 Learning Space 网上教育平台就以后台方式自动保留学生的学习踪迹，允许根据教师设置收集学生的电子作品，还提供多种图示方式方便教师对学生情况进行分析。

此外，随着互联网的普及和 Web 2.0 技术的广泛应用，基于教育博客建立电子档案袋也是常见的方式。例如在语文教学中，教师可以对所教年级的课程做一个整体框架来引导学生学习和交流。如定期抛出写作题目或讨论话题引导学生进行博文写作，既锻炼学生的语文素养，增进师生、生生之间的交流，又能很好地收集和汇总学生的文学作品。本章第七节将对基于教育博客的评价进行详细介绍。

案例研习[①]

下面是一份教师写给学生的高一年级信息技术课电子档案袋评价计划。[①]

一、评价说明

本学年，在信息技术课学习中，要求你们建立一个信息技术个人档案袋。档案袋的内容以文件形式存储在本人的 PC 中，也可以根据完全共享密码及时将内容备份到专用机中的个人文件夹中。定期可以将其打印保存。

二、评价目的

(1) 清晰地显示你在信息技术学习中取得的进步情况。

(2) 帮助你以独特的能力将信息技术应用到各项实践活动中。

(3) 用你日常学习过程、探索过程中的材料来证明你的学习状况和收获情况。

---

① 乔凤杰. 档案袋评价法在高中信息技术教学中的应用[D]. 东北师范大学，2004.

三、评价项目

1. 信息技术应用项目

此项主要表明你能够把信息技术的技能、知识运用到现实生活中或日常学习生活中，包括在其他学科领域的应用。此项要求你提供应用的说明或相关作品。

2. 创造性地解决课堂的任务

对于学习过程中的各种信息技术任务，除能结合教材中提供的方法解决之外，你还发现可用不同于教材中提供的方案来解决或制作，这种任务或主题可以与教材所提及的无关，你需要提交详细的解决方案及最后的作品等证明。

3. 信息技术文化材料阅读与写作

在这里，需要你阅读一篇与信息技术相关的论文或资料，然后用自己的语言完整地写出你读的内容，在写作中，要阐明自己的观点，当然你可以再加入在其他读物中与此阅读主题相关的资料分析。

你最好自选主题，这里有几项主题供参考：

- 信息安全问题。
- 你身边信息技术的应用情况。
- 网络信息的甄别。
- 网络道德。
- 未来计算机是什么样的。

……

4. 自学一种应用软件

本项目要求你选择一种应用软件，需要你借助工具书或其他帮助途径，自学这种软件到能熟练运用的程度。结束时，你要做到以下三项中的一项。

- 要求交一份你写的软件说明，可以利用文字处理软件及图像处理工具制作文档。
- 运用这种应用软件产生的作品及作品的简要说明。
- 在多媒体教室结合你自己的演示操作介绍这种软件，并针对教师、同学提出的问题进行交流。

5. 提高进步项

在此项目中，要求你呈现在某一阶段的信息技术学习的进步情况。根据教材章节划分，可以任选两个学习阶段记录你的学习进步情况。

6. 档案袋内容列表

这是你可能最后要完成的一个项目。在此项目中，要求你制作以下内容。

- 整个档案袋的内容列表。
- 在信息技术课你喜欢学什么。
- 你遇到什么困难。

- 让你最满意的是什么。
- 你对档案袋内容收集的反思。
- 可以增加你想放的其他内容。

四、注意事项

(1) 以上各项中，第 5、6 项必做，1～4 项中可选做其中的任意 3 项。

(2) 档案袋评价的分数占学期总分数的 20%。

(3) 学期考试前一周上交本档案袋内容，可以是打印件或实物，也可以用存储介质传递。

(4) 迟交者，将被扣分，从档案袋评定总分中以 2 分/天的标准扣分。最多不超过 3 天。

证明你自己，认识你自己，这里需要你的努力、真实与精彩！

 **活动建议**

针对某一学科内容(如阅读、写作)设计一个电子档案袋，收集整理学生一学期的学习资料和成果。通过实践分析电子档案袋设计过程中需要关注的事项，反思电子档案袋在学生评价中的作用，同时将使用体会与心得写在下面的横线上。

_____

_____

_____

第三节　量　　规

 **本节导读**

本节主要介绍表现性评价工具——量规的理论和实践。通过本节的学习，应了解量规的概念、适用范围、设计方法和使用技巧等内容，能够利用信息技术工具收集或自制量规进行有效的学生评价。

 **案例研习**[①]

五年级数学课《身边的行程问题》由深圳南山实验学校易伟湘老师设计，在网络环境下进行。本课是在学习了"速度、时间、路程间的数量关系"、"24 时计时法"、"小数乘、除法"等知识的基础上进行的教学活动课，旨在训练学生对大量数学知识进行综合运用的能力。主要学习内容是：通过上网收集有用信息，并且利用速度、时间、路程之间的

---

① 何克抗．教育技术培训教程(教学人员·初级)[M]．北京：高等教育出版社，2005(有改动)．

数量关系，将收集到的信息加工整理后应用于现实生活以解决生活中的实际问题。教师的"教学评价"设计如下。

在课堂上，教师对学生的学习结果随时给出评价反馈，课后会经常对学生在讨论区上发表的知识运用情况做出评价，给出建议。课程结束时，教师对本节课的内容和目标完成情况加以总结，还会在网上发表对学生的课件学习和网上讨论情况的总结。本节课从以下几个方面进行评价。

(1) 信息查找：利用网络查找用于解决交通费用问题的信息。

(2) 计算：利用 Excel 工具计算已知两个量求第三个量的问题，计算单位准确无误。

(3) 结果分析及决策：对计算的结果进行比较，对采用哪一种交通方式做出恰当的决策。

(4) 知识应用：课后应用本课知识和方法，选择寒假出游或回老家的交通方式。

表 4-3 是学生学习评价量表，表 4-4 是学生作品评价量表。

表4-3　学生学习评价量表

评 价 项	二级指标	所占分数 百分比%
个人评价 (学生个人完成)	利用交通网查交通工具的相关数据	5
	能对查到的数据进行单位转换	5
	会正确计算结果	5
	小组内的表现	5
小组评价 (所在小组其他成员完成)	组内表现	30
教师评价 (由教师完成)	小组作品(见学生作品评价表)	25
	小组汇报	10
	组内任务	5
	课后个人作业	10

表4-4　学生作品评价量表

评 价 项	所占分数百分比%
查到所有可行的交通工具及相关数据	30
单位转换正确	15
计算结果正确	15
数据表达规范(单位准确)	10
方案合理性(理由充分)	30

案例分析

本课中，教师设计了真实的任务情景，让学生借助网络环境，灵活运用数学中的速度、时间、距离等相关知识解决实际问题。在评价时，教师不受纸笔测验方法的束缚，而是通过个人评价、小组评价、教师评价等多元评价主体方式，全面监测学生在整个学习中的真实表现。表4-3 学生学习评价量表和表4-4 学生作品评价量表看似简单，但对于学生进行有效的网络探究、顺利完成作品并进行客观公正的评价非常重要。这些二维表格就是基本的量规形式，是表现性评价的重要工具之一。

一、了解量规

作为教育领域的术语，通常将量规理解为"一种结构化的定量评价工具(祝智庭)"。量规是指从评价目标出发详细规定了多个评价标准，并且在这些标准上有不同水平的评价工具，是一种有清楚界定的结构化的定量评价工具。具体到学业成就评价，就是将衡量学生学业成就的目标分成若干个指标，并详细描述学生在这些指标上所达到的不同水平(等级)的评价工具。

量规常常被设计成表格，因此也被称为量规表，由评价要素、指标、权重、分级描述等几个要素构成。有时量规可能缺少权重或等级描述，而且形式也可能是多种多样。有的量规没有采用表格形式，而是用项目符号引领以标明各项标准，也有的量规中给出了最高(优)标准，而并不写明其他(中、差)标准。

二、量规的适用范围

在传统评价非客观性的试题或任务时，人们已经自觉不自觉地应用了量规思想。例如，对于作文的评价，教师往往分别就内容、结构、卷面等方面所占的分数给予某种规定，以便更有效地进行评定。随着课程改革的深入，人们逐渐把对学习结果的完全关注转向对于学习过程和学习结果的兼顾。当越来越多的学习活动由任务驱动时，当很多学习结果(包括阶段性过程结果)以电子作品、调查报告、观察心得等形成呈现时，新型的信息化教学评价工具——量规迎来了广阔的用武之地。

在表现性评价中，利用量规不仅可以为学习者指明学习方向，同时也可以为不同的评估者提供统一的判断标准。量规从与目标相关的多个方面详细规定评级指标，因而操作性好、准确性高。将量规与作业分析等评价方法结合起来使用，可以有效降低评价的主观随意性。应用量规，可以由教师评价学生，也可以由学生自评或互评。如果事先公布量规，对学生的学习还会起到重要的导向作用。

三、量规的应用要领

(一)设计量规

一般量规都具有评价要素、指标、权重、分级描述几个基本构成要素，但这并非是一个机械的规定。设计并使用的量规完全视实际情况的需要，不必拘泥于形式。在教学实践中，可以根据实际需要选择或者创造符合需要的量规形式。

教师运用量规时首先要具有结构化思维。从评估对象中提炼出与评价目标相关的多个指标的详细描述，将原本非结构化的主观性评估任务转化为结构化的级差评估。在设计量规时应注意以下几条原则。

1．根据教学目标和学生的水平来设计评价要素

教学目标不同，量规的评价要素即结构分量也应不同。例如，在评价学生的电子作品时，通常从作品的选题、内容、组织、技术、资源利用等方面考虑；而在评价学生的课堂参与性时，又会从学生的出勤率、回答问题情况、作业完成情况、小组合作情况等方面考虑。另外，学生的水平也是决定量规结构的一个重要方面，不符合学生水平的结构分量在评价时往往是没有意义的。

拓展阅读

量规评价主要指标的确定

确定量规评价的主要指标应该符合以下要求。

(1) 主要指标应与学习目标紧密结合。如在评价学生的电子作品时，可以从作品的选题、内容、组织、技术、资源利用等方面确定其主要指标。

(2) 主要指标要尽可能用简短的词语进行描述。

(3) 主要指标一般是一维的。一个有效量规中的每个主要指标通常是一维的，它可以分解成几个二级指标，但却与其他一级指标并列构成了评价的主要方面。

(4) 所确定的主要指标整体要能够涵盖影响评价要素的各个主要方面。

每个评价要素的主要指标数目不必相同，但每个指标都应该是构成评价要素的主要影响成分。每个评价要素还可以拥有多级指标，但指标级数并不是越多越好，指标级数的增多会给量规的使用带来不便。在实践领域中，有些评价量规由于过于烦琐，出现了在使用中先打总分再完成不同指标中的分值确定的现象，这反映了某些领域中不适合使用评价量规或有些评价量规不便于操作。

——摘自闫寒冰《信息化教学评价——量规实用工具》，教育科学出版社，2005

2．根据教学目标的侧重点确定各评价要素的权重

对量规中各评价要素的权重(分数)进行合理的设置不但可以帮助有效地评价，还可以引导学生把握好努力的方向，起到目标导向的作用。评价要素的权重设计与教学目标的侧重点有直接关系。还是以电子作品的评价为例，如果教师的主要目的是教会学生学习制作电子作品的有关技术，那么赋予技术、资源利用等评价要素的权重应该高些；如果教师的主要目的是为了让学生通过电子作品展示自己的调查报告，那么赋予选题、内容、组织等评价要素的权重则应高些。

3. 描述语言要具体、具有可操作性

在对量规的各评价要素进行解释时，应该使用具体的、可操作性的描述语言来说明量规中各具体分量的评价要求，避免使用抽象的概念性语言。例如，在评价学生的信息收集能力时，"学生具有很好的信息收集能力"就会显得含糊，而"从多种电子和非电子的渠道收集信息，并正确地标明出处"这样的描述就显得明确得多。语言描述上具有可操作性是量规最宝贵的特质之一。

另外，在设计评价量规时还需要注意以下几点：一是同一部分必须出现在每个量规水平里。二是量规水平必须尽可能接近等距离。如表4-5的研究性学习量规中，水平1中涉及"信息收集"项，在水平2、3、4中也包括了此项。水平1和水平2间的距离应当和水平3和4水平间的距离相等。三是量规的设计要避免使用过于专业化的术语和意义含糊或歧义的词汇，应当注重与学生一起描述被评价的元素和各个等级，使用精细的完整句型表述等级的内涵而不是单个的术语。

表4-5　研究性学习量规

分　数	问　题	信息收集	分　类	分　析	最终产品
4	学生围绕一个主题，自己确定问题	从多种电子和非电子的渠道收集信息，并正确地标明了出处	学生为给信息分类，自己开发了基于计算机的结构，如数据库	学生分析了信息，并得出自己的结论	学生有效地使用综合媒体，以多种方式展示了自己的发现，并发布到网上
3	给出主题后，学生自己确定问题	从多种电子和非电子的渠道收集信息	师生为基于计算机制分类结构共同想办法，学生自己创建这个分类结构	学生分析了信息并在教师的指导下得出了自己的结论	学生有效地使用综合媒体，以多种方式展示了自己的发现
2	学生在教师的帮助下确定问题	从有限的电子和非电子渠道的收集信息	师生共同开发了基于计算机的结构	学生在教师的指导下分析了信息，并得出了结论	学生使用综合媒体，展示了自己的发现
1	教师给出问题	只是从非电子渠道收集信息	学生使用教师开发的基于计算机的分类结构	学生复述了所收集的信息	学生使用有限媒体，展示了自己的发现，如书面报告

 拓展阅读

评价量规的工具——元量规

量规设计的质量也是需要评价的。一个用于评价量规质量的量规称为元量规。表4-6就是一个元量规实例，可以帮助整体衡量一个评价量规是否设计得当。

表 4-6 元量规实例[①]

一级指标	二级指标	可以运用到教学中	需要改进	重新设计
评价指标	全面性	所有重要的评价指标都已列出		重要的评价指标未列出
	一维性	所有评价指标都是一维的	少数评价指标应继续分解	多个评价指标还应当继续分解
	清晰性	所有的使用者都能理解	部分使用者能理解评价指标的内涵	只有少数使用者能理解评价指标的内涵
水平分级	独立性	每个评价指标的分级是相对独立的		某个或多个评价指标的分级有重叠
	全面性	所有重要的分级都已列出		分级有缺失
	描述性	所有分级界定清晰	少数分级笼统/区分不明显	多数分级笼统/区分不明显
	水平分级的清晰性	所有使用者都能理解水平分级中使用的术语	部分使用者能理解水平分级中使用的术语	只有少数使用者能理解水平分级中使用的术语
分级描述	丰富性	为学习绩效的改善提供了丰富的信息	能为改进学习绩效提供一定的信息	不能清晰地提供有关学习绩效质量的信息
	分级描述界定的笼统倾向	各元素的分级描述存在明显的差异		笼统的分级描述消解了量规的价值
	清晰性	所有使用者都能理解分级描述的含义	部分使用者能理解分级描述的含义	只有少数使用者能理解分级描述的含义

(二)使用量规

设计出一个好量规只是成功了一半，使用得当也十分重要。在使用量规进行评价时需要注意以下几点。

(1) 在学习进行前提供量规。在学习前提出预期要求是信息化教学评价的重要原则，能够更好地发挥量规对于学习过程的关注作用。

(2) 与其他评价工具配合使用。每种评价工具都有其适用范围，配合使用才能取得最佳的效果。例如，在要求学生以电子作品提交作业时，采取量规与范例相结合的评价方法会更有效。

(3) 在整个学习过程中，提醒学生注意量规的要求。教师在学习过程中的适当提醒，能促使学生自觉不自觉地应用量规来衡量自己的绩效。

(4) 为自评和互评设计良好的氛围。

[①] 闫寒冰. 信息化教学评价——量规实用工具[M]. 北京：教育科学出版社，2005(有改动).

四、工具与技术支持

要想设计出兼具实用性与可操作性的量规，需要一些技术和技巧，网上的量规生成器可以帮助教师更有效地利用这种信息化评价工具。

1. 教师技术之家提供的量规生成器

网址：http://teachers.teach-nology.com/web_tools/rubrics/。

特点：提供评定阅读技巧、口头表达、研究写作、报告、展示等22种活动的量规生成器，教师只需按要求填写必要的内容，就可以打印出所需的量规来。

2. 量规之星的量规生成器

网址：http://rubistar.4teachers.org/。

特点：提供艺术、数学、多媒体、音乐、口头表达、产品、研究写作、科学、工作技巧9个类别的30余种量规生成器，并且教师可以根据自己的需要对量规各个结构分量的内容进行调整。免费注册后，可以将自己修改的量规存在该网站的量规库中，供日后随时浏览使用。

使用网上量规生成器时需要注意，通常网站所提供的是在相应主题下具有通用性的量规，去掉了个性化成分。而教师要评价的内容往往各具特点，不能一概而论，因此基于网站提供的量规雏形进行适当修改，使其切合具体的教学情境十分必要。

多媒体演示量规

多媒体演示量规如表4-7所示。

表4-7　多媒体演示量规

项目(总分为100)	分　数	描述标准
内容——写作(40分)	10	所有资料都达到出版要求，即经过严格校对，没有笔误
	20	所有的信息都以自己的观点进行过认真的研究、写作和组织
	5	有一个标题幻灯片，能够创造性地传达主题
	5	参考文献的书写符合MLA的引用规范，所有的网上资源应能够超级链接到相关的Internet网址
内容——技术(25分)	5	至少包括10张幻灯片
	5	包括多样的文本形式、图像、声音和转换效果
	10	视觉效果对观众有吸引力；每个主题都有相应的视频信息，如图像、绘图、表格等
	5	具有能够吸引观众的专业图解及问候信息，每一张幻灯片在视觉上有整齐和统一的版面设计

续表

项目(总分为 100)	分数	描述标准
交流(20分)	5	在演示过程中以不同的方式与观众交流,而不是简单地让他们去读屏幕
	5	眼睛注视观众,并根据幻灯片的内容调整音量,以引起观众适时注意
	5	在大家看完幻灯片后,通过问题或小测验检验观众的理解效果
	5	有效地利用时间
技术上的组织(15分)	5	将演示文件存入服务器上的个人文件夹,并做了备份以防不测
	5	通过在服务器上的个人文件夹,将网页内容以电子形式告知教师
	5	每一个听众都得到一份你的内容打印稿,其中包括适当的注释

小组汇报评分量规

小组汇报评分量规如表4-8所示。

表4-8 小组汇报评分量规

汇报组别:	汇报主题:			
汇报人:	评价者:		评价者组别:	
一级指标	二级指标		分值	得分
作品的内容 (55分)	观点明确,设计的方案有一定的创造性		15	
	条理清晰		10	
	内容无科学性错误		10	
	内容完整		10	
	体现了"人与自然"和谐共处的观点		10	
作品的制作水平(15分)	排版合理		4	
	无链接错误		3	
	界面美观		3	
	能恰当地使用多媒体元素(如图片、音频、视频)		5	
汇报者的表现(10分)	表情自然		2	
	表达清晰		2	
	回答问题有针对性		4	
	能在规定时间内完成		2	
小组协作学习(20分)	小组成员能和谐相处		6	
	回答问题时组员间能发挥合作精神		7	
	该小组成员在研究过程中给了其他小组帮助		7	

听完汇报后我的问题:

评价意见：

　优点：

　需改进之处：

注：此表算出的是小组成员的平均分数，个人分数需要根据小组成员互评量表和回答问题的情况来调整。

研究性学习的评价量规①

研究性学习的系类评价量规如表 4-9～表 4-12 所示。

表 4-9　在阅读中寻找信息的量规

要　素	可能的分数	获得的评估	
		自　己	教　师
我能够根据需要选择阅读方式，或者速读，或者精读，还可能重读			
我通过标题和子标题寻找信息			
我通过粗体和斜体寻找信息			
我通过图表和图画寻找信息			
我通过情节中事件的次序寻找信息			
我能解释自己是如何找到生词的含义的			
总分			

说明：这是为评价小学生从阅读中获得信息的能力而设计的，内容简单，便于学生自评。

表 4-10　分析信息量规

要　素	可能的分数	获得的评估	
		自　己	教　师
我能识别出什么信息是重要的			
我能识别出什么信息是不重要的			
我能识别出哪些是事实，哪些是观点			
我能在文本中插入适当的图画或图表			

说明：这是为评价小学生分析信息的能力而设计的，内容简单，便于学生自评。

---

① 闫寒冰. 信息化教学评价——量规实用工具[M]. 北京：教育科学出版社，2005.

表4-11 研究项目之小组计划量规

评价项目	4	3	2	1
研究问题	学生独立提出至少4个合理的、有洞察力的、创造性的观点或问题来研究	学生独立提出至少4个合理的观点或问题来研究	在成人的帮助下，学生独立提出至少4个合理的观点或问题来研究	在成人相当多的帮助下，学生独立提出至少4个合理的观点或问题来研究
计划时间	小组独立设定了一个时间计划，描述工作的不同部分(如计划、研究、原始草图、最后草图)什么时候做。小组中所有学生都能独立说出计划中的主要时间点	小组独立设定了一个时间计划，描述工作的大部分什么时候做。小组中所有学生都能独立说出计划中的主要时间点	小组独立设定了一个时间计划，描述工作的大部分什么时候做。小组中大部分学生都能独立说出计划中的主要时间点	小组需要在成人的帮助下设定一个时间计划或者小组中的几个学生不能独立说出计划中的主要时间点
责任分配	小组中的每个学生都能清楚地解释小组需要什么样的信息，他负责查找哪些信息，以及什么时候需要哪些信息	小组中的每个学生都能清楚地解释他负责查找哪些信息	在同伴比较小的帮助下，小组中的每个学生都能清楚地解释他负责查找哪些信息	小组中有一个或更多学生不能清楚地解释他们负责查找哪些信息
对组织信息的计划	学生已对信息在收集和处理过程中的组织有一个明确的计划。所有的学生能够独立阐述计划中的成果形式	学生已对信息在处理过程中的组织有一个明确的计划。所有的学生能够独立阐述计划	学生已对信息在处理过程中的组织有一个明确的计划。大部分学生能够独立阐述大部分计划	学生对信息在处理过程中的组织没有明确的计划或者小组中的学生不能够阐述他们的计划
资源质量	学生独立查到与他们的观点或问题相关的至少两个可靠、生动、有意义的信息资源	学生独立查到与他们的观点或问题相关的至少两个可靠的信息资源	在成人帮助下，学生查到与他们的观点或问题相关的至少两个可靠的信息资源	在成人许多帮助下，学生查到与他们的观点或问题相关的至少两个可靠的信息资源

表4-12 调查有争议问题的量规

描　述	可能的分数	获得的评估	
		自　己	教　师
学生收集了足够多的信息和材料来准备他们的立场			
学生所运用的材料来自报纸、杂志、新闻报道和原始材料			
学生组织各种信息并准备为他们的立场进行辩论			
有足够的例子和详细材料来支持他们的观点			
对各自的立场或观点都进行了清晰陈述			
学生聆听、询问反面问题并了解反面立场			
学生能陈述每个立场的优势和劣势			
学生讨论各种立场或观点(包括各种对立的意见)。学生认真聆听很主动,并很有礼貌			
尽量与持反面意见的学生达成共识或者选择其他观点。达成共识的根据必须记录下来			
学生为自己所支持的立场写1～2页文章或信邮给编辑			
总分			

教学设计成果评价量规

教学设计成果评价量规如表4-13所示。

表4-13 教学设计成果评价量规

评价的维度		标准1	标准2	标准3
教学设计方案(60分)	课题概述(5分)	优(4～5分)	良(2～3分)	一般(0～1分)
		对教材版本、学科、年级、课时安排有清晰的说明 对学习内容和本节课的价值及重要性介绍清晰	能够说明课的基本情况,以及课的意图	陈述不力,烦琐

续表

评价的维度		标准1	标准2	标准3
教学设计方案(60分)	教学思想(10分)	优(8～10分)	良(5～7分)	一般(0～4分)
		体现了教师主导-学生主体的教学思想 尊重学生差异 体现学科教学的先进思想	在一定程度上体现了先进的教学思想	教学思想没有体现或比较陈旧
	学习目标分析(10分)	优(8～10分)	良(5～7分)	一般(0～4分)
		与学习课题相关 与课程整体学习目标一致，体现知识与技能、过程与方法、情感态度与价值观三维目标 符合年段特征 体现对学生综合能力尤其是创造性思维能力、解决问题能力的培养 目标阐述清楚、具体，可评价	与学习课题相关 与学段学习目标基本一致，体现知识与技能、过程与方法、情感态度与价值观三维目标 能体现学生综合能力尤其是问题解决能力的培养 目标阐述比较清楚、具体	目标空洞，和学习主题相关性不大，与学段学习总目标不一致
	学习者特征分析(5分)	优(4～5分)	良(2～3分)	一般(0～1分)
		详细列出学生所具备的认知能力、信息技术技能、情感态度和学习基础等 对学习者的兴趣、动机等有适当的介绍	列出部分学生的特征信息	信息或表述不清楚或缺少许多
	教学过程设计(20分)	优(16～20分)	良(10～15分)	一般(0～10分)
		设计合理的教学任务和教学策略 教学策略内容和形式丰富多样，便于发展学生的多种智能，体现自主、合作、探究的学习方式 各教学环节的操作描述具体，有清晰的目标说明 各教学策略体现了学习者特征，有利于教学目标的落实 活动设计具有层次性，体现对学生不同阶段的能力要求，尊重学生之间的差异性	教学策略与目标基本统一，围绕总体目标的实现展开 教学策略内容和形式丰富多样，便于发展学生的多种智能 教学策略要求明确，对师生的要求比较具体、可操作性较强	教学策略目标与总目标多处不一致，不能有效实现总目标，形式单一，任务描述和对师生、支持的要求不清楚，缺乏层次性和差异性
	教学评价(5分)	优(4～5分)	良(2～3分)	一般(0～1分)
		设计可操作的评价方式 体现形成性评价和过程性评价的观点	提供了教学评价，且清晰明了	未提供教学评价，或采取的评价方式不当

评价的维度		标准 1	标准 2	标准 3
教学设计方案(60分)	学习环境和支持说明(5分)	优(3分)	良(2分)	一般(0～1分)
		清楚地说明课题学习所需的资源(如人力、信息资源、工具等)的支持,以及学习环境	能够说明课题学习所需的资源(如人力、信息资源、工具等)的支持,以及学习环境	陈述不力,烦琐
教学资源(40分)	资源内容(30分)	优(24～30分)	良(15～23分)	一般(0～14分)
		针对教学现状和学习目标,选择合适的教学媒体 表现形式合理,简洁明了、具有很强的表现力 能支持学生的探究(资源要以多媒体、超链接方式,工具要便于学生自主操作) 技术表现形式合理,符合学习者的年龄特征和学科特点 没有无效信息或无关内容,没有不当的表现手段 能充分体现技术的优势,综合多种媒体的优势 根据学生的特点、任务的特点,既有预设资源,又有相关资源(提供网址链接和参考书目)和泛在资源 尊重知识产权,说明资料来源和出处	综合考虑各种教学媒体,选择合适的媒体组合 表现形式基本合理,简洁明了与主题相关 表现形式合理,基本符合学习者的年龄特征和学科特点 无效信息和无关内容不多 技术的优势明显,预设资源比较丰富,相关资源提供了网站链接 尊重知识产权,说明资料来源和出处	未考虑多种教学媒体的组合 媒体选用形式不当 大量资源与主题相关性不大或内容比较少,无法支持整课的学习 资料没有经过精心的加工,有很多无关信息或无关内容 表现形式不当,不利于学生探究 多处资料没有出处
	技术实现(10分)	优(4～5分)	良(2～3分)	一般(0～1分)
		导航清晰 无错误连接 图文清晰	导航比较清晰 无错误连接 图文比较清晰	导航混乱,图形模糊,错误连接较多

说课评价量规

说课评价量规如表 4-14 所示。

表 4-14 说课评价量规

一级指标	分值	二级指标	等级			
			优	良	中	一般
教材分析	10	教材分析正确、透彻,说出知识的前后联系,教材所处地位及教材处理	5	4	3	2
		教学目标全面、明确、具体,符合大纲和学生实际	5	4	3	2

续表

一级指标	分值	二级指标	等级			
			优	良	中	一般
学习方法	10	能够学会或提高某些学习方法	3	2	1	0
		能促进学生的高级认知能力发展	3	2	1	0
		能体现学生的主体性，实现自主、合作的学习方式	4	3	2	1
教学方法	40	体现教师主导、学生主体的教学思想	8~10	6~7	3~5	1~2
		导课流畅自然，体现新旧知识联系	5	4	3	2
		教学内容分清主次，突出重点，抓住关键，突破难点	5	4	3	2
		课堂活动设计紧扣教学目标	8~10	6~7	3~5	1~2
		课堂各环节衔接自然，时间分配合理	5	4	3	2
		课堂小结概括性强，给学生留有继续思考的空间	5	4	3	2
教学资源	20	综合多种媒体优势，信息技术发挥优势	4	3	2	1
		助教资源表现形式合理，突出重点，有助于创设情境	3	2	1	0
		学习资源内容丰富，既有直接辅助学生理解课堂内容的，又有拓展、深化课堂内容的资源	7~9	5~6	3~4	1~2
		技术表现形式合理，没有无关信息，尊重知识产权	4	3	2	1
说课艺术	14	普通话清晰、流利，讲述生动、形象，富有感染力	4	3	2	1
		说课神态自然、举止得体	3	2	1	0
		合理运用演示文稿组织说课过程，详略得当，脱稿说课，不超时	3	2	1	0
		有特色	4	3	2	1
答辩	6	思维敏捷，观点正确，有理有据	5~6	3	2	1

 活动建议

　　根据本节内容提示，上网搜索更多关于量规评价的资料，尝试设计2~3份量规并应用于自己的教学实践，同时将使用体会与心得写在下面的横线上。

_____

_____

_____

第四节　观　察　法

本节主要介绍观察法的理论和实践。通过本节的学习，应了解观察法的概念、适用范围、设计方法和使用技巧等内容，能够利用观察法进行有效的学生评价。

一位小学班主任为了评价学生的集体主义观念，进行了如下的设计。

教师提前来到教室，在中间的地上横放了一把扫帚，将教室内联网的计算机视频摄像头打开对准"扫帚"现场。然后，教师回到自己的办公室，通过观看"直播"对每个走进教室的学生进行观察，把他们看到这把扫帚以后的表情、动作记录下来。通过观察，教师发现走进教室的学生看到地上的扫帚后表现各异，反应不一。其中有个学生看到扫帚后愣了一下，然后抬脚跨了过去；有个学生看到扫帚后，皱了皱眉头，好像不满地说了什么，然后用脚把扫帚踢到了一边；还有个学生急匆匆地跑进教室，根本没看到地上的扫帚，直到踩到扫帚差一点被绊倒才发现，但他"哎呀"一声就走了过去。正当教师感到失望时，一个女学生走进教室，看到地上的扫帚，什么也没说，直接弯腰捡起扫帚放到教室后面存放清洁工具的地方。随后，教师根据观察的情况，对每个学生的集体观念进行了评价，并在班会上让学生就此展开了讨论和反思。

在学生知情的情况下对学生进行评价，学生会尽量把自己好的一面展示出来，这样容易使学生的行为带有一定的"功利性"。案例中，教师通过在教室地上放置扫帚，在学生不知情的情况下观察学生的真实表现，来了解学生的集体主义观念。虽然这种仅根据学生是否捡扫帚的行为来判断学生的集体观念强弱有偏颇之处，但是学生真实情境下的不同表现确实能说明一定的问题。从性质上讲，这样的观察属于情景观察法；从类型上讲，在观察时教师和学生之间以"视频直播"作为中介，属于间接观察法。教师有意运用观察法，通过"听其言、观其行"，可以更加真实、全面、客观地对学生进行表现性评价。

一、了解观察法

观察法是教育教学活动中经常使用的一种考评方法，在全面考核学生的"真实表现"时尤为适用。作为一种独立的评价方法，观察法是评价者通过感官或运用一定的技术手段(借用一定的辅助工具，如观察表、录音录像设备等)，在一定的时间内有目的、有计划地考查和描述评价对象在教育过程和日常生活中的表现，并对观察到的现象进行分析，对评价对象做出价值判断。

　　教育教学中的观察不同于日常观察。纯粹的日常观察所得的印象笼统、含糊或流于主观臆断。用于表现性评价的观察法，是评价者在一定的目的指引下，借助一定的观察工具进行的一种有计划的观察活动。根据不同的维度，观察法可以分为不同的类型，如直接观察法和间接观察法、长期观察法和短期观察法、一次性观察法和跟踪观察法、全局观察法和局部观察法、参与观察法和非参与观察法、自然观察法和情境观察法等。

 拓展阅读

不同维度的观察法

1. 直接观察法和间接观察法

　　根据评价者和被评价者之间有无中介，可以分为直接观察法和间接观察法。直接观察法是指评价者不利用任何外在手段，直接利用自己的感官对被评价者的行为进行观察的方法。间接观察法是指评价者借用一些手段或仪器进行观察的方法，比如通过课堂教学监控录像、录音等对被评价者进行的观察。

2. 长期观察法和短期观察法

　　根据观察时间的长短，可以分为长期观察法和短期观察法。长期观察法和短期观察法在时间的长短上是相对而言的。长期观察法需要的时间既可以是半个学期，也可以是一个学期。而短期观察法需要的时间可以是几天、一周不等。

3. 一次性观察法和跟踪观察法

　　根据观察是否具有连续性，可以分为一次性观察法和跟踪观察法。一次性观察法，顾名思义就是指对被评价者进行一次性的观察的方法。跟踪观察法是指长时间地对被评价者进行连续性的观察的方法。

4. 全局观察法和局部观察法

　　全局观察法就是对被评价者整体情况进行全面观察的方法，其目的是为了把握被评价者的总体情况。局部观察法是指仅对被评价者的某一方面进行观察的方法，以了解被评价者某一方面的情况。

5. 参与观察法和非参与观察法

　　依据被评价者是否参与被观察者的活动，可以分为参与观察法和非参与观察法。参与观察法是指评价者直接与被评价者发生联系，以一名普通参加者的身份对集体中某一成员或整个集体的行为进行观察的方法。参与观察法的优点是可以近距离接触被评价者，有利于深入地了解被评价者。但是当评价者开始进入到一个比较稳定的集体当中时，尤其是人数不太多的集体，容易使集体中的其他成员产生戒备心理甚至采取一定的防范措施，不暴露自己的真实行为。非参与观察法是指评价者处于被评价者的外部，只是作为局外人观察正在进行的活动，不提出任何问题，避免对被评价者和活动过程产生影响或干扰，只是记录事件发生的过程的方法。

6. 自然观察法和情境观察法

　　根据观察情境的真实性，可分为自然观察法和情境观察法。自然观察法是指在自然的、

真实的、没有任何人为因素的环境当中进行观察的方法。比如，在课堂上对学生进行的观察就是一种自然观察，观察到的完全是学生在真实情景中的自然表现。情境观察法也称实验观察法，就是评价者有意识地把学生放到预先设计和安排好的环境中来观察学生行为表现的一种方法。这种观察法目的十分明确。比如，评价者可以通过安排一次劳动、一次表演等来观察学生在整个活动中的表现，从而达到了解和研究学生的目的。

二、观察法的适用范围

作为一种评价方法，其适用范围受到自身特点的影响。总体上，观察法具有目的明确、简便易行、方法直接，可以获得客观真实的第一手材料，可以节省被评价者的时间和精力等优点。同时，观察法也存在一些不足，如观察结果易于表面化，观察结果的解释带有一定的主观性，容易受到具体时间、空间及情境的限制，单位时间内观察对象有限、不够经济等。在具体实践中，观察法多用于学生行为表现方面的测评，而对于学生的动机、情感、心理压力等非外显因素的测评作用有限。在实践中，教师需要将观察法与其他评价方法配合使用，扬长补短，相辅相成，同时充分借助信息技术手段，克服观察的时空局限，提高观察的效率，以便更好发挥其作用。

三、观察法的应用要领

(一)观察法的实施步骤

一般来说，观察法的实施主要包括观察前的准备、观察的实施、观察资料的分析整理和撰写观察报告四个步骤。

1．观察前的准备

观察前的准备有时也称观察设计，是有效进行观察、顺利实现观察目的的必要保证。具体来说，观察前的准备主要包括确定观察目标和观察对象、确定观察内容和观察指标、选择观察记录的方法、分析观察环境等内容。其中做好观察记录是观察法的核心环节，需要借助一定的记录方法才可以。记录方法通常分为频数记录法、描述记录法、等级记录法和连续记录法等几种。每种记录法都有自己的特点，评价者应根据需要灵活选用，也可以同时运用多种记录方法。比如，评价者仅凭感官进行观察容易漏掉某些细节，条件允许的话，可以利用录像机、录音机等信息技术设备进行全程记录，以备将来使用。

此外，观察是在一定的环境中进行的，不同的环境可能会诱发学生不同的行为和表现，影响观察结果的客观性。评价者要对观察环境进行全面的分析，了解环境中哪些因素可能会影响到观察结果，并提前给予改善或干预，或者在分析观察结果时给予一定的考虑。

2．观察的实施

观察要按照事先确定的方式方法进行，并做好准确的记录。观察时需要做好四个方面的工作。一是根据所采用的观察方式选择相应的观察策略，以求获得最佳效果。二是充分利用记录表及评定量表，做好观察记录。尤其要善于设计和使用观察代码系统，以提高观察时记录的速度，提高观察的准确性。三是充分利用录音、录像等工具，对被观察者进行实地的和全程的记录。四是在观察进行的过程中，评价者要注意捕捉细节，在做好观察记录的同时，善于从学生的行为表象分析其实质。

 拓展阅读

运用代码进行观察记录

运用代码记录，即把要观察的行为用一个符号或数字来代替，这样可以提高记录的速度和准确性。下面是一个具体的案例。[①]

假如要记录学生没有参与课堂活动的情况，可用下列代码表示没有参与课堂活动的具体行为：

① 与任务无关的闲聊；

② 乱涂乱画；

③ 做白日梦；

④ 思想开小差；

⑤ 做其他功课；

⑥ 用动作打扰别人；

⑦ 试图吸引别人的注意力；

⑧ 削铅笔、移动、上卫生间；

⑨ 其他。

有了这些代码，就可以用来表示学生没有参与课堂活动的具体情况，记录可以每隔两分钟进行一次，观察到学生没有参与课堂活动的行为时，就填一个相应的代码在空格里。表4-15是一个记录的例子。

表4-15　学生没有参与课堂活动的记录实例

学　生	扫　视										
	1	2	3	4	5	6	7	8	9	10	所占比例/%
Jeroen	③	④				③		⑧			40
Jessica	②	②		③	③		④	②	③	②	80
Marloes	⑥	⑦			⑥	⑥		⑦			50
David		⑤	⑤						⑤		50
Dylan	①	①	①					⑧	①		60

3. 对观察材料进行分析

观察活动结束后，评价者要对观察得到的材料进行整理和全面、深入的分析，找出自己想要的东西。如果是采用量化方法进行分析，就要从观察所得到的统计数字中分析和总

---

① 林存华. 听课的变革[M]. 北京：教育科学出版社，2007.

结学生学习行为的某些倾向及存在的问题。如果采用质性的描述法，则必须在观察活动结束后尽快对观察材料进行整理与建档，以避免因时间过长而导致观察情景淡漠及描述淡化的现象发生。在将观察资料进行综合整理与归档之后，还要将其概念化，以便能从观察中发现值得进一步探讨的现象或问题。在对观察材料进行全面分析的基础上，根据相关标准，对学生的行为进行鉴定，对学生的发展进行价值判断。

4. 撰写观察报告

观察的结束，并不意味着对学生评价的结束。对于观察结果，如果仅限于教师了解就有些可惜。教师可以在分析观察资料的基础上，将观察结果写成书面报告，以便于学生进行交流、给家长以信息反馈，或为学校管理提供依据，同时也为教师进一步工作提供参考。

 拓展阅读

课堂观察

虽然教师可以随时随地对学生进行观察，但是课堂观察是教师日常教学中了解学生的主要途径。课堂教学是在自然状态下进行的，学生在课堂中没有太多的防范意识和虚假表现，教师可以通过学生在课堂学习中的行为表现来判断学生的学习态度、思维品质等。

课堂观察的步骤和方法可以参考一般的观察步骤，观察的主要内容是学生在课堂中的学习行为。具体而言，可以从学生的情感与态度、学生的参与状态、学生的合作交往状态、学生的思维状态、学生解决问题的生成状态等几个方面来观察学生的学习状态，如表 4-16 所示。

表 4-16　课堂学生学习行为观察表

学生姓名：＿＿＿＿＿＿＿＿＿＿

观察项目	1	2	3	说　明
观察学生知识技能掌握情况(如数与计算、空间和图形、统计与概率、解决问题等)				1. 熟练　2. 比较熟练 3. 不熟练
观察学生是否认真(如听讲、作业等)				1. 认真　2. 一般 3. 不认真
观察学生是否积极(如举手发言、提出问题并询问、讨论与交流、阅读课外读物等)				1. 积极　2. 一般 3. 不积极
观察学生是否自信(如提出和别人不同的问题，大胆尝试并表达自己的意见等)				1. 经常　2. 一般　3. 很少
观察学生能够善于与人合作(如听别人意见、积极表达自己的意见等)				1. 能　2. 一般　3. 很少
观察学生思维的条理性(如能有条理地表达自己的意见、解决问题的过程清楚、做事有计划等)				1. 强　2. 一般　3. 不足
观察学生思维的创造性(如用不同的方法解决问题、独立思考等)				1. 能　2. 一般　3. 很少
总评				

除了学生的学习行为，课堂观察还应该关注学生的其他非学习性行为，比如学生的衣着打扮、上课所携带的物品、上课时的精神面貌、课桌上下所摆放的东西、课外读物等。这些非学习行为可以透露出学生学习和生活中的一些迹象，反映出学生的学习品质、生活习惯和生活追求，教师从中可以及时发现学生学习和生活中存在的问题。

——摘自李玉芳《多彩的学生评价》，教育科学出版社，2009

(二)应用观察法的注意事项[①]

1. 观察要有计划、有目的

应围绕一定的主题去选取观察的内容。比如，观察学生的学习态度，就要在一段时间里集中观察学生与学习有关的表现，因为学习态度是学生在长期的学习过程中表现出来的，而不是偶尔的一两次表现所能代表的。因此，观察要有系统的计划、明确的目的、而不是凭一时兴起、临时决定、随时安排，那样会影响观察的整体质量和评价的效度。

2. 根据需要，灵活运用

观察的类型和形式很多，在实际应用中，要根据观察的内容、观察的目的、学校的办学条件、学生的特点和教师的实际情况灵活运用。

3. 要遵循公正、客观的原则

观察一般是在学生不知情的情况下进行的。可以说，在观察中学生是完全被动的，既没有和评价者进行交流与对话的机会，也没有对自己的行为进行解释的权利。而且，有些行为表现只是一次性的、偶然的，但却可能成为被评价者评价时的重要依据。这就要求评价者在对学生进行观察时，切忌凭学生的一时表现就给学生妄下评语，要尽可能地对学生进行全面的、持续的观察，同时要尽力避免个人偏见或习惯的干扰，确保对学生做出客观、公正的评价。

4. 综合运用多种观察形式

在运用观察法的过程中，更多是依靠评价者的感官进行观察。由于感官自身存在的不可克服的局限，使观察范围、观察精准度都可能受到一定程度的影响，甚至有时会出现错误。另外，在观察过程中，评价者的主观态度也容易影响观察结果。比如，师生关系、教师对学生的已有印象等，都可能使评价者在观察中出现一些主观上的倾向，有"先入为主"的可能，严重者还会造成"晕轮效应"。因此，为了避免观察中出现主观的、片面的和表面的现象，在观察的过程中，评价者可以借助一些仪器设备，必要时还可以采取多种形式进行观察或进行反复观察、长期观察，以真正全面地了解学生。

---

① 李玉芳. 多彩的学生评价[M]. 北京：教育科学出版社，2009(有改动).

5. 评价者要有充足的心理准备

教育教学活动的复杂性和教育对象的特殊性决定了观察不可能是一帆风顺的。有时评价者想要的情况并不会出现，甚至会有意外发生而影响观察的正常进行。对此，评价者要有足够的心理准备，能够根据实际情况灵活应对。

四、工具与技术支持

运用观察法对学生进行表现性评价，工具与技术支持主要体现在观察的记录方法和分析观察所得的数据两大方面。

总体上，观察方法可以分为定性方法和定量方法两大类。定性方法是指评价者依据观察纲要，对观察对象作翔实的、多方面的、描述性和评价性的记录，并在观察后根据回忆加以追溯性的补充和完善。定量方法是指运用一套定量的、结构化的记录方式(如工具表)进行观察，既可以采取"笔录"的方式，也可以运用录音、录像和电脑软件进行分析。

录音机、照相机、摄像机、录像机、闭路电视装置等信息化设备，都可以作为观察仪器来"记录"学生的行为表现。这些"凝固"的表现记录，是进行评价的有力"证据"。它们可以克服评价者单靠感官进行观察时，视野不够宽广、容易忽视细节等局限，而且方便评价者进行多次、仔细的事后查阅分析。

对于定量观察评价时产生的大量数据，教师可以借助专业的数据分析软件进行处理，以提高分析结果的效率。此外，网络环境下的教学，利用设计优良的多媒体网络教学平台，可以实现自动记录学生的网络学习行为数据，如系统登录情况、资料阅读情况、留言发帖情况、小组讨论情况等。这些数据经过教师的整理分析，可以作为观察的结果，对学生的网络学习表现进行评价。

合作学习活动中学生行为的观察设计①

为了研究分析网络化环境下合作学习活动中学生的学习行为，需要设计分组观察场面和可量化观察表格。

1. 设计分组观察场面

共有 5 名观察者参加观察。其中一名是任课教师，他既是行动研究的实践者，也是研究活动的研究者，他是一位参与观察者，在教学过程中注意观察学生的典型行为，以教学日志的方式记录观察结果。其余 4 位作为完全观察者，根据分工，负责在限定的时间内，对指定场面内的观察对象，按观察表格要求进行观察并做出记录。具体如图 4-23 所示。

---

① 何克抗. 教育技术培训教程(教学人员·中级)(光盘)[M]. 北京：高等教育出版社，2007.

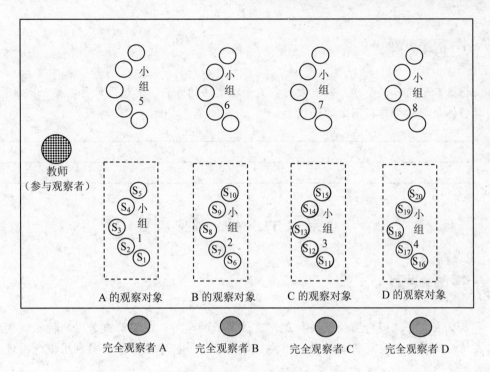

图 4-23　结构化观察现场图

2. 设计可量化观察表格

本项目需要了解在网络化环境下，进行合作学习活动中学生的学习行为方式和内容，为此，可以设计可量化的观察表格，如表4-17所示。

表4-17　可量化的观察表

观察项目	完全观察者A					……	完全观察者D				
担任合作小组组长	S_1	S_2	S_3	S_4	S_5	……	S_{16}	S_{17}	S_{18}	S_{19}	S_{20}
在网上搜集资料											
对任务完成发表意见											
输入文本											
绘制图形											
素材整合											
对本组作品提出修改意见											
报告成果											
对其他组成果提出意见											
使用特殊语言											
明显的动作行为											
常用语言											
其他活动行为											

活动建议

根据本节内容提示，上网搜索更多关于观察法的资料，尝试设计并实施一次观察评价，同时将体会与心得写在下面的横线上。

_____

_____

_____

第五节　概　念　图

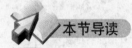本节导读

本节主要介绍概念图的相关知识。通过本节的学习，应了解概念图的特点、构成、技术支持以及作为新型评价工具的应用要领等内容，并能根据实际需要利用概念图进行有效的学生评价。

案例研习[①]

下面是一位老师设计的生物学科测验题目。

题目 1：蛋白质在人体内代谢的不完整图解如图 4-24 所示，并根据图回答以下问题。

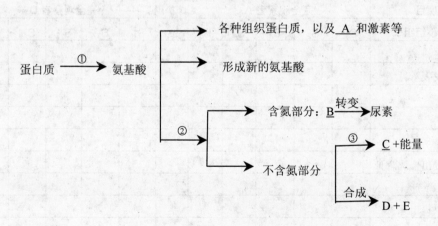

图 4-24　人体蛋白质代谢图解

(1) 根据所学的内容，将横线部分补充完整。A_____; B _____ ; C _____; D_____;

_____

① 胡玺丹等. 概念图评价在生物学教学中的运用[J]. 生物学教学，2007(有改动).

E_____。

(2) 过程①②③分别称为：①_____；②_____；③_____。

参考答案：(1) A. 酶；B. 氨基(或-NH2)；C. CO₂+H₂O；D. 糖类；E. 脂肪。

(2) ①消化；②脱氨基作用；③氧化分解(或呼吸作用或有氧呼吸)。

题目2：人体物质代谢的部分过程如图4-25所示，其中A～E表示有关物质，①～⑦表示有关生理过程，试分析后回答下列问题。

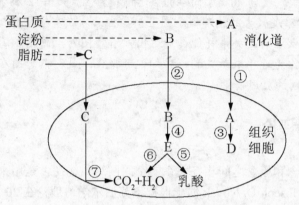

图4-25　人体三大物质代谢图解

(1) 写出A～E表示的有关物质的名称：A_____；B _____；C _____；D_____；E_____。

(2) 写出①～⑦表示的有关生理过程的具体问题：④⑤⑥中发生在线粒体中的是_____；能为①②提供载体的过程是_____。

(3) 促进血液中B物质浓度升高的激素有：_____。

参考答案：(1) A. 氨基酸　B. 葡萄糖　C. 甘油和脂肪酸　D. 蛋白质　E. 丙酮酸。

(2)⑥、③。(3)肾上腺素、胰高血糖素。

题目3：请根据已有知识，利用概念图表示人体内血糖的来源与去路。

参考答案如图4-26所示。

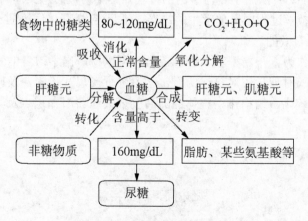

图4-26　人体内血糖的来源与去路

案例中，教师设计的题目有一个共同点，就是充分利用"填图"、"读图"、"画图"等形式来评价学生的知识理解和掌握程度，这里的图就是概念图。3道题目代表了3种常见的概念图评价应用方式。题目 1 属于简单的概念图填空型，题目 2 属于中等难度的概念图答题型，题目 3 属于难度较大的构建概念图型。学生必须在掌握原有知识的基础上，充分理解知识结构和知识点之间的关系并能灵活运用，看懂图乃至画出脑海中的知识结构图，才能正确回答问题。作为近年来新兴的一种知识可视化工具，概念图在支持课堂教学和多样化评价方面有着广阔的应用前景。

一、了解概念图评价

概念图是表示概念和概念之间相互关系的空间网络结构图，是用来组织和表征知识的工具。康乃尔大学的 Joseph D. Novak 博士根据奥苏伯尔学习理论在20世纪60年代着手研究概念图技术，并使之成为一种有效的教学工具。概念图通常是将有关某一主题不同级别的概念或命题置于方框或圆圈中，再以各种连线将相关的概念和命题连接，这样就形成了关于该主题的概念或命题网络，从而以形象化的方式表征学习者的知识结构以及对某一主题的理解。

概念图评价就是以概念图为工具对学生掌握知识的情况进行评价的一种方法。很多实践探索表明，概念图能够作为形成性评价的有效工具，而且概念图最初也正是因为其独特的评价功能被引入到教育领域中的。在绘制概念图的过程中，不仅涉及知识的重新建构，还能够反映出学生的深层理解能力。通过评价学生绘制的概念图，并根据图中概念的多少、连线的数量、层级结构合理性等情况，教师可以监控学生基础知识的结构全貌，并诊断出思维缺陷及其相关原因。概念图的层级结构可以反映学生搜索已有概念、把握知识特点、联系和产出新知的能力；从所举具体事例上可获知学生对概念意义理解的清晰性和广阔性。这些对帮助教师在教学过程中发现学生的错误或不足(包括连接词语的不当或错误、关键概念的缺失等)是非常有效的。

此外，概念图作为一种新型教学评价工具，可以检测出学习者的知识结构及对知识间相互关系的理解，随时使学生对自己的日常学习进行反思和诊断，及时进行调整和补救学习，引导学生从系统化、结构化、整体性的高度来关注新旧知识点及其相互联系，促进意义学习的发生。

概念图评价的特点

1. 评价过程中突出了学生的学习
这是概念图评价的最大特点。诺瓦克(Novak)研究概念图的初衷就是用来帮助学习的。

在概念图评价中，学生绘制概念图之前，头脑中的知识往往是零散的、不成体系的，并且会有理解模糊的地方，绘制一幅概念图好比经历一次头脑风暴，学生等于在头脑中把学过的知识按照一定规则重新建构了一遍。概念图完成后，以上的问题往往也就自动解决了。通过绘制概念图，学生清楚地了解了知识间的结构联系，加深了对知识的理解和掌握，促进了新旧知识之间的整合并且经久不忘，这一点是其他评价方法难以做到的。所以说，进行概念图评价的过程也是学生学习的过程。

2. 评价过程中含有创造性的因素

在评价过程中产生原创性的反映，并不是概念图评价独有的，但在概念图评价中，教师对任务没有结构性的要求，这给学生提供了创造的条件和环境，使得学生有机会创造性地解决问题。在绘制概念图的过程中，学生为了解决问题会进行多次的尝试错误直至最后达到问题的解决。在这些问题解决的头脑风暴过程中，随着概念图的绘制，具体的解决办法会更加清晰，也往往会引发新的念头，产生意想不到的创造性成果。另外，概念图中的交叉连接需要学习者的横向思维，也是发现和形成概念间新关系、产生新知识的重要一环，所以说构建概念图也是一项极好的创造性工作。

3. 评价过程也可以作为交流的过程

在概念图评价中，为了保证概念图的质量，教师往往会采取小组的形式，让学生集体绘制概念图，或者让学生把各自绘制的概念图拿出来和其他学生进行交流。在交流过程中，学生会不断发现自己或他人的正确和错误，也会不断修正自己的思路和方法，最终绘制出正确的概念图。因此说，概念图就评价过程而言也是一个交流的过程。

4. 具有很强的诊断功能

学生对知识的理解常常是不完全或者有缺陷的，这些不足又是通过常规的方式难以确切诊断的，但概念图能够准确地表达学生对概念正确的或错误的理解。因此，通过概念图，教师可以清楚地了解学生知识上的欠缺，这种清楚、准确的诊断功能也是其他评价方法所难以达到的。

二、概念图评价的适用范围

概念图通常指学习者对特定主题建构的知识结构的一种视觉化表征。与擅长考查学生离散知识的传统标准化试卷相比，概念图评价有助于学生以具体和有意义的方式表征概念，促进思维外化和学习反思。通常情况下，概念图的绘制反映的是学生头脑中所掌握知识的再现。概念图的系统、严密程度也反映了学生理解、掌握知识本质及其间关系的程度，尤其是陈述性知识的掌握情况，也可以在一定程度上用于评价程序性知识的掌握情况。作为一种重要的信息化教学工具和评价工具，概念图一般用来评价学生的深层理解能力、知识组织能力等，特别适合智力技能领域的评测，但是对于操作技能、社会技能和个性品质等测查作用有效。

事实上，概念图的用途极其广泛。它除了用作辅助学生学习的工具，教师和研究人员分析评价学生对知识的理解和构建的方法，也是人们产生想法(头脑风暴)，设计结构复杂的超媒体、大网站以及交流复杂想法的手段。

概念图的应用价值①

概念图是一种认知工具(Cognitive Tools)，建立在以图式为主的学习理论基础上，在学习与教学中有着较为广阔的应用价值。

一、作为一种学习工具的价值

(1) 它可以作为知识表征的工具，以简洁明了的图形形式表现复杂的知识结构，形象地呈现各知识点之间的联系，包括新旧知识间的关系，确定因果联系，区分概念的优先次序和组织概念，显示其他有意义的观点模式，产生有意义的学习，从而提高对概念的理解。(Romance & Vitals，1998)

(2) 概念图作为学习者的高级思维的认知工具。学习者在概念图引导下或利用概念图进行比较、分析、假设、推断、综合等思维活动，并用来支持问题解决的过程。因此，概念图可以支持学习者的高级思维活动，也因此有人将它称为思维导图。

(3) 概念图也可以作为一种交流协作的工具支持头脑风暴，让各种知识元素在头脑中构建起知识网络，在进行集体讨论或者独立思考时，头脑中的网络节点通过链接触发各个相关的知识点，从而发表独创性的见解；也可以利用图形、图表等创建一种形象化的表现形式，用以交流复杂的观点；CMAP 的概念图模式也可以进行在线远程的协作交流。

(4) 概念图作为计划工具，比如：记笔记、理解课文、组织论文、计划项目、准备考试等，可以帮助人们反思学习/工作的行为活动过程，预测可能产生的行为活动结果，从而提高学习/工作绩效，进而提高元认知水平。

(5) 概念图也可以用作创作工具。概念图的特点是形式非常自由，可以充分体现创建者的所思所想，包括写作构思等创作，是一种强大的创造性辅助工具。

二、作为一种教学工具的价值

(1) 作为教学设计的工具：概念图可以用来进行学习资源与学习过程的设计，教师可以用概念图来组织学习资源，产生信息综合的效果；也可以用其来进行学习进程的组织，提高教学绩效。

(2) 作为教学评价工具：概念图可以作为教师的评价工具，用以决定学习者在某一特定领域内对知识理解的水平、深度和知识的相互联系程度等。

(3) 作为教学研究工具：教师可以用其来进行构建自己的教学模型，表达自己教学模式中的内在要素与相互关系，可以起到对教师教学经验抽象表征的作用。

其实，概念图有着更为广阔的应用领域，可以用于设计复杂的结构，用以设计超媒体或网站的超文本设计工具和建模工具，创建超媒体环境，也可以用来作为一种知识管理系统等。

① 王天蓉. 概念地图：学与教的应用与实例[J]. 信息技术教育，2003.

三、概念图评价的应用要领

(一)概念图的设计

要通过概念图对学生掌握知识的情况进行评价，就必须让学生设计概念图。设计概念图的方式灵活多样，一般分为以下五个步骤，在具体运用时可以灵活处理。

(1) 选取一个学生熟悉的知识领域。概念图评价考查的是学生对知识本质的理解和掌握情况，因此，制作概念图必须选取一个学生熟悉的知识领域，否则学生很难成功地绘制概念图。

(2) 尽可能列出全部概念。列出全部概念，可以使学生对概念的整体结构有个大致了解，也为下一步选取关键的概念奠定了基础。有人认为可以把概念写在卡片上，便于移动，这对构建概念图很有帮助。

(3) 先把含义最广、最有包容性的关键概念放在图的顶端，然后移动活动卡片，从上到下将概念按从含义最广、最有包容性到最特殊、最具体的粗略顺序进行排列，最后确立一个大致的概念层级分布。在这个过程中，学生可以自由移动卡片，随时调整概念等级。确定顶端的关键概念往往会有些难度，可以指导学生按上下顺序浏览一下概念，必要时进行更换。在这一步，还可以随时增补新的概念进去。

(4) 寻找概念图中不同概念之间的联系。用线条把概念连接起来，并用连接词语说明两个概念之间的关系，这种说明语可视为一种陈述句，即上面所提到的命题。连接线可以是单向、双向或无方向的。概念之间的联系可以分为同一知识领域的连接和不同知识领域的连接，即交叉连接。交叉连接是发现和形成概念间新关系、产生新知识的重要环节，也是判断一个概念图好坏的重要标准之一。概念图的画法不止一种，对同一组概念可以画出许多不同形式的概念图。随着对概念之间关系理解的变化，概念图也会发生变化。

(5) 当概念比较抽象而不易理解时，可以把说明概念的具体例子写在概念旁边。当然这一步不是每一个概念图所必需的，可以根据需要决定取舍。

拓展阅读

概念图的结构要素

概念(Concepts)、命题(Propositions)、交叉连接(Cross-links)和层级结构(Hierarchical Frameworks)是概念图的四个图标特征。其中，概念泛指感知到的事物的规则属性，可用专有名词、思想、情感、教学或符号进行标记，并置于圆圈或方框中。命题是两个概念之间通过箭头和连接词而形成的意义关系，箭头表示方向，可以是单向的，也可以是双向的。交叉连接表示不同知识领域概念之间的相互关系。层级结构是概念的展现方式。一般情况下，一般性、概括性强的概念置于概念图的上层，特殊的、从属的概念置于下层，某一领域的知识还可以通过超链接来展示相关的文献资料和背景知识等。概念图的结构样例如图 4-27 所示。

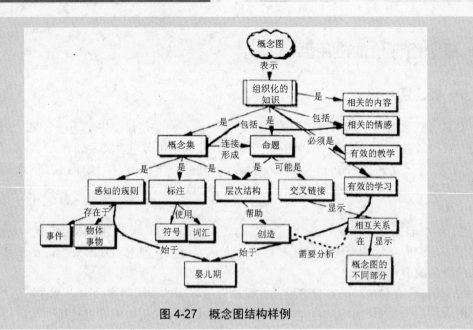

图 4-27　概念图结构样例

(二)概念图的评分

概念图设计完成后，运用概念图对学生进行评价还涉及概念图的评分问题。对概念图整体进行评价一般有以下四类方法。

1. 主观评价

评价主体根据自己对学生概念图的总体印象进行记分。这种评价速度快，很大程度上依赖于评价主体的经验和知识水平，但同时可能带来主观性，缺乏一定的客观性，可能会造成较大的评价误差。

2. 结构评价

评价主体根据学生概念图表达的命题数、概念图的结构来计算得分。结构评价的可操作性较低，同时这些评价算法自身的有效性有待验证。

3. 相似度评价

教师通过计算学生概念图和专家概念图的相似度来给出得分。相似度评价的可操作性也较低，同时这些评价算法自身的有效性也有待验证。

4. 层次评分法

层次评分法是从总体上分层次地评价概念图的质量。层次评分法按照从高到低将概念图分成典范、超标、达标、需要提高四个层次，并从目的、组织、内容、链接、文法、版面、合作、效果八个方面对概念图分别进行评价。

层次评分法量规是一种结构化的评价标准，它从与评价目标相关的多个方面详细规定评级指标，具有操作性好、准确性高的特点。它的优点是能从总体效果及细节上对概念图进行评价，从仅强调测验分数向评价方法的立体、综合、多层次、全方位发展。概念图层次评分法评价量规如表 4-18 所示。

表 4-18　概念图层次评分法评价量规

分　类	典　范	超　标	达　标	需要提高
目的	清楚准确地建立并坚持概念图的核心	建立一个基本的目的和概念图核心	努力明确一个目的，但并不完全清楚	概念图没有目的，并且不清楚
组织	• 组织结构好 • 逻辑格局清晰 • 地图包含很多层次，表明对内容的复杂理解 • 符合标准地图规范	• 经过精心组织 • 逻辑布局合理 • 地图包含很多层次，表明对内容的可靠理解 • 符合标准地图规范	• 稍微经过组织 • 部分无逻辑联系 • 地图包含层次很少，表明对内容的简单理解	• 结构拙劣，内容混乱 • 地图几乎不包含层次
内容	• 包含主要内容 • 含90%以上的概念数目 • 连接词表明较高的概念理解 • 分支准确有意义 • 包含了特殊的例子，例子从科学方面讲是正确的	• 包含大多数主要概念 • 含60%以上的概念数目 • 连接词容易理解，但有时观点不清 • 分支准确有意义 • 包含了特殊的例子，大部分例子从科学方面讲是正确的	• 包含一部分主要概念 • 连接词清楚，但关系表达不全 • 展示学生对内容和信息的基本理解 • 分支既不准确又无意义 • 很少甚至没有例子	• 仅含少数概念 • 难于理解 • 缺乏创建，在非常单纯的层次理解内容 • 分支既不准确又无意义 • 很少甚至没有例子
链接	• 链接标注准确 • 链接准确，建立一个流畅、可靠、有意义的图标	• 链接没有准确的标注 • 大部分链接准确，能形成对照	• 链接没有标注 • 大部分链接准确	• 链接没有标注 • 使用了链接，但并不是所有观点都被链接
文法	• 所有词拼写正确 • 语法、标点符号、间隔和词语用法恰当	• 大部分词拼写正确 • 语法、标点符号、间隔和词语用法大部分恰当	• 一部分词拼写正确 • 语法、标点符号、间隔和词语用法有些错误	• 少部分词拼写正确 • 语法、标点符号、间隔和词语用法有很多错误
版面	• 字体、颜色、式样的使用能增加所创作的概念图效果 • 图形选择、线条风格和内容排列能提高概念图的版面布局效果，提高概念图内涵 • 图表整洁，图像定位和定向界定清楚 • 版面排列能清晰地传达意思，安排在一页范围内 • 地图设计周详，呈现格式有创造性	• 字体、颜色、式样的使用对所创作的概念图是适当的 • 图形选择、线条风格和内容排列能提高概念图的版面布局效果 • 图表易读，图像定位和定向已作界定 • 版面排列整洁，安排在一页范围内 • 地图格式呈现出创造性，但在格式与地图创作者提出的基本想法之间缺少联系	• 字体、颜色、式样的使用没有偏离所创作的概念图 • 图形选择和内容排列能提高概念图版面布局效果 • 图表易读，图像定位和定向已作界定 • 版面安排在一页范围内 • 地图格式呈现出创造性，但在格式与地图创作者提出的基本想法之间缺少联系	• 字体、颜色、式样的使用偏离了所呈现的信息，或设计不恰当 • 图形的选择不能提高概念图版面布局效果 • 图表粗心制作，难以阅读，图像定位和定向没有界定 • 版面安排超过一页 • 表明在概念图创造上花的工夫很少或根本没有

续表

分 类	典 范	超 标	达 标	需要提高
合作	● 彼此极好地合作 ● 相互尊重和补充彼此的观点	● 彼此很好地合作 ● 每个人都参与合作	● 彼此能尽力合作 ● 有时偏离任务或不是所有人都积极参与	很少或没有团队合作
效果	● 概念图看起来充满灵感，对问题具有新颖独到、切实可行的认识 ● 读者从概念图上很容易区别要点和次要点，并理解连线的含义 ● 概念图能够表明作者的努力、学习、成长和反思	● 概念图令人满意，但缺少典范概念图的创造性和个人见解 ● 读者能区别要点和次要点，能理解连线的含义 ● 概念图表现了作者的努力	● 概念图的某些部分表明，个人对概念知识的理解缺少依据 ● 概念图创作者主要依靠先前建立的观点结构来呈现概念图(例如，主要依据教学大纲或教材目录) ● 还需要更多个人成长和反思，以达到对内容的更丰富的理解	概念图表明创作者准备不足，缺乏计划，没有深度

 拓展阅读

概念图的分析记分法[①]

诺瓦克和古温(Gowin)根据概念图的四个图表特征提出了概念图分析记分的四条标准：命题 (每个有效命题记 1 分)，层级(每个有效层级记 5 分)，交叉连接(每个有效的、有重要意义的交叉连接记 10 分；虽然有效，但不反映命题或相关概念组之间的综合则记 2 分)，例子(概念图有效的例子记 1 分)。

克莱尔(Cleare)在研究中采用的标准与上述标准相同，只是在分数的分配上有些差别。后来华莱士(Wallace)和明茨斯(Mintzes)的研究在上述四条标准的基础上又增加了一个标准——分支，并建议每个分支记 1 分。

马克翰姆(Markham)、明茨斯和琼斯(Jones)认为，分支的记分应根据形成分支的层级来定：第一层级上的分支记 1 分，以后每个层级上的分支记 3 分。

由以上分析记分法可见，记分会因对概念图各组成部分权重的看法不同而有所不同。另外，在分析记分法中，评分者通常对概念图的有效性、精确性或各个组成部分的重要性看法不同，结果使同一概念图的得分因评分者不同会有较大差别，最终导致概念图评分信度不是很高。所以，在评价具体概念或结构化比较强的任务时，概念图比较简单、明确，分析记分法是比较适用的。但是，用它来评价开放性任务，评分者主观性对分数影响较大，缺陷就比较明显。

(三)其他注意事项

人在运用概念图进行评价时，还需要注意以下几个方面的问题。

---

① 吴晓郁. 概念图及其应用. 上海教育科学研究院，参见 http://www.elab.org.cn/worldwide/assessment/assessment 02_htm.

1．概念图评价实施的前提

概念图用于评价必须以学生熟练掌握概念图制作为前提。首先，教师应当熟练掌握概念图的理论和应用知识，并已经在教学中运用了概念图教学策略，逐步教会学生制作概念图，进而在学生也比较熟练地掌握了概念图的要素和构建方法的情况下，才能将概念图用于评价。

2．选取恰当的学习阶段

概念图作为评价工具，适用于教学活动的不同阶段，可以进行形成性评价和终结性评价。在平时的教学过程中，遇到比较系统的一组概念或某一阶段性的教学内容结束时，可以利用概念图进行形成性评价，用以考查学生概念的掌握、学习进展和内心思维活动等情况，以便教师给出即时诊断，改进后续教学方法。而在正规测试中使用概念图则可以进行终结性评价，通过学生构建概念图，对学生在认知、能力和情意等方面进行综合、多方位的评价。

3．适宜与合作学习策略相结合

概念图评价过程中，可以结合合作学习的教学策略进行。尤其是随堂测验时，与合作学习策略结合，概念图评价效果更佳。教师出题后，可以组织学生以小组形式讨论，通过讨论共同构建一个较完整的概念图。这样，在讨论的过程中，小组成员各抒己见、取长补短，在交流中自我认识、自我反省，进一步梳理知识点，使得评价过程成为一次再学习的过程。这样，在评价中学习，达到事半功倍的效果。需要指出的是，小组讨论时每组学生不宜过多，以 2～4 名为宜。如果小组成员过多，可能造成意见过于分散，难于统一，影响共同构建概念图；另外，可能会使一些表达能力欠缺的学生不能积极参与讨论，意见得不到充分表达。因此，在小组讨论过程中，教师应做好巡视指导工作。

四、工具与技术支持

制作概念图时，最基本的方法是徒手绘制。利用彩色笔，可以使绘制出的概念图更加清晰美观。借助计算机工具进行概念构图，具有操作简单、存储方便、易于交流、便于修改等特点。常见的办公应用软件，如 Office 中的 Word、画图等软件都可以绘制概念图。专业的概念图软件，如 Inspiration、MindManager、FreeMind、MindMan、ActivityMap 等，提供了更加方便、快捷的技术支持。

Inspiration 是目前常用的一款专用概念构图软件，由美国 Inspiration 软件公司开发，在不断的发展过程中形成了界面友好、构图方便的特色。它提供图形和大纲两种视图，具有文件格式转换功能，拥有丰富的图标库，包括各种基本图形以及娱乐等在内的 1300 多种彩色静态或动态图形符号，广泛应用在语言艺术、科学、社会研究以及任何的思维构建过程当中。Kidspiration 是 Inspiration 软件公司专门为 K-12 学生开发的概念构图软件，除继承了 Inspiration 的所有优点外，它的界面更加卡通化，并具有语音提示功能，更能适应 K-12 学生的需求。

MindManager 是另一款优秀的概念图软件, 由美国 Learning Partnership 公司开发。MindManager 在教学中的应用主要表现为: 辅助教学设计、组织教学内容、帮助教学反思、改革笔记形式、呈现思维状态等。MindManager 软件除了可以像 Inspiration 一样方便地完成概念构图工作, 还具有资源整合的独特功能。可以将图、文、声、像等资源以链接的形式整合到各个节点上, 并通过"保存为网页"功能快速地生成一个简洁的网页型课件。

表 4-19 是一些常用概念图软件的下载地址。

表 4-19　常用概念图软件的下载地址

网　址	说　明
http://www.inspiration.com	概念图软件 Inspiration 的官方网站
http://www.mindjet.com	思维导图工具 MindManager 的官方网站
http://www.keystonemindmap.cn	概念图工具 Keystone 的官方网站
http://www.baidu.com	可以关键字"思维导图 MindManager 教程"等关键词检索到相应教程

绘制"用气球可做的实验"概念图——评价学生的综合能力[1]

请根据下列概念图的绘制方式, 补全概念图中 A～F 各项, 并找出图中的一处错误, 如果你认为此概念图还可以进一步扩展, 请直接补充在原图上, 如图 4-28 所示。(共 12 分, 其中改错 2 分, 正确扩展 2 分, 其他分值如图)。

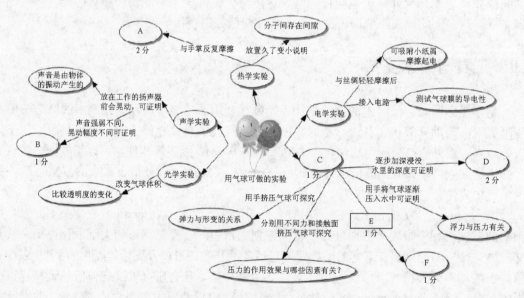

图 4-28　"气球可做的实验"概念图试题

---

[1] 叶鹏松. 以概念图为支架的整合教学实践研究[D]. 苏州大学, 2008.

案例分析

图 4-28 是一个用概念图来考查评价学生综合能力的测试题。这一测试与传统测试相比呈现出许多独到之处。首先，它是围绕"气球可做的实验"这一中心概念展开的图式，有别于常见的线性文本陈列，在意义表达方面更具有表现力和思维导向性；其次，一题多型，既有概念、连接词和连线的填充，又有概念的纠错和概念图的延展，写画结合，一改传统考题形式单一的不足；再次，考查点分布较广，但散而不乱，问题始终置于结构化的知识背景下，既体现思维的发散性，又关注知识点的层次及相关性，较之传统评价中许多开放题更具优势；最后，它所呈现的不仅是一系列问题，而且更是一种思维方式，既利于考核，又能促进学习，是一种非常值得推荐的评价题型。

拓展阅读

Inspiration 软件的基本操作

下面以绘制《科学与艺术》[①]教学设计概念图为例，如图 4-29 所示，介绍 Inspiration 软件的基本操作方法。详细内容可参看配套光盘中的相应视频教程。

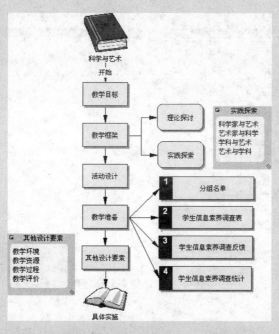

图 4-29　《科学与艺术》教学设计概念图

启动 Inspiration 软件时，默认出现的是图表视图，如图 4-30 所示。图表视图是概念构图的主要工作界面，用来记录使用者的思维，将概念用图表和文本的可视化形式表现出来。

---

① 胡小勇等．概念图教学实训教程[M]．南京师范大学出版社，2008(有改动).

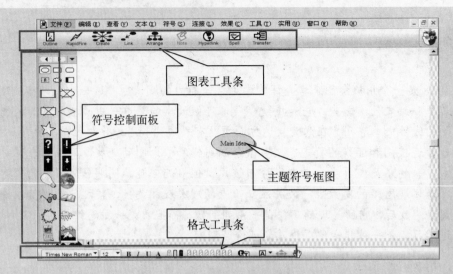

图 4-30　图表视图界面

(1) 启动 Inspiration。选中默认界面主窗口中自动出现的 Main Idea 图标，然后单击窗口左侧符号面板中的向下箭头，如图 4-31 所示。选中弹出菜单 Work-School 中的子菜单 School，并单击图标，该图标将代替原有的默认图标。在图标上输入文字"科学与艺术"。

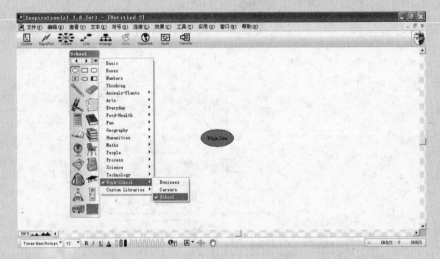

图 4-31　选择 School 图标

说明：

每次打开 Inspiration 时，都将自动出现 Main Idea 图标。可以在该图标中输入主要观点，然后以此图标为起点，添加其他图标和链接。

"符号标记面板"中有丰富多样的图标，可以灵活选择以美化概念图的制作。

(2) 选中图标，再单击主窗口图表工具栏中的【创建】按钮（单击该按钮中正下方的小圈），在原有图标上将会自动创建并连接一个新的图标，如图 4-32 所示。

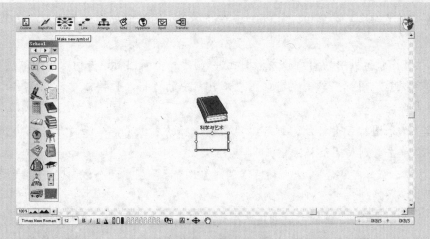

图4-32　创建新图标

说明： 在图表工具栏的【创建】按钮※中，包含 8 个不同指向的带有小圈的分支，它们规定了将要创建的新图标的方向。

(3) 选中步骤 1 中新建的图标，单击窗口下方格式工具栏中【颜色】按钮███的第二项，在弹出调色板中选中黄色，新图标将变为黄色。然后在新建图标中输入文字"教学目标"。

说明：【颜色】按钮中，第二项表示图标颜色，第三项表示图标框架颜色。

(4) 单击两图标间的连线，出现一个文本输入框，输入文字"开始"。

说明： 可以在两个图标间的连线上输入文字说明，也可以利用符号面板中的文字图标Ⓐ在窗口界面的任意位置加注文字说明。

(5) 利用步骤 2 中的方法，再新建一个图标，并输入文字"教学框架"。然后单击右边的空白位置，将出现一个十字符号██，再单击主窗口符号面板中的圆角长方形图标，将创建一个新的图标⬭，在该新图标中输入文字"理论探讨"。

说明： 可以用鼠标在主窗口中的任意位置进行定位，再利用符号面板创建相应形状的新图标。

(6) 选中"教学框架"图标，单击窗口图表工具栏中的【连接】按钮✏，连接"理论探讨"图标，选择【菜单】|【连接】|【直角】命令，将以直角连线来连接两个图标，如图 4-33 所示。

图4-33　选择箭头

说明： 在【连接】菜单中，可以选择并调整两个图标间连线的箭头形状、箭头方向及连线粗细。

（7）利用符号面板中的圆角长方形图标□创建一个新图标，并输入文字"实践探索"。选中"实践探索"图标，单击主窗口图表工具栏中的【标注】按钮，在弹出的标注框中输入相应的标注内容。

说明： 如果图标带有标注，则可以单击该图标的右上角，从而打开并编辑相应的标注内容。再次单击，则关闭该标注框。

（8）选中"教学框架"图标，利用【创建】图标创建两个方向向下的新图标，并分别输入文字"活动设计"、"教学准备"。

（9）在"教学准备"图标右边创建四个新图标，选中新图标，单击符号面板中右上角的箭头，在弹出菜单中选中 Numbers 选项，再单击各数字标记，用以设置各图标的序数，如图 4-34 所示。

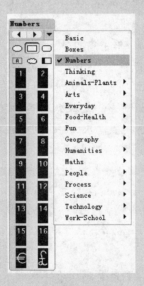

图 4-34　选择数字

（10）用【创建】按钮在"教学准备"图标下方创建一个新图标，然后输入文字"其他设计要素"，并用步骤 7 中的方法对其进行标注。

（11）在"其他设计要素"图标下创建一个新图标，输入文字"具体实施"，就可以完成样例中的概念图内容绘制了。

说明： 为了使概念图整齐有序地排列，在完成概念框图的内容绘制后，可以使用工具栏中的【图表整理】工具进行自动整理，如图 4-35 所示。

图 4-35　【图表整理】工具

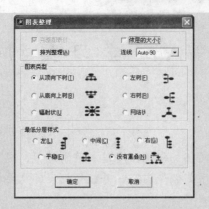

图 4-35 【图表整理】工具(续)

(12) 完成概念图的制作后，可以用以下几种方式进行保存。

第一种是选择【菜单】|【文件】|【保存】命令，以 Inspiration 自带的*.isf 格式保存。*.isf 格式的文件可以在 Inspiration 中直接打开和编辑。

第二种是选择【菜单】|【文件】|【导出】命令，选择相应的图片格式进行输出，如图 4-36、图 4-37 所示。这些输出后的图片文件将不能用 Inspiration 直接打开和编辑。

图 4-36 选择【导出】命令

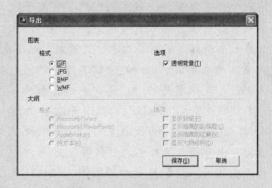

图 4-37 导出为不同格式的图片

第三种是导出为 html 网页文件格式。

说明：Inspiration 中的任何图标，都可以直接复制和粘贴到 Word 文档中。

 活动建议

根据本节内容提示，上网搜索更多关于概念图评价的相关资料，尝试下载 1～2 种概念图软件，探索其使用方法并学会制作概念图，同时将使用体会与心得写在下面的横线上。

_____

_____

_____

第六节　学习契约

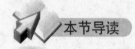

本节主要介绍学习契约的相关知识。通过本节的学习，应了解学习契约的特点、作用以及作为新型评价工具的应用要领等内容，并能根据实际需要设计合理的学习契约进行有效的学生评价。

案例研习①

当我因为"科代表"分发本子不及时而影响课堂纪律生气时，因为小组长的"擅离职守"不高兴时……我开始寻求解决问题的途径。一次无意的单击，"学习契约"这个名词闯进我的视野，并就此走进我的教学生活。

首先，我把班干部们召集起来，针对班干部中出现的种种现象展开了一个小型的讨论。"我觉得班干部应该和善一些，凶吧吧，官架子太大。""很多班干部管理别人有一套，而自己却没有起到很好的带头作用。"……"群众"的眼睛是雪亮的，班干部工作中出现的问题一条一条被孩子们列了出来，当然大家也不会抹灭每一个人的"功绩"，我不时"插嘴"，实事求是地与孩子们一起分析工作中的问题和成绩。我们在整顿内部纪律的时候，客观地认识自己是很重要的。"不识庐山真面目，只缘身在此山中"增强这种朦胧感觉的透明度，不能因为自己"地位"的改变而忘了初衷，一个合格的班干部应该深入"群众"，才能得人心，才能真正"为民做主"。孩子们恍然大悟，原来自己有那么多问题呀，在彼此的"挑刺"中，摆正了自己的"位置"。

接着师生共同拟订学习契约的条例。"科代表应及时收发本子，不乱扔。""科代表应及时清理作业中出现的问题，做好记录(如未完成作业的，书写不工整等)"……

老师和孩子们根据实际情况，在力所能及的范围内制定了一系列规章制度。这就是"你要他做"和"我自己要做的"的区别。当孩子们长期处于被动的命令似的指挥下活动时，就会产生叛逆的心理，自然而然地就和老师的一些要求相抵触。我们有理由相信天真的孩子是最讲信用的，特别是当他心甘情愿下提出的方案能被写进一份"合同"，一种模糊的"法律程序"在他的签字中生效，不要说"吐出去的口水不会再咽下去"这些儿童语言的作用，就是那份大人才有的"仪式"也会让他们新奇半天。

孩子们都认真地在"契约"上落下了自己的大名，让人想起那"红红的印泥指印"，一个"讲信用，说话要算数"的意识已经潜移默化地影响着孩子们今后的一言一行了。

最后就是契约的监督问题。为什么会有打不完的契约官司？和孩子，我们不可能因为字符的歧义去争执。我们要的是真正落到实处就足矣，偶而有违反是允许的，只要能形成

"大气候"，就说明这份"契约"是有效的。大家不妨试试这负载"诚信"的"学习契约"，一定能给你带来一份惊喜！

案例分析

　　"拉钩、上吊，一百年不许变"。儿时与伙伴小指钩小指，一推一拉，一遍又一遍地唱着，"诚信"就在"拉钩"的肢体语言里如石缝里的新生命一样势不可当地滋生着。在现代化的教育教学中，巧妙地利用"学习契约"这种形式进行教学管理和教学评价，可以在潜移默化中培养学生的责任感和诚信意识，促进学生全方位地健康发展。

一、了解学习契约

　　学习契约(Learning Contract)也称为学习合同，是一种由学习者与指导者(教师、家长、同伴等)共同协商、设计、实施和评价的关于某一学习主题的书面协议。在学习过程中，这种协议(契约)可以不断修正，它赋予了学习者自主学习的决定权，规定了学习者必须履行的学习义务，为学习者开展自主学习提供了一种基本框架。由于允许学习者控制自己的学习进程，学习契约可以最大限度地满足个别化需要。又由于学生自己参与保证书的签订，了解预期的工作任务，学习契约有助于学生在较长的时间内根据契约内容来评价自己的学习，保持积极的自律，反过来激发学习动机与学习热情。

　　学习契约具有结构性、过程性和开放性等特点。学习契约的主要内容包括学习者的学习需求、学习目标、学习进程、学习资源、学习策略、学习活动日期以及达到目标的依据等。在学习契约中，计划学习过程取代了计划学习内容，是一种动态的学习规划。学习契约规定了学习者将要学习什么、怎样学习以及如何检验/评价是否达到学习目标。

　　根据不同的划分标准，学习契约存在不同的类型。如从时间上，可以分为短期契约、中期契约和长期契约；从学习模式上，可以分为以教师为主的指导模式、以家长为主的指导模式和以自学为主的学习模式；从学习主体上，可以分为小组学习契约、同伴学习契约和自我学习契约等。

二、学习契约的适用范围

　　学习契约这种评价方法来源于真正意义上的契约或合同。例如，当建筑设计师承担一项设计时，委托人通常要就这项设计的具体要求及交付日期进行详细的说明，并与设计师签订合约。待设计完成后，评价设计是否合格(设计师能否拿到酬金)的主要依据将是这纸合约。学习契约的意义和实施与上例中所说的合约相差无几。在信息化教学特别是主题式教学中，以"学"为主、任务驱动、问题解决等是基本的学习和研究活动主线。为了能够让学生在完成任务和解决问题时有一个具体的目标或依据，提高学习的自律性，也为了客观合理地评价，学习契约这种新型评价方式应该得到足够的重视。

 拓展阅读

学习契约的优势①

1. 能有效培养学习者的高阶思维能力

学习契约主要是由学习者根据自身发展的需要来确定学习目标，根据自身多元智能的特点来选择学习方式，根据自身学习的特点来规划学习时间，根据学习的进展状况来修正契约时间并监控整个学习进度。因而学习者在主动参与学习契约的制定和实施过程中，其高阶思维能力(包括元认知能力和自主学习能力)能得到充分的锻炼和展现。

2. 能有效增强学习者的学习动机，实现个性化及弹性化学习

在学习契约中，学习者可以根据个人需要主动提出学习目标，明确预期的学习任务目标和实现目标的具体形式，保持自律、学习动机与学习热情，有效监控自己的学习进程，不断改变或修正初始的观点，使个性化学习和弹性学习得到充分体现。

3. 能有效协调学习者内在需要和外部需求的统一

学习契约不是给学习者无限的或无原则的自由度，教师往往会根据社会/教学需求与学习者协商制定相对客观的学习指标，使学习者在满足自己的需要时能考虑到组织、专业和社会等各方面的需要，从而最大限度地使学习者的个人需要与学校/社会需要协调起来。

4. 与信息技术相结合，能有效提高教学评价的效度

信息技术作为信息化学习评价的有效工具，通常比较关注对学习者学习过程和学习产品的评价。将学习契约与信息技术有机结合，将有益于提高评价的效度。如在电子档案袋中引入学习契约，与教师/专家评价、作品提交、自评信息、互评信息、反思信息、网络学习记录等组合成一个完整的电子档案。在完成整个学习任务的过程中，学习者依据学习契约中所确定的目标、依据及标准，结合电子档案袋的各种学习过程记录，评价反思自己正在进行或已经完成的任务，将获得更高的评价效度。

5. 是一种有效的学习绩效保障机制

学习契约使学习者有机会参与确立评价的标准，选择或制定适合自己的绩效标准。例如，想得到较高学习绩效的学习者，可与教师协商制订获取优秀成绩的计划，一旦完成计划，就可得到契约上的成绩。

三、学习契约的应用要领

(一)学习契约的基本要素

一个完整的学习契约应当包括学习者与帮促者、学习目标(学习者所要掌握的知识、技能、态度和价值观)、学习资源与策略(如何达成目标)、完成目标的预期日期、目标达成的依据以及判断/验证依据的标准、得分标准和等级评定等内容(Knowles，1986)。学习契约的基本要素和设计要求如表4-20所示。

---

① 钟志贤，林安琪，王觅. 学习契约：远程学习效果评价的书面协议[J]. 开放学习，2007(有改动).

表 4-20 学习契约的基本要素和设计要求①

基本要素	设计要求
学习者姓名及详细日期	清楚、明晰
课程名称与级别	界定清楚所学课程的级别对于清晰地设置级别标准非常重要
学习目标	学习目标不一定要以最后学习结果的形式陈述出来,但一定要与学习者的学习需求相关(包括知识、技能、态度等方面)
确定目标实现依据	依据可以有多种形式:档案袋、项目、影碟、学习者所做作品等。如果指导教师签订此契约,也就表示他同意了此项学习成果的表现形式
得分标准	具体、明晰,可采取量规的形式,突出评价的倾向性
验证依据的标准	不同类型的目标有不同的依据标准
学习资源及策略	学习资源的获得是双向的:学习者既可以通过各种途径查找所需资源,也可以通过教师的帮助获取资源,如教师检查契约初稿、提供图书馆没有的资料或引荐被访问者等。同时,这一部分也可以包括其他更为复杂的方面,如以什么形式完成合作任务(个人作业或小组合作)、在小组合作中任务怎样分配等
时间	包括契约的起始日期、每项学习活动的具体时间、反馈时间。根据具体情况,允许时间有一定的弹性
签名	只有当学习者与指导者双方都签了字,契约才能真正生效。通常,学习者保留副本,教师保留正本。教师签名表示教师认可学习者的学习成果并将给予相应的成绩

(二)制定和使用学习契约的步骤

在制定和使用学习契约时,一般需要遵循如下的步骤。

(1) 确定学习需要:学习需要是目前所处状况和期望达到状况之间的差距。

(2) 确立学习目标:将学习需要转化为学习目标,从结果的角度详细说明想要学习的内容。学习目标应当具体明确、量化、具有现实可行性。

(3) 寻找资源:达到目标所需要的一切因素,包括书本、人、调查访问、时间等。

(4) 制订学习计划:如何实现既定目标?如果遇到困难或障碍,将采取什么样的替换计划或方案?此过程中,学习者的元认知能力将发挥巨大作用。利用元认知,学习者从自身的学习特点、所要完成的任务特点、所规划的时间等方面选择最优的学习策略和资源。与此相应,指导教师不仅要给学习者提供必要的资源,更重要的是要引导学习者正确选择和利用学习资源和策略,培养学习者的自主学习能力。

(5) 规定进程标准:确立目标实现的依据和验证依据的标准。通过制定具体详细的标记,让学习者知道在不断努力下朝着目标接近。

---

① Learning contracts. [EB/OL]. http://home.twcny.rr.com/hiemstra/contract.html.

(6) 实施学习契约：根据计划实施学习契约，如期评估学习进展。在实施过程中，学习者可能会产生改变初始的有关学习内容和学习方式的想法。因此，在设计和实施学习契约的过程中，学习者与指导教师的协商应贯穿始终，以不断修正和完善学习契约。

 拓展阅读

学习契约的制定和实施原则①

在制定和实施学习契约时，学习者与指导者可遵循以下一些基本原则(Thompson&Poppen，1972)。

- 在确定目标的过程中，学习者有权利、有责任发表自己的见解。
- 目标的设定应当能使学习者在完成任务时获得成就感或自豪感。
- 学习者可以选择适合自己特点的目标达成方式。
- 在达成个人学习目标的过程中，应给予学习者承担学习责任的机会。
- 在个别化和独立学习的活动中，应强化学习者的个人意识。
- 指导教师应避免给予过多的指导。
- 在提供学习途径时，应考虑学习者不同的学习风格。
- 注重在团队合作中开展学习。
- 遇到失败时，不应给学习者造成压力。
- 对学习者来说，学习任务的设定应具有一定的挑战性。
- 应给予学习者总结学习经验的机会。
- 课程目标或教学预期中应包含所要完成某项任务的行为动词(如掌握、了解、判断等)。
- 学习者能通过自我反思工具获得学习过程的反馈。

(三)其他注意事项

利用学习契约这种方式促进学生学习和自我评价发展时，还需要注意以下几点：

(1) 由教师在"学习契约"中明确提出学生要达到的学习目标，安排具体的学习内容，学生可以和教师共同讨论修改，然后由学生自己制订一份学习计划，安排学习的时间，选择自己喜欢的学习方法。

(2) 学生、家长和教师要共同承担起完成这份"契约"的责任和义务。如在履行"契约"的过程中，教师要为学生准备不同的学习资料，布置不同的弹性作业；家长要和教师一起监控学生的学习过程，检查学习的效果。

(3) 学习结果由学生、家长和教师来共同评价。

由于学生的学习情况各不相同，所以每份"学习契约"的内容也不相同，教师在运用时必须根据学生的个性差异进行相应调整，关注每一位学生的发展，充分挖掘学生的个性潜能。

---

① 钟志贤，林安琪，王觅. 学习契约：远程学习效果评价的书面协议[J]. 开放学习，2003.

四、工具与技术支持

　　学习契约可以通过字处理软件制作，Word 中的模板功能可以方便地将基本的契约格式存储起来，便于反复使用，这里就不再赘述了。为了快捷有效地设计学习契约，可以借助以下四个设计模板[①]：表格式、自学式、提纲式、同伴辅助式。

自学式学习契约设计模板

学习者姓名：_____ 学号：_____ 课程名称：_____ 日期：_____

学习主题：_____

学习目标：_____

● 子学习目标1：

● 子学习目标2：

● ……

学习活动：

● 学习活动1：

● 学习活动2：

● ……

学习者签名：_____

同伴辅助式学习契约设计模板

学习者姓名：_____ 教师姓名：_____ 契约时间：_____

课程班级：_____ 成绩：_____

契约目的：_____

1. 学习者计划进行的深层次学习：_____

2. 学习者决定学习此主题的原因：_____

3. 学习者学习的中心：_____

4. 学习者想提的问题：_____

---

① 信息化教学评价[EB/OL]. http://218.4.93.251/upload/cd_rom/module5/拓展学习/信息化教学评价. htm.

5. 学习者至少从以下 5 个方面收集信息：_____

(专家对话录、实验报告、杂志、百科全书、报纸、幻灯片、报告讲座、图片、影碟、博物馆、社团/组织、调查或者其他资源)

6. 学习成果形式：_____

7. 实现学习目标，学习者最终将拥有的技能：_____

8. 与他人分享学习者的学习，作以下计划：_____

   ● 分享人员：_____

   ● 分享时间：_____

   ● 分享方式：_____

9. 结束学习的形式：_____

10. 评价学习的形式：_____

11. 评价人员看到的最重要的学习证据：_____

提纲式学习契约设计模板

被辅导者姓名：_____   辅导者姓名：_____

辅导专题：_____

辅导：_____

你期望通过这次辅导学习什么？打算通过什么方式来学习？

这个假期你想学习什么技能？怎样培养这些技能？

你在怎样的环境下学习最有效？

辅导者：

你打算何时开始辅导？怎样辅导？

日期/时间/地点：_____

你打算何时评价被辅导者的作业，如何评价？

日期/时间/地点：_____

你打算何时检查被辅导者的学习，如何检查？

日期/时间/地点：_____

表格式学习契约设计模板

课程：_____学习者：_____指导教师：_____成绩：_____签订时间：_____

想学习什么？ 学习目标	计划如何学习？ 学习资源/策略	如何证明你学会了？ 达到学习目标依据	判断依据的 标准	实现每个目标 的日期

《教学系统设计理论与实践》学习契约书[①]

我小组成员愿在杨老师的指导之下，于 2009 年 9 月 1 日至 2010 年 1 月 30 日，参与学习并探究《教学系统设计理论与实践》这门课程，为期 110 天。在此学习过程之中，为了个人学识智慧之涵养、学习触角之延伸、生活体验之感悟，以及培养自我反思、批判思考与问题解决之能力和培养教学设计能力、教学目标撰写能力、教学策略和媒体选择能力，我愿遵守下列约定。

(1) 我愿在学习与探索的过程中，将老师视为学习上的陪伴者、促进者、引导者与协助者，无论何时何地都能和老师一同讨论与研究，以解决在学习时所遭遇的任何困难与问题。

(2) 我愿意随时随地向老师与同学分享我的学习进度与过程，并且在每一天结束之前和家人分享；并在学习过程中写好学习周记。

(3) 我愿意为自己的学习拟订一个学习计划表，在预定的时间之内完成所有的学习挑战，绝不拖延与赖皮；我在学习的过程中不马虎、敷衍，成为自我负责的学习勇士。

(4) 我愿意为自己定下一个学习目标，了解学习是为了自己，而不是来应付家长与老师。

(5) 我愿用一颗快乐、主动而积极的心，愉快地来学习。

(6) 我愿写下 3 个对自己的期许。

① 能在这学期结束的时候，对教学系统设计的相关理论从原来的感性认识上升到理性认识。

② 要掌握更多的关于设计的理论知识，通过自己的探讨，自己主动地看相关书籍，来增长自己的理论知识。

③ 在学期结束的时候能运用相关的教学系统设计的理论结合一门具体的课程运用相关软件进行以课堂为中心的教学系统设计。

立约人：赵某某、李某某、肖某某

---

① http://jpkc.ccnu.edu.cn/gjj/2010/jxxtsj/xmsj/shijian/xxqy4.html，有改动.

指导老师：杨某某

2009 年 9 月 25 日

活动建议

根据本节内容提示，上网搜索更多关于学习契约评价的相关资料。尝试设计 1～2 份学习契约并应用于学生的学习评价中，同时将使用体会与心得写在下面的横线上。

_____

_____

_____

第七节 教育博客

本节导读

本节主要介绍教育博客的相关知识。通过本节的学习，应了解博客的特点、作用以及作为新型评价工具的应用要领等内容，能开设自己的博客并引导学生通过教育博客进行多样化的学习和交流。

案例研习①

记者从上午召开的北京市教改工作会上获悉，本市高中为课改学生建设了综合素质评价电子化平台。2007 年电子平台要实现全市联网，入学的高一学生今后每人都将有个属于自己的网页，学生的平时成绩、表现及个性发展状况都将在网页上留下记录，这些记录将与学生 IC 卡链接，在高考录取时，与学生档案一起提供给高校作为参考依据。

据了解，"高中生综合素质评价"是高中生成长记录的电子版，每个学生都将有一个自己的网页，类似"学业博客"，记录内容包括过程性评价和高三学生鉴定报告单两部分。过程性评价不对学生进行横向比较，可以是自我评价、他人评价、平时成绩等。学生鉴定报告单则在学生高三毕业时生成，将包括会考成绩和个性特长记录两部分。会考成绩按等级记录；个性特长记录包括学生的各种获奖证明、参与的各种社团活动的记录和评语，力求突出学生的个性发展。学生鉴定报告单旨在改变仅靠高考成绩录取学生的单一方式，为高校提供更加合理、规范、透明的渠道，录取有特殊才能和个性特长的考生。

---

① 腾讯新闻．http://news.qq.com/a/20071011/003689.htm[EB/OL]，2007-10-11．

据介绍，高中生的综合素质电子记录将与学生的 IC 卡链接，在高考录取时，与学生档案一起提供给高校作为参考依据。下一步，初中学生的综合素质评价电子档案建设也即将启动。

案例分析

记录每个学生成长经历的"博客"将成为高考录取的重要依据，北京市建立高中生综合素质评价电子平台的创举，成为信息时代评价改革的一个大胆尝试。虽然实施起来还有网络安全、隐私保护等值得商榷的问题，但这种方式为学生评价提供了一个多样化的选择和可能的规范渠道。"学业博客"中记录的学生平时成绩、表现、个性发展状况和自我评价等内容，能够比较客观系统地记录学生的成长过程，如果操作的好，将对推动基础教育课程改革起到重要的促进作用。

一、了解教育博客

"博客"是英文单词 Blog 的译音。Blog 是 Weblog 的简称，中文意思是"网络日志"，也翻译为"博客"，而撰写网络日志的人被称为"博主"。一个博客其实就是一个网页，它通常是由简短且经常更新的 Post 所构成，这些张贴的文章都按照年份和日期排列。博客具有易操作性、互动性、即时性、开放性、个性化、社区性、反思性、合作性等特点，是继 E-mail、BBS、ICQ 之后出现的第四种网络交流方式，完全是现代人交流的一种新范式。[①] 随着网络出版、发表和张贴文章等网络活动的急速增长，博客已经成为一个指称这种网络出版和发表文章的专有名词。博客这种自由的张贴和发表，以及对其他网站的超级链接和评论，为人们提供了"思想的共享"，成为家庭、公司、部门和团队之间越来越盛行的沟通工具，并且日益受到教育领域的关注。

教育中的"博客"也称为教育博客，多以学习日记的方式呈现，可以说是电子档案袋的一种，但已经超出了电子档案袋的原有功能。在博客技术的支持下，教师和学生可以将自己工作或学习的过程与反思、收获与感悟、问题与困惑以及取得的成绩和成果等方便地记录和表达出来，在与他人广泛地交流和共享中实现快乐、快速的成长。

目前，几乎所有的大型门户网站都设有自己的免费博客平台，供广大博友申请使用，如新浪、中国人等。新思考网站(http://www.cersp.com)又称中国教育资源服务平台，是由教育部基础教育课程教材发展中心指导并面向全国教师免费提供的博客平台，也是目前全国拥有专家数量最多、参与教师人数最多、人气交流最旺、资源非常丰富的专业化教育博客平台，是信息时代将博客技术与课程改革的需要相结合的产物，如图 4-38 所示。

---

① 方兴东，王俊秀．博客：E 时代的盗火者[M]．中国方正出版社，2003．

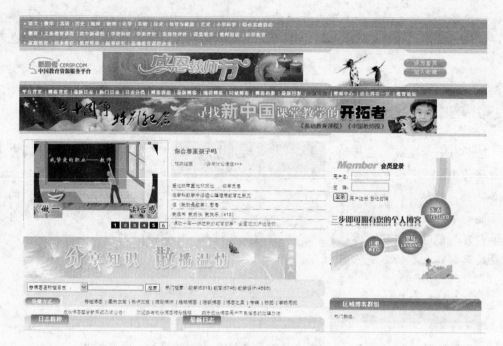

图 4-38 【成长博客】界面

微博与博客群

微博即微型博客(MicroBlog)，是目前全球最受欢迎的博客形式。博客作者不需要撰写很复杂的文章，而只需抒写 140 字内的心情文字即可，如 Twitter、新浪微博、网易微博、腾讯微博、随心微博等。

博客群是博客管理与博客专集组织的基本形式。博客站点以"群"的方式组织博客专集，以此推动同一类型文章的展示或讨论某一主题，如搜狐博客就建立了诸如 IT 博客群、读书博客群等。

二、博客的适用范围

教学的本质是一种交往活动，博客打破了现实和虚拟的界限，创造了一种新型的交流互动模式。随着计算机网络条件的改善以及师生信息素养的提升，开通个人博客并通过博客进行知识管理、交流分享和创新表达的行为会越来越普遍。师生通过文字、多媒体等方式，利用博客将学习过程、研究成果、教学心得、设计方案、反思感悟等内容上传发布，实现记录成长轨迹、共享知识思想、促进互动交流的目的。通过对博客内容和管理状态的考查，可以从侧面反映出参与者的工作和学习状态，据此开展相应的教学评价。

基于博客的评价在本质上属于电子档案袋评价的一种，并以其即时更新、个性化和分享与互动等优点成为信息时代颇具潜力的评价方式。如把博客应用到项目学习中，每名学生完成的课业都可以用数字方式记录下来，这就形成了一个电子档案袋。其中包括学生创作的内容、资源的链接、文档(Word、Excel 和 PowerPoint 等)，图片、声音或视频文件，其中还会有针对这些内容其他人所做出的评价。不仅学生使用博客，教师也同样可以融入其中。教师能够根据学生完整的学习过程与学生共同看到一个更大的学习全景，做出更加综合与全面的评价。而且这样的电子档案也非常有助于"形成性评价"，及时帮助学生改进学习的方法、态度，并由教师做出方向性的引导。

 **拓展阅读**

博客在教育教学中的作用①

将博客应用在教育教学中，对教师和学生都有着重要的意义。

一、教师博客，促进教师的专业发展

(1) 积累知识。教师的教案设计、教学课件和每节课的教学内容都是零散的，把它们都整理好发布到博客上去，形成一个主题，就成为了一个系统的资源库。教师把平日写的教学反思、感悟以及教学中点点滴滴的成功和失败、吸取的教训、获得的经验，都在博客上按日期排列，就是一个完整的教师发展历程，其他教师也可以有所借鉴。教师在平时的工作和学习中，发现好的教学资源并上传到博客中，既能完善自己的资源库，又能与其他人实现资源共享。当发现问题的时候，教师可以在博客上发表文章来阐述自己的观点，与大家共同讨论探究。

(2) 互动交流。博客使教师的学习方式有所创新，实现了没有时间空间限制的学习、研讨和交流，促进教师更好地成长。教师可以通过博客迅速查找自己所需的知识，分享同学科其他教师的经验和方法，也可以从专家学者的博客中获得指引。在博客上，可以就某一主题进行深层次的协作研讨，各抒己见，也可就某一问题征求别人的帮助和评价。这种平等、自由的交流，让更多的教师通过博客进行学习交流和研讨，也促进了教师的人际交往。

(3) 延伸教学。教师通过博客发布有关教学的通告，为学生提供课件、讲义、学习资源，给学生布置作业，对学生的学习进行宏观指导、评价和建议。教师利用博客对教学进行拓展和延伸，在课前提供相关的案例，设计相关的问题，引发学生的思考探索，为课堂教学做铺垫，课后引入更加深刻的问题，让学生进一步去研究和讨论，深化对教学内容的掌握。这种方式有效地完善了教学，加强了学生的自主学习和研究性学习，也促进了师生的互动。

二、学生成长博客，个性和能力的舞台

(1) 打破沉默。在课堂上由于时间的局限性，以及一些学生习惯沉默，不善于表达自己的想法，教师无法聆听更多学生的声音。在成长博客中，不善于口头表达的学生可以重新梳理自己的想法和疑义，通过文字的形式进行表达，没有勇气的学生可以匿名参与老师或同学的沟通互动，习惯沉默的学生也会被这种氛围所感染，使得每一位学生都能被倾听，

---

① 黄敏. 博客在教育教学中的应用[J]. 中国科教创新导刊，2009(25).

都能受到教师的关注。

(2) 彰显个性。在成长博客中青少年学生是自由的，也是张扬的，他们敢于表达自己的想法，真实地面对自我，抒发自己的个性，展示自己的才华。这同时也减轻了学生的心理压力，丰富了学生的生活，促进了学生更好地成长。

(3) 研究学习。学生可以根据学习目标在成长博客中按主题检索各种资料，并内化成自身的知识；通过博客中的讨论，学生可以和同龄人进行交流，也有机会接触到相关领域中最优秀的学者、教师和专家，使得学生的思维能力和知识能力得到跨越式的发展；学生也可以通过博客群协同合作，共同完成任务，培养合作精神。

(4) 博闻强识。成长博客为学生获取信息提供了一个新的空间，开阔了他们的视野。学生们可以了解科技的发展、社会的动态，也能对任何一个感兴趣主题进行详尽而系统的了解和研究。这都是我们的课堂和教科书无法给予学生的。

三、班级博客，师生交流的平台

(1) 自我管理。班级博客除了可以将它作为一个班级信息发布的平台，发布重要通知，发布课堂教学要求及教案、试题等，也可以就班级中出现的问题进行讨论和研究。在网上投票、选举，每个学生都有权就班级的发展发表各自的见解，提出建议。这种新型的班级管理模式使学生的自主、自律及民主参与意识大大增强。

(2) 家校合作。家长可以通过班级博客关注孩子取得的成绩和存在的问题，了解班级和学校的动态，给学生、班主任及任科老师提意见，也可以在博客上给学生留下建议和希望。家长对班级博客的关注，能促进教师更好地管理和维护班级博客。

三、博客的应用要领

博客本身具有三个阶段的六个独立功能："写—录、思—享、品—学"，为记录成长和反思内省提供了有效的途径，是信息时代一种很好的个人表达、知识管理和交流沟通的工具。在与教育教学结合时，师生大体上会沿着作"书写和记录"，同时进行"思考和分享"，最后在"品味和学习"的外化/内化转换过程中进行。在对博客进行评价时，需要注意以下几点。

(1) 博客应注重知识化和情感化。有些师生在博客里轻松随意，很多内容是图片的堆积，生活中琐碎事情的流水账，对知识的把握和对事情的思考停留在肤浅的表面，让博客失去了深度的教育教学意义。

(2) 博客作者应注重写作的责任感。作者的每句话都会呈现在公众面前，故不能随意指责、谩骂或对他人进行人身攻击。此外，博客作者要认真地写作和挖掘，重视原创性，对于引用的博文或链接做好来源标识，以免不经意间侵犯他人的著作权。

(3) 尽管大多博客是免费的，但一旦拥有了博客，就要高效利用，要定期写作，不能应付，也不能荒废，把认真、勤恳的精神一直持续下去。

拓展阅读

打造优秀博客的技巧①

(1) 文章的题目要准确有趣。准确的选题，是所有成功博客的共同点。选择自己喜欢、擅长或有独到优势，并且竞争不太激烈，又有比较多的潜在读者的题材，会使博客更有趣味而且更有成效。绝大多数情况下，读者都是在大量题目中进行扫描，发现到自己感兴趣的东西，所以题目相当重要。文章题目应当准确地反映文章内容，有趣生动的题目能吸引读者的视线。

(2) 充分使用博客的分类/标签功能。许多功能健全的博客系统支持单篇文章的多重分类"/"标签功能，即一篇文章可以有多个类别属性，这样就可以建立多维的分类体系，准确地描述一篇文章的各个侧面。

(3) 把最受欢迎的文章单独用链接标出。读者都喜欢看看博客们最好的文章，把最受欢迎的文章单独用链接(Links)列出来，能为读者节省时间。

(4) 系列文章之间应当相互链接。如果你有一个系列的文章，除了将它们分到相同的类中，还应当在其中相互链接，便于查找。

(5) 多引用，少全文转贴。全文转贴可能带来潜在的版权问题，从长远的角度看，是不可取的。

(6) 在别的博客上参与讨论时，留下自己的博客地址。多关注别人的博客，自己的博客也能得到更多的关注。博客中无名无姓的留言没有多少可信度，要留下自己的地址，便于回复和进一步讨论。此外，电子邮件的签名栏应该有你的博客地址，如果你以自己的博客为荣的话。

(7) 适于网上阅读的写作。网上文章不太适合长篇大论，读者比较喜欢短小的段落，便于扫描式阅读的文章。

四、工具与技术支持

建立博客的方式主要有三种。

方法一是托管博客，博主们无须自己注册域名、租用空间和编制网页，只要去免费注册申请即可拥有自己的博客空间，是最"多快好省"的方式。如英文的 www.blogger.com、新思考网站 www.cersp.com 等都提供这样的服务。此外，BlogBus、搜狐博客、新浪博客、博客中国、博客动力等也是不错的博客平台。

方法二是自建独立网站的博客，有自己的域名、空间和页面风格，如方兴东建立的"博客中国"站(www.blogchina.com)。自建独立网站的博客需要一定的条件，需要掌握一些建网工具。目前，比较成熟的博客应用程序有 WordPress、Z-Blog、O-Blog、Drupal 等，以及

---

① http://hi.baidu.com/sunskysoft/blog/item/2110b2ec1e49333d27979137.html.

支持多博客的 Movable Type 等。

方法三是附属博客，即将自己的博客作为某一个网站的一部分，如一个栏目、一个频道或者一个地址出现。

利用免费博客空间搭建博客

一、搭建博客空间

很多大型门户网站或专门的教育网站都提供了免费的博客空间，只需要简单步骤就可以申请到自己的博客。这里以"新思考"博客平台为例，介绍创建博客的流程。

(1) 打开 IE 浏览器，在地址栏中输入 http://blog.cersp.com/ 并按 Enter 键，进入博客平台登录界面，如图 4-39 所示。

图 4-39　进入博客平台首页

(2) 单击【注册】按钮，如图 4-40 所示，按步骤申请一个有效的用户名，即 ID。注册用户名类似于注册 E-mail 用户和 BBS 会员，需要填写相关个人信息。

图 4-40　单击【注册】按钮

(3) 用新申请的用户名重新登录，进入博客后台管理系统。单击【管理】按钮进入博客管理界面，如图 4-41 所示，经过配置(如填写"博客标题"、"版头公告"等)和栏目管理(如设计栏目名称、栏目描述及栏目排序等)，完成博客的搭建工作，如图 4-42 所示。

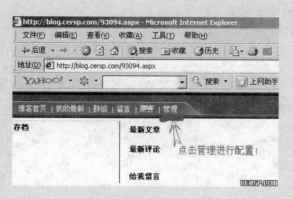

图 4-41　选择【管理】选项

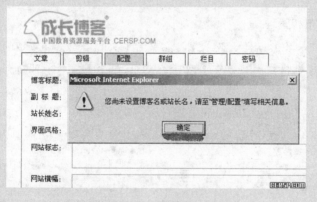

图 4-42　选择【配置】选项

（4）如果想成为某一博客群组的成员，可以单击【群组】按钮，输入"群组账号"进行添加，如图 4-43 所示。

图 4-43　添加群组

（5）模板设置。博客平台一般提供了多样的模板样式供用户自由选择。单击【模板设置】，选择你喜欢的模板样式，单击【保存选择(将覆盖使用中的模板!)】按钮，模板就会被保存并自动更新你的博客首页，如图 4-44 所示。

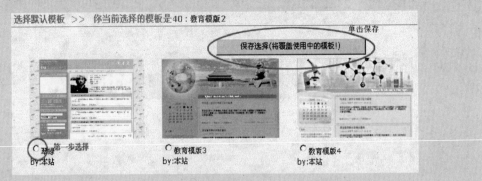

图 4-44　选择模板

二、日志的发布和管理

（1）发布日志。登录成功后，单击【我的首页】按钮就可查看到博客首页，单击【发表日志】按钮，则直接进行日志的发表。图 4-45 是发布普通日志的界面，图 4-46 是发布高级日志的界面。

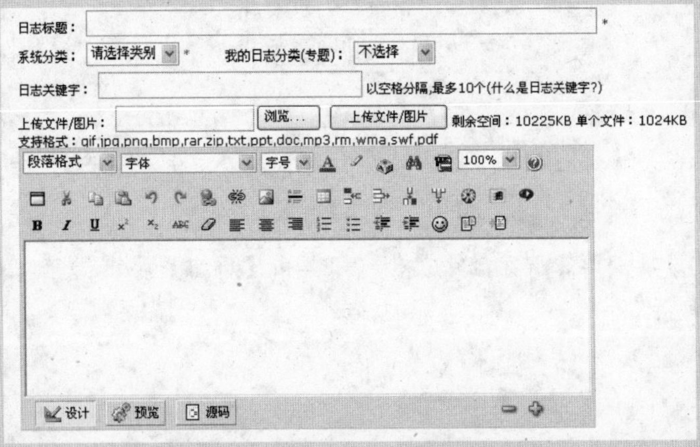

图 4-45　发布普通日志界面

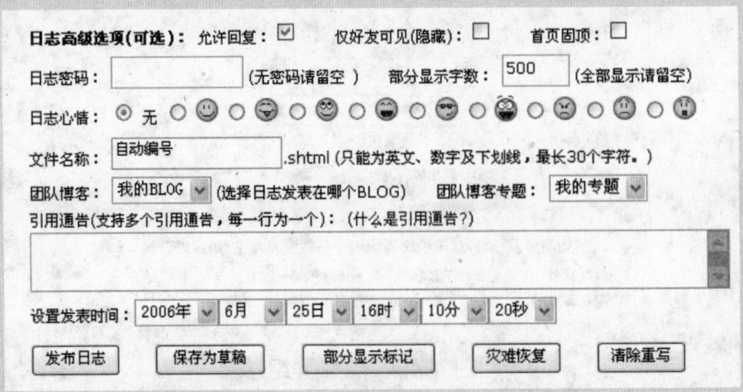

图 4-46　发布高级日志界面

(2) 如果想添加日志分类，选择【日志管理】|【添加日志分类】命令，如图 4-47 所示。添加日志分类后，只有在此分类下发表日志才会在博客首页显示出该分类的名称。

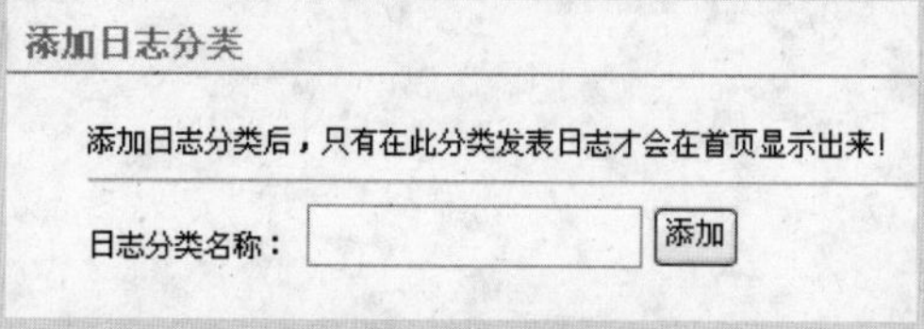

添加日志分类

添加日志分类后，只有在此分类发表日志才会在首页显示出来！

日志分类名称：　[　　　　　　　]　[添加]

图 4-47　添加日志分类

(3) 日志修改或删除。选择【日志管理】|【所有日志】命令，会列出所有日志的列表，包括选中状态栏、日志所属分类、日志标题、作者、发表时间、点评、状态和操作等。可以根据需要单击【发布】、【修改】或【删除】按钮，进行日志的发布、修改和删除操作，如图 4-48 所示。

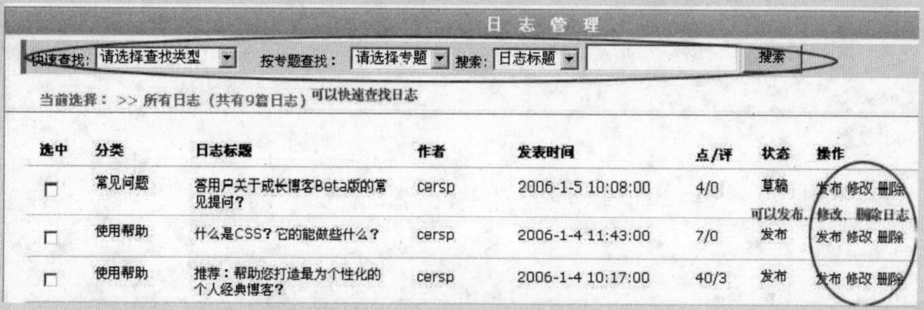

日 志 管 理

快速查找：请选择查找类型 ▾　按专题查找：请选择专题 ▾　搜索：日志标题 ▾ [　　　　　]　[搜索]

当前选择：>> 所有日志（共有9篇日志）可以快速查找日志

选中	分类	日志标题	作者	发表时间	点/评	状态	操作
□	常见问题	答用户关于成长博客Beta版的常见提问？	cersp	2006-1-5 10:08:00	4/0	草稿	发布 修改 删除
□	使用帮助	什么是CSS？它的能做些什么？	cersp	2006-1-4 11:43:00	7/0	可以发布、修改、删除日志 发布	修改 删除
□	使用帮助	推荐：帮助您打造最为个性化的个人经典博客？	cersp	2006-1-4 10:17:00	40/3	发布	发布 修改 删除

图 4-48　日志的发布、修改和删除

活动建议

　　根据本节内容提示，上网搜索更多关于教育博客的相关资料。申请建立一个用于教学的博客，寻找相关学科的同行加为博友，尝试进行互相评价和讨论。同时将使用体会与心得写在下面的横线上。

_____

_____

_____

案

例

篇

第五章

综 合 案 例

案例1 上海市二期课改教材试验历史学科

(七年级第一学期)期末试卷评析①

上海市二期课改就历史学科新教材练习部分的编制，提出了要"有利于学生掌握最基础的历史知识、有利于体现历史学的思想和方法、有利于拉近历史与现实之间距离"的三项原则，并以此作为二期课改历史学科训练习题设计，乃至教学评价改革的基本原则。

2003年年初，依据二期课改理念编制的历史学科七年级新教材，已在课改基地学校试验了一个学期，为有效地从评价领域促进这场课改的进一步深入，充分发挥评价的激励与导向机制，同时也是为了掌握新教材试验半年来在教与学环节上所产生的实际变化情况，上海历史学科新教材试验中心组向本市所有区县的课改基地学校提供了一份期末考试的样卷，供基地学校选择使用。

这份样卷的命制，同样是依据了三个"有利于"的原则。具体来说，它在下述四个方面，较之以往有明显的突破。

一、淡化题型分类，采用专题形式，以材料情境、学习情境引出问题

从历史学的思想和方法来看，历史来自证据，证据来自史料。对史料的收集、整理、分析、甄别、比对和综合是历史认识的重要手段，也是历史学习的基本方法。考虑到七年级学生的年龄特征和认知水平，也顾及这一学期所学习的具体内容——中国古代史，不宜采用专业化的"史料情境"，而代之以较为泛化的"材料情境"引出问题，以更切合学生的认知实际。而考虑以"学习情境"引出问题，其目的不仅仅在于向学生提供可仿效的、启发灵感的学习方式，从而营造合作、和谐的学习氛围，激发学生的学习兴趣；更在于以此引导学生发现问题、解决问题，从而体验由已知到未知，通过探究与实践获得新知的较为完整的学习过程，强化合作交流、实践探究的意识。

基于上述两方面的考虑，就必须淡化题型分类，采用专题形式引出问题。过去那种以题型分类构架试卷的方式，本质上与历史知识在现实生活中的实际运用环境相去甚远，不利于体现历史学习在现实生活中的价值，自然也不利于拉近历史与现实之间的距离。而采用专题形式不仅有利于学生对历史知识形成完整的认识，更在于能有机地将学到的知识置于实际运用的大环境中，其目的就是为了体现学以致用、知行合一的思想，从而使学生形成发散与集中、归纳与演绎相结合，举一反三、触类旁通的思维品质。

试卷的八个大题全都体现了上述特点，下面仅举两例说明之。

闭卷第一题

某校历史兴趣小组的同学在阅读《毛泽东诗词选》时，看到《沁园春·雪》的下半阕有"江山如此多娇，引无数英雄竞折腰。惜秦皇汉武，略输文采；唐宗宋祖，稍逊风骚。

---

① 於以传. 上海市二期课改教材试验历史学科(七年级第一学期)期末试卷评析. 上海市教委教研室.

一代天骄，成吉思汗，只识弯弓射大雕。俱往矣，数风流人物，还看今朝。"的词句，便展开了讨论，你能与他们一起讨论吗？

1. 小周问："谁是中国历史上第一个皇帝？"

答：你认为是_____。

2. 小李说："汉武帝是汉朝一个有作为的皇帝，做了许多对后世产生重大影响的事，他到底有哪些功绩呢？"小张说："汉武帝实行'推恩令'，削弱诸侯，加强中央集权。"小王说："汉武帝发动多次对匈奴的战争，稳固了北方边疆。"你认为还应当补充什么事情？

答：_____。

3. 小陈说："我知道唐太宗在位时期政治清明，经济发展，国家稳固，周边关系融洽。后人称他的统治叫什么……"小李马上接口说，后人称它是"文景之治"，可小张说是"光武中兴"；小王说是"贞观之治"；小孙说是"开元盛世"。你认为谁的说法是正确的？

答：_____的说法是正确的。

4. 小孙对词中的"宋祖"到底是南宋还是北宋的皇帝有疑问，小李说："宋祖"在位时曾"强干弱枝收大权，重文轻武定国策"，小孙一听就连说"我知道了！我知道了！"。你知道了吗？那应该是_____宋皇帝。

5. 小张说："一代天骄成吉思汗建立了元朝，是吗？"，小王纠正说："不对！元朝是成吉思汗的孙子建立的。"你知道成吉思汗的这个孙子叫什么名字吗？

答：建立元朝的成吉思汗的孙子叫_____。

6. 最后，小周同学提议，按时间顺序，设计一张中国古代各朝代沿革示意图(见图 5-1)，请在示意图的方框中填出空缺的王朝(或历史时期)的名称。

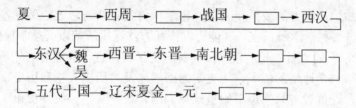

图 5-1 中国古代各朝代沿革示意图

上例以毛泽东诗词为材料情境，以历史兴趣小组的讨论活动为学习情境，以专题形式将以往的填空、列举、选择、判断、改错、填表等题型熔于一炉，促使学生运用所学的历史知识在新情境下解决问题，既有利于学生对中国古代史上的重要政治人物及其主要事迹形成初步的认识，又渗透了历史学的基本时序意识，而学生之间的合作交流活动穿插其中，无疑暗示了这种学习方式对彼此的有效性，为达成学生的态度目标提供了参照。

下面这一例是以学生编排"历史舞台剧"遇到问题，邀请考生帮助解决为学习情境，以剧中人物的小道具——书为材料情境，蕴涵着对历史及其艺术反映形式之间关系的认识，也更进一步地将学生由处于"对立面"的答题者引向共同学习、合作解疑的"参与者"。

闭卷第三题

小张等同学准备编排一个反映 18 世纪中国某城市各阶层人物的历史舞台剧。他们设计了若干个不同职业或身份的人，又考虑每个演员都要用书作为小道具。小孙找来了《窦娥冤》《天工开物》《本草纲目》《西游记》《唐诗三百首》五部书。你能帮助他将上述五部书分派给下列演员吗?

　　1. 剧中的赵二是一个戏曲演员,总是痴迷古代的戏剧剧目。你分派给他《＿＿＿＿》。

　　2. 剧中的张三是个孝子,总念叨着要给多病的父亲采药治病。你分派给他《＿＿＿＿》。

　　3. 剧中的李四每天要给儿子讲"唐僧取经"的故事。你分派给他《＿＿＿＿》。

　　4. 剧中的王五特别喜欢杜甫,见人就讲杜甫写的作品那时候就无人比得上,现在更无人可以超越,每次说完后总要摇头叹息一会儿。你分派给他《＿＿＿＿》。

　　5. 剧中还有一个外国人,总是神秘兮兮地找人打听说要买宋应星写的书,最后竟给他买到了手,他不禁大叫"Wonderful!"。你分派给他《＿＿＿＿》。

二、闭卷考查最基础的历史知识,开卷侧重历史思维能力和方法的运用

　　这次考试承继了一期课改以来开、闭卷相结合的形式,其实质仍然是为了合理、有效地处理历史知识与能力之间的关系。从现代教育学的观点来看:知识与能力是一个平面上的两个部分。一方面,知识是能力的载体,任何能力的形成和发展都必须以一定的知识经验为前提,离开知识的学习和掌握,能力不可能得到发展。另一方面,能力是掌握知识不可或缺的条件,它制约着人们获取知识的快慢、深浅和难易,而且一旦发展到一定阶段就可以相对独立地保存下来,即使人们已经忘掉了某些细枝末节的知识,但能力仍然可以在人们的活动中有效地发挥作用。

　　历史学科中知识与能力的关系较之自然科学学科既有共通之处,又有差异。这种差异主要表现在:就自然科学学科而言,其能力发挥和方法运用所赖以必须掌握的基础知识(如公式、定理、定义等)的"量"相对较少;而就历史学科而言,其能力的"质"完全取决于知识的"量"。举一个通俗的例子,历史学习必然涉及对历史人物和历史事件的评价,如要求评价秦始皇,评价者若只知道秦始皇统一六国、统一文字、统一货币、统一度量衡的史实,便会认为秦始皇是一个对华夏文明的形成与发展,对中国历史发展做出过积极贡献的帝王,但内中隐含着的一个问题却无法解释——既然秦始皇做了这么多对历史发展具有积极意义的事情,为何秦朝却"短命而亡"?因此,只有知道秦始皇还曾"焚书坑儒",还曾为修建阿房宫、骊山陵墓征发无止境的徭役,还曾严刑苛法、向人民征收极其沉重的赋税等史实,才能对这个历史人物做出客观公正的评价,才能对秦王朝虽然强大却迅速败亡做出正确的解释。

　　培养历史思维能力对历史知识所提出的这种"特殊"要求,在初涉历史学习的七年级学生面前就显得尤其重要。知识和能力是相辅相成的,没有"量"的积累也就没有"质"的飞跃。但这并不是说就可以从历史专业的角度,无限制地扩大历史基础知识的范围。恰恰相反,上海二期课改对历史学科基础型课程的构建就已经提出了"学习为学生的终身学习和发展奠定基础的属于'应知''应会'的知识与技能"。由此,闭卷的分值尽管由一期课改时期的 40 分提高到了 60 分,体现了对历史基础知识"量"的重视,但这必须是考查最基础的历史知识,是作为一个公民所必须掌握的属于通性、通法、通则范畴的历史知

识与技能。

试卷的闭卷部分考查了如下最基础的历史知识。

(1) 中国古代历史上的著名帝王和主要事迹(秦皇汉武、唐宗宋祖、成吉思汗与忽必烈)——对政治人物的考查仅限于此。

(2) 中国古代各主要朝代(时期)的沿革顺序(十六国、五代十国等混乱时期均不作具体要求，甚至连南北朝也不要求详细记忆)——基本的历史时序感不敢偏废。

(3) 中国古代文明发展的主要特点及其成果，主要包括以下内容。

① 早期农耕文明发展的特点、技术与工具(南稻北粟、大禹治水、铁器与牛耕、李冰与都江堰)——与生产力的各要素挂钩。

② 中国古代在文学艺术领域的杰出成就(《唐诗三百首》《窦娥冤》《西游记》)——体现"文史不分家"的传统认识。

③ 中国古代在科学技术领域的杰出成就(《本草纲目》《天工开物》及四大发明)——中国古代物质文明成就的代表。

与闭卷相对应，开卷的分值尽管从一期课改时期的 60 分下降到 40 分，但却更为侧重历史思维能力和方法运用的考查，决不引导学生简单地抄录教材中的文字，力图使学生在掌握历史基础知识的基础上，能借助教科书、地图册及其他课程资源，有效地解决一些基本的历史学习中的方法论问题。二期课改推出的《上海市中学历史课程标准(征求意见稿)》将中学历史学科能力的培养，分解为"历史学科特有的认知能力的发展"和"一般学习能力在历史学科中的运用"两部分，开卷所侧重的历史思维能力和方法，正是指这两部分的有机联系，而相对地更强调搜集史料、提取信息、解决问题和交流思想等一般学习能力的运用。

下文以开卷的前三题为例说明之。开卷第一题所考查的"获取历史信息的渠道"便是针对一般学习能力中的"搜集史料"而设计的。

开卷第一题

我们的身边都有历史信息可寻。小李设计了以下历史信息渠道的图示(见图 5-2)，他写了两个渠道，你能另外再写出四个渠道吗？如果你能找到更多的，还可自己来添加。

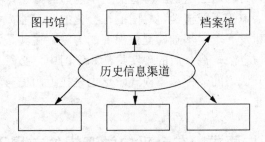

图 5-2　历史信息渠道

而开卷的第二题，则是向学生提供了《半坡出土的船形陶壶》《司母戊鼎》《四羊方尊》《步辇图》《清明上河图》(片断)、《明清五彩鱼藻纹盖罐》六张古代文物的图片，要求小王等同学对这些文物用两种不同的标准进行分类，说出分类标准和结果。其考查的目标实际上是呼应了一般学习能力中的"整理信息"的要求，即从图片材料中提取历史信息，对所获材料进行归类。

开卷的第三题以"古代少数民族问题"为材料主题，体现交往与融合在文明发展历程中的地位与作用；以探究性学习为主线，集中考查学生在开展探究性活动中对文献、实物、口传等不同种类史料(材料)的运用水平，包括对有关史实的再现、甄别与选择能力，这是与一般学习能力中"解决问题"的要求相一致的。

开卷第三题

小张等四位同学对"古代少数民族问题"特别感兴趣，他们决定做几个关于"中国古代少数民族"的探究小课题。请你帮助他们。

1. 小张找到了以下四本书，你认为哪一本对她的小课题探究最有价值？

A. 《论语》　　　　　B. 《史记》　　　　C. 《几何原本》　　D. 《缀术》

2. 小李找到了以下四篇文章，你认为哪一篇与他的小课题探究无关？

A. 《从女真到满洲》

B. 《话说"孝文帝改革"》

C. 《文成公主与松赞干布》

D. 《遣唐使在中国》

3. 小王确立的课题是"宋朝的民族关系"，他找到了以下绘画作品，你认为与他的小课题探究关系最密切的是哪一幅？

A. 《契丹还猎图》　　B. 《姑苏繁华图》　　C. 《步辇图》　　　D. 《万国来朝图》

4. 小孙打算对有关岳飞的遗迹作实地考察，去下列四个城市中的哪一个会最有收获？

A. 西安　　　　　　B. 成都　　　　　　C. 杭州　　　　　　D. 北京

5. 小赵为自己的小论文设计了四个小标题，其中哪一个出错了？

A. "张骞与丝绸之路"

B. "秦长城起到防御作用了吗？"

C. "元朝和北宋的对立"

D. "金瓶掣签制度的产生"

从某种意义上讲，开卷的这三道题所考查的史学能力与方法，实则已超越了历史学科本身，已泛化为现实生活中的无严格学科界限的社会化的学习能力与方法，这是一种真正的能为学生的终身学习和发展奠定基础、提供保证的力量。尤其是学生通过思考与解答前两题所获得的正确能力与方法，在今后的现实生活和学习中，必然会成为其发现问题、思考问题、解决问题、提升认识的一种基本模式。这也是拉近历史与现实之间的距离，体现历史学习现实价值的关键。

三、开放式的设计与要求，在合乎史学逻辑的前提下，充分张扬学生的个性

历史学的思想和方法告诉我们：历史是一种解释而不是一种叙述。随着新材料的不断发掘出现，新视角的不断拓展深邃，推动着史学不断地向前发展，对历史的解释、重现也

就越来越接近于客观真理。历史认识的这种创新性和发展性要求在历史学习中相应地体现开放式的特点，当然，这种开放必须以史学逻辑为前提，必须遵循"史由证来，证史一致；史论结合，论从史出"的史学原则。

这张试卷充分体现了遵循史学原则下的开放性特点，以达成张扬学生个性的目的。全卷具有"开放"特点的题目分值达 36 分，占总分的 1/3 强。同样，题目设计的开放性必须与答案要求、评分要求的开放性趋于一致，否则便丧失了其应有的价值。

以上文已提及的开卷第一、二题为例，题目设计的开放性已显而易见，而答案要求、评分要求的开放性又是如何体现的呢？

开卷第一题参考答案与评分标准

(每框 2 分，共 10 分)

历史博物馆、历史展览馆、历史遗址(古墓葬)、历史遗迹(古建筑)、历史网站；询问长辈(历史事件的当事人与亲历者)……

任选四项，言之有理皆可得分。填对 1 项得 2 分；填对 2 项得 4 分；填对 3 项得 7 分；填对 4 项得 10 分；超过 4 项，每写对 1 项加 1 分，本题最高可给 12 分。

开卷第二题参考答案与评分标准

(每小题 5 分，共 10 分)

1. 按时间标准分类。(2 分) 这一标准的分类方法会产生多种答案，言之有理均可。(3 分)如：按"远古时期""商朝时期""唐宋元明清时期"分；也可以按"中华文明的发轫时期""繁荣昌盛的隋唐文明时期""多元文化碰撞与交融的宋元文明时期""拓展与停滞的明清文明时期"来分；甚至以中国古代历史某一朝代或时期为界，将之一分为二，如"秦朝前期""秦朝后期"等，皆可。

2. 按用途、材料等标准分类。(2 分) 这一标准的分类方法也会产生多种答案，言之有理均可。(3 分)如按"可盛物(器皿)"与"可欣赏(艺术)"分；按"陶瓷器""青铜器""绘画"分；按"坚硬""易损坏"分；按历史或艺术价值的大小来分等，皆可。

学生无论选择哪种标准分类，言之成理都可得分，但必须是两种不同的分类标准。

不独是因为开卷部分考查学生的历史思维能力和方法，便在设计答案要求、评分要求方面也具有开放性的特点，作为考查学生基础历史知识与技能的闭卷部分，同样在这些方面具此特点。如上文已举例的闭卷第一大题第 2 小题，汉武帝的作为既可回答"推行'罢黜百家，独尊儒术'的政策，以儒家思想为主导思想"，也可回答"派张骞两次出使西域，开通丝绸之路"，言之有理、大意正确即可得分。

闭卷中最能体现开放性特点的是第四大题的第 2 小题，这一大题以"小王与小李计划以'印刷术——中国古代四大发明之一'为题出一期板报"为学习情境和材料情境，第 2 小题出示教材地图册中的"中国印刷术外传图"(该图标有中国印刷术外传的路线及传至国家地区的具体时间)，要求学生从图中任意提取两条历史信息。

此题重在考查对历史图片(地图)中信息的提取能力，这也是二期课改历史学科改革的重点突破之一——改变以往重文字记载轻图片信息的倾向，改变以往历史教材中视图片为"插图"的认识,从史学思想和方法出发,不仅重视以文字反映为主的文献史料,而且要重视以图片、图像再现的实物史料。因此,挖掘图片资料背后所隐藏的历史信息成为历史认识的重要手段,也是历史学习的基本技能。

针对七年级学生的认知实际,此题的设计仅要求"任意提取两条历史信息",虽然从学生的回答中可清晰地看出其思维品质,但暂时并不因其这种品质的差异而给出不同的分数。此题的答案要求和评分要求方面也极为"开放"。

闭卷第四题第 2 小题参考答案与评分标准

本题答案不求面面俱到,也不强求学生要高度概括,大意正确即可给分。如写"中国的印刷术在什么时间传入哪个国家""中国的印刷术传到……(国家)比……(国家)早(或晚)""印刷术由中国传到了……等国家""印刷术由中国传遍了世界"等,只要表述符合史实均可。下面两项答案仅供参考。

(1) 印刷术由中国向东传到东亚的朝鲜、日本等国;向西传入中亚、西亚、非洲、欧洲和美洲。(从空间角度提取)

(2) 印刷术在中国发明以后,到 18 世纪中期,已传遍了亚、非、欧、美洲。(从时间和空间角度提取)

四、注重与社会热点问题的结合,尝试引入历史影视题材

长期以来,历史教学与评价都十分注重与社会热点问题的结合,这不单单是为了体现历史学科"以见知隐,以古鉴今,以往知来"的借鉴价值,更是为了体现历史与现实之间无法割裂的关联,为了体现历史认识的现实趋向,为了彰显历史学习的本质内涵——历史意识的培养与传承。

这份试卷与当时的两大社会热点问题相联系:一是 2002 年年末的晋唐宋元书画国宝展,由此便有了开卷第二题的"国宝文物归类"设计;二是至今不衰的历史题材影视剧热,于是便有了开卷第四题的命制。

开卷第四题

小王等同学在观看了电视剧《范进中举》后,对其中一段情节展开了热烈讨论。这段情节是:

明朝书生范进一生追求功名,考了 20 多次举人都没有考中,面黄肌瘦,胡须花白。这一年又一次参加乡试,发榜之日看到自己榜上有名,激动得一跤跌到,不省人事,被众人救醒后,高叫"我中了,我中了……",满街跑来跑去,竟然疯了。

结合你所学到的有关历史知识,简单谈谈你的感想。

(要求:①字数 150 字左右;②你的看法必须用相应的历史材料作证明)

实则在原本设计该题时,是考虑直接在考场中播放经剪辑的《范进中举》电视片段,并不出现有关这段影视的说明文字。后因一些基地学校缺乏相应的硬件设备,故决定在五所有条件的学校观看影视片段答题,其中只有一所学校在试卷中未出现涉及这段影视的说明文字,其余学校则在试卷中提供有关这部影视片段的说明文字进行答题。最终的得分情

况自然是既看了影视，试卷中又有说明文字的那几所学校情况最好，单看影视的与只看试卷上文字说明的学校则得分情况不相上下。

尝试在考试中引入历史影视题材，一是考虑到今年上海的历史高考，已采用网上阅卷的方式，有专家预测，或许在不远的将来，网上答卷的可能性也将成为现实，为此，先行选择部分课改基地学校进行这方面的尝试实验，积累经验。当然最主要的是，作为历史教学的一部分重要资源——历史纪录片与历史影视剧，因其动态十足的效果历来给人感性直观、身临其境的印象，而作为艺术处理的历史影视题材，总会在历史的"真实性"上有所欠缺，这本是使学生掌握历史知识，进而运用历史知识甄别、比对、分析历史材料的绝佳资源，如果仅因其使用上的不便而断然放弃，实在是因噎废食，错失了拉近历史与现实之间距离的极好机缘，丢弃了认识生活中历史的重要素材。

全市51所分布于各区县的课改基地学校在使用了这份试卷后，总体反应良好。尽管对试卷命题的"创新"之处，教师与学生都有不同程度的不适应，部分历史教师对在全市范围推广历史影视片段进考场的做法也颇有疑义，也有些教师认为这种命题的形式失却了考试的"严肃性"。

然而，仍有半数以上的历史教师与绝大多数区县历史学科教研员认为，试卷反映了二期课改的方向，注重学生历史基础知识、思维能力和学习方法的考查；设计新颖，适合学生的心理年龄特征，使学生在轻松氛围中答题；注重对历史图片、影视资料蕴涵信息的考查，注重信息技术与学科评价的整合；充分考虑试题的开放性，对在日常教学中培养学生的创新精神和实践能力，树立"史由证来，证史一致"的思维意识具有导向作用。

尤其重要的是，这些教师认为：这份试卷首先是改变了众多教师(不仅是历史教师)和学生对历史学科和历史学习的认识，历史学科不是那种干巴巴地述说"坟墓"里的故事的学科，历史学习也绝不是仅靠死记硬背就能学好的，在他们的意识里，已具有对历史的特性、历史思维的特点和历史学习的现实价值的初步认识；其次，这份试卷有效地促进了教与学理念和方式的转变，注重史料(材料)、重视基础、强调体验、着眼探究、力求合作、学以致用已成为师生双方历史学习的共识。无疑，这种认识正是命题者在命制这份试卷时所追求的目标，正是二期课改"以评价激励师生、促进教学"思想的最好注脚。

案例2 《连续退位的笔算减法》教学评价方案[①]

课例背景：《连续退位的笔算减法》是广州市东风东路小学吕健老师设计的一节基于网络环境的数学课例。该课例的主要教学内容是在学习了"不退位、不连续退位的笔算减法"等知识的基础上进行的教学网络课，培养学生从不连续退位减法到连续退位减法的计算方法的知识迁移能力。本节课是教师和学生第一次在网络环境下进行抛锚式教学策略的课例，通过和计算机比谁算得快——创设真实问题情境——分析问题，提出解决问题的初步方案(列出算式)——解决问题，小结规律(从笔算不连续退位减法迁移到连续退位减法，算法迁移)——巩固、应用("我当会计师"、"猜数"、"选择正确的笔算过程"等形式进行巩固练习)——外化表达(创编题目、同伴解题)等环节，让学生体验在问题解决中学习新

---

① 何克抗. 教育技术培训教程(教学人员·初级)[M]. 北京：高等教育出版社, 2005.

知并运用新知的过程。

一、评价内容及方法

在课堂上，教师对学生的学习过程随时给出评价反馈，课后教师会经常对学生在留言板上发表的知识运用情况做出评价，给出建议。

课结束时，教师对本课内容和目标完成情况加以总结，并利用留言对学生在留言板上提出的数学问题和解答情况进行反馈；学生在课件评价表中进行自我评价，会利用留言板互相交流学习感受。

具体的评价内容如下。

- 学习参与情况：积极参加小组活动，注意吸取其他同学解答问题的正确方法，找出同学解答中的错误。
- 计算：能够快速判断计算结果的正确与否，并用计算器检验；能够说出算法过程；能够准确计算连续退位减的变式练习题目。
- 结果比较：对计算结果进行比较，对探究过程中出现的多种计算情况正确地做出判断。
- 知识应用：能够编出连续退位减的应用题，并在生活中应用连续退位减法的数学知识解决实际问题，并利用留言板来写这方面的数学日记。
- 学习方法：对其他类似性质的教学内容，能够迁移学法。

二、学生自评表

知识评价：

我知道了什么是连续退位减法。□
我掌握了笔算连续退位减法的计算方法。□
我能编出连续退位减法的试题并解答出来。□

能力评价：

和自己比，这节课我能拿个""

认真倾听别人的意见	很好□	好□	待改进□
积极表达自己的意见	很好□	好□	待改进□
乐于与同伴合作	很好□	好□	待改进□

三、实地试验——试教

为了帮助教师能够按照设计的意图对最终目标群实施教学，安排了两次实地试教，这两次试教都邀请同学科组的教师听课并参与课后的交流。试教的学习者为同级的其他两个教学班，同样是第一次尝试网络环境下的问题解决式教学。试教的信息收集包括以下内容。

1. 课堂观察

请一位听课的老师记录好、中、一般的 6 位同学的课堂表现，另一位听课老师观察全班的参与情况，还要安排一位老师拍摄课堂过程录像，通过观察表和录像来收集信息。表5-1 是全体参与度情况的课堂观察表、表 5-2 是个体参与情况的课堂观察表。

表 5-1　课堂观察表(全体参与度情况)

时　间	教学/学习活动内容	教师活动	学生活动	学生参与人数	学生参与情况(反应及回答情况)

表 5-2　课堂观察表(个体参与情况)

时　间	学生 1(成绩好、安静)		学生 4(成绩中、活跃)		学生 6(成绩一般、活跃)	
	活　动	参　与	活　动	参　与	活　动	参　与

2. 课后调查、访谈表

学生课后调查表

姓名：_____　性别：_____　学校：_____　班级：_____

请根据今天这节课课堂上的情况，实事求是地回答以下问题。

1. 我在讨论中发表自己的意见。
   ① 同意　② 不知道　③ 不同意

2. 我注意吸取其他同学问题回答中的优点，找出同学问题回答中的错误。
   ① 同意　② 不知道　③ 不同意

3. 我在老师和同学的帮助下自己学到了数学知识。
   ① 同意　② 不知道　③ 不同意

4. 我发表的意见被老师和同学接受了。
   ① 同意　② 不知道　③ 不同意

5. 我在自己解决数学问题时，遇到困难向老师、同学或计算机寻求帮助。
   ① 同意　② 不知道　③ 不同意

6. 我会选择自己的合作伙伴，共同完成学习任务。
   ① 同意　② 不知道　③ 不同意

7. 根据遇到的数学问题，我会选择不同的方法解决。
　　① 同意　　② 不知道　　③ 不同意

8. 我已经学会今天课上的内容了。
　　① 同意　　② 不知道　　③ 不同意

9. 我知道今天学的数学知识可以用来解决生活中的许多问题，我会用这些知识。
　　① 同意　　② 不知道　　③ 不同意

10. 今天在网络教室上数学课，我的兴趣很高。
　　① 同意　　② 不知道　　③ 不同意

11. 我觉得今天的数学课上我学得很好，我相信我能学好数学。
　　① 同意　　② 不知道　　③ 不同意

12. 在网络教室上课，我容易走神，不听老师讲，做小动作。
　　① 同意　　② 不知道　　③ 不同意

13. 我喜欢在网络教室上数学课，希望老师经常让我们上这样的课。
　　① 同意　　② 不知道　　③ 不同意

14. 我能把今天学的数学知识讲给家长或小伙伴听。
　　① 同意　　② 不知道　　③ 不同意

15. 我能说出今天所学的内容都可以用来解决哪些生活问题。
　　① 同意　　② 不知道　　③ 不同意

3. 学生课后访谈表

学生访谈表

姓名：_____　　性别：_____　　学校：_____　　班级：_____

1. 你能不能跟老师讲讲今天在数学课上学了什么？你能不能说说连续退位减法的计算过程？连续退位减和不连续退位减有什么不同？你能完成后面所有练习题吗？

2. 你能不能把今天数学课上的学习方法介绍给老师？这和你平时的学习方法一样吗？你喜不喜欢这样的学习方式，为什么？

3. 你知道生活中有哪些生活现象可以用到今天所学的数学知识吗？能不能举例子说明你打算怎么用这些知识？

4. 今天在网络教室上课和平时在普通教室上课有什么不同？你更喜欢在哪里上课，为什么？

练习题：

班别：＿＿＿＿＿＿＿ 姓名：＿＿＿＿＿＿＿ 学号：＿＿＿＿＿＿

1．我比计算机算得准

    594　验算：
  −243

    431　验算：
  −　17

2．试一试

    431
  −　97

3．猜猜苹果下面的数是几

  19🍎2　　4🍎69　　3🍎4　　🍎5🍎4
−　83　　−　581　−2538　−　749
　🍎8🍎　　🍎🍎8　　🍎🍎🍎　　🍎🍎5

4．笔算并验算

962−893＝　　　　　　　4614−1825＝

5．我们都是精明小子(判断并改正)

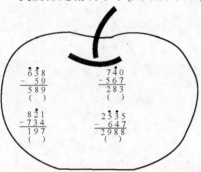

  6🍎8　　740
−　59　−567
　589　　283
　（　）　（　）

  821　　2535
−734　−647
　197　2988
　（　）　（　）

4．听课教师访谈表

听课教师课后访谈表

姓名：

1．请您对本节课的教学策略实施情况作一个点评。您觉得抛锚式教学策略适用于本节课的教学内容吗？

2．您认为本节的教学目标达成情况如何？学生的参与度高吗？

3．您认为本节课教师主导作用发挥得比较好的地方有哪些？不足之处呢？

4．您认为本节课的教学过程安排是否妥当？教师在时间处理上是否合适？

5．您认为学生是否已经具备上这节课的初始技能？学生在信息技术技能的基础多大程度上会影响本课的教学？

6．您对本节课还有哪些好的建议呢？

5．执教教师的反思记录表

教师访谈表

姓名：_____　　性别：_____　　学校：_____　　任教班级：_____

请您根据今天这节课课堂上的情况，实事求是地回答以下问题。

1．学生在讨论中发表自己的意见。
　　① 同意　　② 不知道　　③ 不同意

2．我注意到学生能够吸取其他同学问题回答中的优点，找出同学问题回答中的错误。
　　① 同意　　② 不知道　　③ 不同意

3．学生在自己解决数学问题时，遇到困难向老师、同学或计算机寻求帮助。
　　① 同意　　② 不知道　　③ 不同意

4．学生会选择自己的合作伙伴，共同完成学习任务。
　　① 同意　　② 不知道　　③ 不同意

5．根据遇到的数学问题，学生会选择不同的方法解决。
　　① 同意　　② 不知道　·～③ 不同意

6．学生能用数学课上学到的知识来解决生活中的问题。
　　① 同意　　② 不知道　　③ 不同意

7．学生能够自己归纳出所学的知识，并能应用。
　　① 同意　　② 不知道　　③ 不同意

8．在网络教室上课，可以激发学生的学习情绪。
　　① 同意　　② 不知道　　③ 不同意

9．在网络教室上课，你认为学生的参与度方面：
　　① 参与面大了，学生个体参与度也加深了
　　② 参与面大了，但学生个体并没有本质的变化
　　③ 参与情况没有什么变化
　　④ 参与情况不如在普通教室

10．在网络教室上课，我很难控制和管理学生。
　　① 同意　　② 不知道　　③ 不同意

11．我认为课上学生的思维能力、解决问题能力得到了很大的提高。
　　① 同意　　② 不知道　　③ 不同意

12．我认为这节课的内容绝大部分学生都掌握了。
　　① 同意　　② 不知道　　③ 不同意

13．你觉得今天的数学课上，学生掌握了本课的教学目标了吗？你是如何确定的？

14．今天这种类型的课你过去是怎么上的？和你以前的教学方法相比，你觉得今天的课在学生的数学能力、思维培养、表达能力、合作能力、解决问题能力等方面有什么不同？

15．你觉得今天上的整合课在哪些方面比传统的数学教学有优势？上这类课你最深的感受是什么？

16．你对本课教学还有哪些改进的建议？

注明：北京师范大学现代教育技术研究所，教育部教学改革重点课题《学科"四结合"教学改革实验》案例，作了一定的修改和补充。

案例3 《你·我·他》教学设计

"艺术"是新一轮课程改革中一门较为综合性的课程，集音乐、美术、舞蹈等艺术表达形式为一体，集中地对学生的艺术素养和艺术表现能力进行有机的熏陶和训练。《你·我·他》由本溪市明山区春明小学于宏老师设计并执教，是一节以美术造型。表现为主要内容的整合案例。案例中，计算机网络教室和多媒体课件发挥了重要的作用，是学生主动探究、拓展知识、艺术实践、个性表达、提高审美和进行多样化评价的重要工具。本课获"辽宁省第十三届多媒体教育软件大奖赛信息技术与学科整合课例"一等奖。

一、案例背景

设计者：于宏。
单位：本溪市明山区春明小学。
指导者：姜振华 本溪市电化教育馆。
学生：本溪市明山区春明小学 六年级学生。
教材：辽海版美术教材三年级(上)册、人美版美术教材六年级(上)册。

二、教学内容分析

本课教学内容以辽海版美术教材三年级(上)第七课《你·我·他》为主体，与人美版六年级(上)第二课《有特点的脸》一课相融合，设计了运用线描速写画有特点的人脸的教学课程，课题为《你·我·他》。本课是"造型·表现"学习领域的内容。人的一生中会遇到多少面孔，没人能说得清楚。每个人都会有不同的面部特征与表情，本课设计意图是让学生了解自己或身边认识的人的面部特征和表情，如老师、同学、名人等，激发学生对身边熟悉的、认识的人产生兴趣，培养学生探究与观察的能力。在描绘他们的形象时注意启发引导学生抓住每张面孔与众不同之处，培养学生善于观察和思考，并提高学生的绘画技巧及表现能力，为今后运用多种表现形式描绘人物头像打下基础。

三、教学(学习)目标与重难点

知识与技能：学习正确观察事物的方法，合理地归纳与分析面部特征，能画出一副能突出人物特征和表情特点的肖像画。

过程与方法：充分利用计算机网络平台和相关资源进行自主、探究性学习，通过对比、讨论、游戏等活动解决在学习中遇到的重点难点问题，并实际完成画出一副有突出特征的人物肖像画。

情感态度与价值观：培养主动探究、积极表现和感悟能力，提高审美情趣和艺术表现力，并感受到在生活中要学会尊重他人。

教学重点：探究认识的人的五官特征和各种表情，正确地观察，合理地创作。

教学难点：能准确地表现人脸、五官的比例知识，进而创作有特点的人脸。

四、学习者分析

本课的教学对象为六年级学生。学生通过以往美术课的学习，掌握了线描速写的表现方法，对人物脸部有一定的认识，在此基础上设计加入了特征与表情，让学生通过学习有能力表现出一张特征鲜明、表情生动的脸。但对学生而言，人物依然是很难表现，尤其是脸部特征的刻画。

五、教学策略

本课的学习内容全部通过主题网站传递给学生，给予学生自主学习的空间与时间。主要采用创设情境、点拨引导、对比观察、以图代讲等方法，引导学生通过浏览主题网站、自主探究、协作学习、交流汇报等，解决教学的重点和难点，从而有效达成学习目标。三个模块递进式的内容结构，清晰明了地告诉学生如何能画好一张脸，同时通过大量的图片资料，激发学生的表现欲望，丰富学生的创作素材，进而提高学生的观察能力和表达能力。

六、教学资源与工具设计

教学环境：计算机网络教室

教学资源：

(1)《你·我·他》主题学习网站。分为"基础模块"、"游戏模块"、"创作模块"三大部分，并包含"面部结构"、"面部素材"、"面部表情"、"人物与画像"、"漫画赏析"、"你我他影集"等子模块，为学生的学习和创作提供便捷支持。

(2) 脸部标准图(组合)。

(3) 画板、画纸、绘画工具(铅笔速写笔)等。

七、教学过程

教学环节	教学内容与教师活动	学生活动	设计意图
导入阶段	同步出示课件(欣赏人物画像) 提问：请说出画像人物的名字。 请同学们观察画像的表现方法。 小结：线描速写。 这节课我们运用这样的方法画一张你熟悉的脸，包括你、我、他。 板书：你 我 他	学生看屏幕，观察宋丹丹、姚明、冯巩、小沈阳画像，并作出回答。 学生根据观察得出结论：画像运用的是线描速写的表现方法	生动、形象、有趣的画像激发了学生的学习兴趣，使学生产生求知的欲望。 巩固学过的线描速写知识，为学习新知识做好铺垫
自主学习	要想画好一张脸首先就要了解它、对它有正确的认识，下面就请同学们进入你、我、他主题网站中的学习模块一，找一找与脸相关的知识。 模块一(基础)包含两个主题网页，分别为面部结构、面部素材。 与学生个别交流、指导	进入主题学习网站开始自主学习。 通过文字、画面直观认识、探究，对脸部知识形成一个深入而整体的了解	借助多媒体网络教室环境，改变传统的教学模式，实现学生主动探究和获取知识。通过对"模块一"中内容的自主浏览、信息处理，学生对脸部知识有一个深入而整体的了解
汇报交流	提问：通过刚刚与部分同学的交流，了解到大家学到了很多有关脸部的知识，我们来交流一下 学生在汇报过程中，教师给予适当的指导，引发学生去发现与探究	学生自由汇报 知识点： 一、面部结构 1. 脸部的定义 2. 关于脸部五官的基本位置 3. 五官位置与年龄的关系 4. 脸型的判断	这一部分是本课学习的重要环节，通过这一阶段的汇报，学生可以了解到脸部的基础知识、表现脸部的方法
表情游戏	根据学生的汇报情况，适时组织探究活动。 活动一： 把脸补充完整。(标准：基本五官位置如图5-3所示) 小结：标准的五官位置"三停五眼" 活动二： 体验尝试画脸。(在教师准备的带有辅助线的卡片上，调用网页中的素材，组合一张脸) 小组：讨论画脸的步骤，素材应用及脸部变化。 小结：画脸的步骤：整体——局部，局部——整体。注意辅助线的作用。 脸部组成要素，并板书：发型、脸型、五官	二、面部素材 联系实际，举例说明。(小组合作) 个人发言、其他同学补充 以小组为单位评价作品，说说好在哪里，问题出在哪里？ 总结出描写脸部的几个重要组成部分	探究活动的设计旨在巩固学生学习成果，解决本课重点难点问题。 合作学习培养学生交流意识合作精神

续表

教学环节	教学内容与教师活动	学生活动	设计意图
表情游戏	关于表情的游戏，如图 5-4 所示。 提问：请同学们进入第二模块，看一看内容与画脸有什么关系。 组织学生汇报谈体会。 板书：表情	通过阅读文字、观看图片、操作游戏，开展学习活动。学生谈谈表情与画脸的关系： 表情与五官的变化，眼睛与嘴在表情变化中的重要性，表情也是人脸部的特征	以轻松愉快的游戏方式开展表情教学，符合本环节教学内容，巩固了第一模块的知识，引发了学生进一步探究的兴趣
创作准备	在了解和认识脸部的基础上，进入创作阶段。 请学生进入学习模块三(创作)，这里面有同学们很熟悉的脸，他们以不同的形式展现在我们面前，去找一找，哪一张脸是你最喜欢的？举例说明喜欢他的理由。 小结：画人物要突出特征。 板书：突出特征	学生进入学习模块三(创作)，欣赏各种人物的脸，同时进行分析比较。 分析人物脸部特征，找出主要特征	提供大量的图片资料，运用对比分析来解决本课的重点内容，并进一步激发学生的表现欲望，丰富学生的创作素材
实践创作	请同学们运用本节课掌握的知识，把你喜欢的这张脸画下来。(要抓住人物的特征与表情) 遇到问题请示老师，也可以回到模块一、二中寻找相关素材。 音乐伴奏，教师巡视辅导	学生用画板、画纸、铅笔、速写笔等工具开始创作	进行实际创作，锻炼观察能力和表达能力
作品展示	组织学生把完成的作品粘贴到黑板上。 提问：有没有你认识的人，通过哪些特征你认出了他	粘贴作品。 观察作品，分析不同的作品类型，对作品进行评价	通过评价作品，提高学生观察与评价能力，在观察评价中巩固本课重点内容
总结	有些作品运用了漫画的表现形式，对人物特征进行了夸张变形。其实人像的表现方式有很多，如果同学们感兴趣，可以课后到互联网上搜索更多相关作品，并进行自己的创作	意犹未尽	引起学生进一步学习的兴趣

附图：

图 5-3　脸部五官标准位置图　　　　图 5-4　表情游戏页面

八、教学流程图

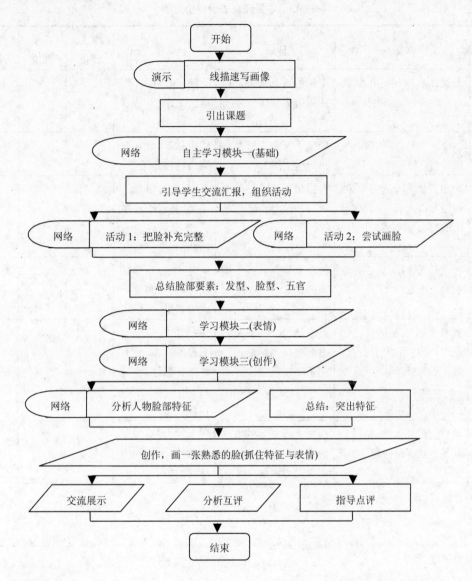

开始

演示 — 线描速写画像

引出课题

网络 — 自主学习模块一(基础)

引导学生交流汇报，组织活动

网络 — 活动 1：把脸补充完整   网络 — 活动 2：尝试画脸

总结脸部要素：发型、脸型、五官

网络 — 学习模块二(表情)

网络 — 学习模块三(创作)

网络 — 分析人物脸部特征   总结：突出特征

创作，画一张熟悉的脸(抓住特征与表情)

交流展示   分析互评   指导点评

结束

九、教学评价

本节课从以下几个方面进行评价。

(1) 评价内容：课堂表现评价、学习效果评价(课堂学习效果评价+作业)、小组合作评价。

(2) 评价方式：自评、小组互评、教师评相结合；定量评价与定性评价和反思相结合。

学生自我评价：指学生学习过程中对自己的表现给予肯定，也是一种自信心的表露。

小组评价：指小组间的互相评价，具有促进小组合作的作用。

教师评价：指教师根据学生的综合表现，以及小组完成的作品进行一个全面的评价，提高学生的自信心和积极性。

学生课堂表现评价量表如 5-3 所示。

表 5-3　学生课堂表现评价量表

项目	A级	B级	C级	个人评价	同学评价	教师评价
认真	上课认真听讲，作业认真，参与讨论态度认真	上课能认真听讲，作业依时完成，有参与讨论	上课无心听讲，经常欠交作业，极少参与讨论			
积极	积极举手发言，积极参与讨论与交流	能举手发言，有参与讨论与交流	很少举手，极少参与讨论与交流			
自信	大胆提出和别人不同的问题，大胆尝试并表达自己的想法	有提出自己的不同看法，并做出尝试	不敢提出和别人不同的问题，不敢尝试和表达自己的想法			
善于与人合作	善于与人合作，虚心听取别人的意见	能与人合作，接受别人的意见	缺乏与人合作的精神，难以听进别人的意见			
思维的条理性	能有条理地表达自己的意见，解决问题的过程清楚，做事有计划	能表达自己的意见，有解决问题的能力，但条理性差些	不能准确地表达自己的意思，做事缺乏计划性、条理性，不能独立解决问题			
思维的创造性	具有创造性思维，能用不同的方法解决问题、独立思考	能用老师提供的方法解决问题，有一定的思考能力和创造性	思考能力差，缺乏创造性，不能独立解决问题			

我这样评价自己：

伙伴眼里的我：

老师的话：

注：① 本评价表针对学生课堂表现情况作评价，用于课堂中评价；

② 本评价分为定性评价部分和定量评价部分；

③ 定量评价部分总分为 100 分，最后取值为教师评、同学评和自评分数按比例取均值；

④ 定性评价部分分为"我这样评价自己"、"伙伴眼里的我"和"老师的话"，都是针对被评者作概括性描述和建议，以帮助被评学生改进与提高。

参 考 文 献

[1]　基础教育课程改革纲要(试行)[EB/OL]. http://www.woe.edu.cn/edoas/website18/level3.jsp?tablename=1162&infoid=732.

[2]　何克抗. 教育技术培训教程(教学人员·初级)[M]. 北京：高等教育出版社，2005.

[3]　何克抗. 教育技术培训教程(教学人员·中级)[M]. 北京：高等教育出版社，2007.

[4]　祝智庭. 教育技术培训教程(教学人员·初级)[M]. 北京：北京师范大学出版社，2005.

[5]　王馨等. 现代教育技术与小学语文教学[M]. 北京：高等教育出版社，2009.

[6]　杜娟等. 现代教育技术与小学数学教学[M]. 北京：高等教育出版社，2009.

[7]　赵颖. 现代教育技术与初中英语教学[M]. 北京：高等教育出版社，2009.

[8]　李玉芳. 多彩的学生评价[M]. 北京：教育科学出版社，2009.

[9]　刘要悟. 教学评价基本问题研究[M]. 兰州：甘肃文化出版社，1997.

[10]　万伟等. 新课程教学评价方法与设计[M]. 北京：教育科学出版社，2004.

[11]　蒋碧艳，梁红京. 学习评价研究：基于新课程背景下的实践[M]. 上海：华东师范大学出版社，2006.

[12]　杨九俊. 教学评价方法与设计[M]. 北京：教育科学出版社，2004.

[13]　刘志军. 走向理解的课程评价[M]. 北京：中国社会科学出版社，2004.

[14]　[美]JamesPham W. 有效的学生评价[M]. 国家基础教育课程改革项目，译. 北京：中国轻工业出版社，2003.

[15]　[美]Richard J Stiggins. 促进学习的参与式课堂评价[M]. 国家基础教育课程改革项目，译. 北京：中国轻工业出版社，2005.

[16]　[美]Popham W J. 促进教学的课堂评价[M]. 北京：中国轻工业出版社，2003.

[17]　余林. 课堂教学评价[M]. 北京：人民教育出版社，2006.

[18]　沈玉顺. 课堂评价[M]. 北京：北京师范大学出版社，2006.

[19]　[美]David G Armstrong. 当代课程论[M]. 陈晓瑞，译. 北京：中国轻工业出版社，2007.

[20]　闫寒冰. 信息化教学评价——量规实用工具[M]. 北京：教育科学出版社，2005.

[21]　[美] Borich G D & Tombari M L. 中小学教育评价[M]. 北京：中国轻工业出版社，2004.

[22]　林存华. 听课的变革[M]. 北京：教育科学出版社，2007.

[23]　陈晓慧. 教学设计[M]. 第2版. 北京：电子工业出版社，2009.

[24]　李龙. 教学过程设计[M]. 呼和浩特：内蒙古人民出版社，2000.

[25]　孙可平. 教学设计纲要[M]. 西安：陕西人民教育出版社，1998.

[26]　陈琦，刘儒德. 教育心理学[M]. 北京：高等教育出版社，2005.

[27]　柳夕浪. 课堂教学临床指导[M]. 北京：人民教育出版社，1998.

[28]　朱德金，宋乃庆. 现代教育统计与测评技术[M]. 重庆：西南师范大学出版社，1998.

[29]　加涅著. 教学设计原理[M]. 王小明等，译. 上海：华东师范大学出版社，2007.

[30]　何克抗. 教学系统设计[M]. 北京：北京师范大学出版社，2002.

[31]　郭熙汉等. 教学评价与测量[M]. 武汉：武汉大学出版社，2008.

[32]　王伟宜等. 考试与评价[M]. 福州：福建教育出版社，2008.

[33] 胡中锋. 教育评价学[M]. 北京：中国人民大学出版社，2008.

[34] 单志艳. 如何进行教育评价：教育评价在中小学的应用[M]. 北京：华语教学出版社，2007.

[35] 程书肖. 教育评价方法技术[M]. 北京：北京师范大学出版社，2004.

[36] 翟天山. 教育评价学[M]. 北京：高等教育出版社，2003.

[37] 刘本固. 教育评价的理论与实践[M]. 杭州：浙江教育出版社，2000.

[38] 王孝玲. 教育评价的理论与技术[M]. 上海：上海教育出版社，1999.

[39] 范晓玲. 教学评价论[M]. 长沙：湖南教育出版社，1999.

[40] 陶西平. 教育评价辞典[M]. 北京：北京师范大学出版社，1998.

[41] 张家全. 教学评价技术[M]. 沈阳：辽宁教育出版社，1988.

[42] 布卢姆(美)等. 教育评价[M]. 上海：华东师范大学出版社，1987.

[43] 刘淑芳. 新课标实施与发展性教学评价研究[J]. 陕西师范大学学报(哲学社会科学版)，2007.

[44] 李君丽，祝智庭. 基于新课改的发展性教学评价设计探讨[J]. 电化教育研究，2007.

[45] 彭广森，崇敬红. 中小学生学业成绩评价改革初探[J]. 教育实践与研究，2003.

[46] 周文叶. 论表现性评价在综合素质评价中的运用[J]. 全球教育展望，2007.

[47] 高凌飚. 关于过程性评价的思考[J]. 课程·教材·教法，2004.

[48] 梁惠燕，邓健林等. 高中如何进行过程性评价[J]. 人民教育，2005.

[49] 周春宝. 初中物理探究学习过程性评价探索[D]. 南京师范大学硕士学位论文，2008.

[50] 柯清超. 混合学习评价方法——以中小学教师教育技术能力培训课程为例[J]. 中国电化教育，2008.

[51] 杨学良，蔡莉. 关于发展性教学评价的理论研究[J]. 教育探索，2006.

[52] 钟志贤，张琦. 论学习环境中资源、工具与评价的设计[J]. 开放教育研究，2005.

[53] 王秋红. 浅议初中地理实践活动课[J]. 北京教研，2002.

[54] 夏正江. 关于研究性学习评价方式的构想[J]. 课程·教材·教法，2003.

[55] 庄秀丽. 电子档案袋评价与网络互联学习[J]. 中国电化教育，2005.

[56] 乔风杰. 档案袋评价法在高中信息技术教学中的应用[D]. 东北师范大学，2004.

[57] 李玉芬. 如何开展电子作品档案袋评价[J]. 广东教育，2004.

[58] [英]东尼·博赞，巴利·博赞著. 思维导图[M]. 叶刚，译. 北京：中信出版社，2009.

[59] 胡玺丹. 概念图评价在生物学教学中的运用[J]. 生物学教学，2007.

[60] 王天蓉. 概念地图：学与教的应用与实例[J]. 信息技术教育，2003.

[61] 叶鹏松. 以概念图为支架的整合教学实践研究[D]. 苏州大学，2008.

[62] 胡小勇等. 概念图教学实训教程[M]. 南京：南京师范大学出版社，2008.

[63] 吴兰岸等. MindManager 的功能及其在教学中的应用[J]. 中国教育信息化，2007.

[64] 赵国庆，黄荣怀，陆志坚. 知识可视化的理论与方法[J]. 开放教育研究，2005.

[65] 李兆君. 现代教育技术[M]. 北京：高等教育出版社，2004.

[66] 唐青才，朱德全. 契约学习：教师个性化教学和学生自导学习的有效途径[J]. 教学与管理，2007.

[67] 杨思耕. 契约学习的理论与实施[J]. 现代教育，2005.

[68] 钟志贤，林安琪，王觅. 学习契约：远程学习效果评价的书面协议[J]. 开放学习，2007.

[69] 谢榕琴，钟志贤. CSCL 中的"心理契约"与"学习契约"[J]. 远程教育，2003.

[70] 陈向东，王兴辉，高丹丹，张际平. 博客文化与现代教育技术[J]. 电化教育研究，2003.

[71] 方兴东，王俊秀．博客：E时代的盗火者[M]．北京：中国方正出版社，2003.

[72] 黄敏．博客在教育教学中的应用[J]．中国科教创新导刊，2009.

[73] 赵国庆，陆志坚．"概念图"与"思维导图"辨析[J]．中国电化教育，2004.

[74] 齐伟．概念图/思维导图(2)——用Inspiration制作概念图[J]．教育技术导刊，2005.

[75] 齐伟．概念图/思维导图(3)——如何绘制思维导图[J]．教育技术导刊，2005.

[76] 吴晓郁．概念图及其应用．上海教育科学研究院[EB/OL]．http://www.pep.com.cn/xiaoyu/jiaoshi/xueshupingjia/200806/t20080602_470870.htm.

[77] 刘尧．发展性教师评价的理论与模式．中国教育和科研计算机网[EB\OL]．http://www.edu.cn/20020121/3018178.shtm.

[78] 现代教育技术网上课程[EB/OL]．http://www.nqyz.org/e-Education/gg035/gg03508/gg035086.htm.

[79] 余林．表现性评价的特点与设计[EB/OL]．http://www.ludongpo.com/Html/lunwen/pingjia/397520090116100500.html.

[80] 王勇．成长档案袋的运用[DB/OL]．http://www.cfedu.cn/Article/ShowArticle.asp?ArticleID=4184&Page=1.

[81] 吴红梅．表现性评价的实证研究——以小学中年级数学学科教学为例[D]．南京师范大学硕士学位论文，2007.

[82] 朱虹．表现性评价研究[D]．河南大学硕士学位论文，2009.

[83] 李小英．表现性评价与学生发展之研究[D]．华南师范大学硕士学位论文，2007.

[84] 田卫华．表现性评价与学生写作素养发展[J]．文学教育，2007.

[85] 黄丽娟．表现性评价在小学数学学业评价中的运用[D]．上海师范大学硕士学位论文，2007.

[86] 万广威．高中生物实验技能表现性评价的实践研究[D]．东北师范大学硕士学位论文，2009.

[87] 周智慧．利用表现性评价促进学生发展的研究[J]．内蒙古师范大学学报(教育科学版)，2009.

[88] 张寒凤．论对高中生物探究活动的表现性评价[D]．盖州大学硕士学位论文，2007.

[89] 张宗胜．普通生物学实验教学表现性评价研究[D]．浙江师范大学硕士学位论文，2006.

[90] 脱中菲．小学数学表现性评价的任务设计与开发[J]．课程与教学，2009.

[91] 伍军．小学数学学业表现性评价的实施与反思[J]．楚雄师范学院学报，2008.

[92] 周文叶．学生表现性评价研究[D]．华东师范大学博士学位论文，2009.

[93] 何小微．发展性教学评价构建研究[J]．现代教育科学，2007.

[94] 李君丽．发展性教学评价技术研究[D]．华东师范大学博士学位论文，2006.

[95] 王子轶．中学美术教师在开展过程性评价时应注意的几个问题[J]．当代教育论坛，2007.

[96] 南安成功中学教育教学课题研究组．关于学生发展性评价方案的研究报告[J]．福建教育学院学报，2003.

[97] 王翊．基于网络的发展性教师评价系统设计与开发[D]．华东师范大学硕士学位论文，2006.

[98] 梁红京，马海涛．教学档案袋：一种可资借鉴的教学评价工具[J]．全球教育展望，2003.

[99] 金旻．素质教育背景下小学英语课堂教学评价工具的开发研究[J]．东北师范大学硕士学位论文，2007.

[100] 范云欢．网络课程发展性教学评价工具研究[J]．河北广播电视大学学报，2008.

[101] 王彦群．网络学习的发展性评价系统的研究与设计[D]．华中师范大学硕士学位论文，2008.

[102] 阎忠梅．中学语文发展性教学评价策略[D]．东北师范大学硕士学位论文，2002.

[103] 李永斌. 初中英语课堂实施过程性评价的实践探索[J]. 课程与教学，2009.

[104] 钟志贤，吴初平. 电子学档：远程学习中一种有效的过程性评价工具[J]. 开放学习，2008.

[105] 舒美姿. 高中生物学教学过程性评价的应用研究[D]. 华东师范大学硕士学位论文，2007.

[106] 谢同祥，李艺. 过程性评价：关于学习过程价值的建构过程[J]. 电化教育研究，2009.

[107] 梁斌. 基于网络课程学习的多元化过程性评价的设计与实践[J]. 电化教育研究，2008.

[108] 董瑶. 南京广播电视大学网络学习的过程性评价研究[D]. 南京师范大学硕士学位论文，2008.

[109] 张烨. 试探过程性评价在初中体育教学中的实践与应用[J]. 新课程研究，2009.

[110] 李丽洁. 透过课改后的一份高中英语期中试卷谈"过程性"评价[J]. 现代教育论坛，2009.

读者回执卡

欢迎您立即填妥回函

您好！感谢您购买本书,请您抽出宝贵的时间填写这份回执卡,并将此页剪下寄回我公司读者服务部。我们会在以后的工作中充分考虑您的意见和建议,并将您的信息加入公司的客户档案中,以便向您提供全程的一体化服务。您享有的权益：

★ 免费获得我公司的新书资料；　　　　★ 免费参加我公司组织的技术交流会及讲座；

★ 寻求解答阅读中遇到的问题；　　　　★ 可参加不定期的促销活动,免费获取赠品；

读者基本资料

姓　　名＿＿＿＿＿＿＿＿＿　性　　别 □男　□女　年　　龄＿＿＿＿＿＿＿＿＿

电　　话＿＿＿＿＿＿＿＿＿　职　　业＿＿＿＿＿　文化程度＿＿＿＿＿＿＿＿＿

E-mail＿＿＿＿＿＿＿＿＿　邮　　编＿＿＿＿＿＿＿＿＿＿

通讯地址＿＿＿＿＿＿＿＿＿＿＿＿＿＿＿＿＿＿＿＿＿＿＿＿＿＿＿＿＿＿＿＿

请在您认可处打√ (6至10题可多选)

、您购买的图书名称是什么：＿＿＿＿＿＿＿＿＿＿＿＿＿＿＿＿＿＿＿＿＿＿＿＿

、您在何处购买的此书：＿＿＿＿＿＿＿＿＿＿＿＿＿＿＿＿＿＿＿＿＿＿＿＿＿＿

、您对电脑的掌握程度：　　□不懂　　　　□基本掌握　　　□熟练应用　　　□精通某一领域

、您学习此书的主要目的是：　□工作需要　　□个人爱好　　　□获得证书

、您希望通过学习达到何种程度：□基本掌握　　□熟练应用　　　□专业水平

、您想学习的其他电脑知识有：□电脑入门　　□操作系统　　　□办公软件　　　□多媒体设计

　　　　　　　　　　　　　　□编程知识　　□图像设计　　　□网页设计　　　□互联网知识

、影响您购买图书的因素：　　□书名　　　　□作者　　　　　□出版机构　　　□印刷、装帧质量

　　　　　　　　　　　　　　□内容简介　　□网络宣传　　　□图书定价　　　□书店宣传

　　　　　　　　　　　　　　□封面,插图及版式□知名作家（学者）的推荐或书评　□其他

、您比较喜欢哪些形式的学习方式：□看图书　　□上网学习　　　□用教学光盘　　□参加培训班

、您可以接受的图书的价格是：□ 20 元以内　□ 30 元以内　　□ 50 元以内　　□ 100 元以内

、您从何处获知本公司产品信息：□报纸、杂志　□广播、电视　　□同事或朋友推荐　□网站

、您对本书的满意度：　　□很满意　　　　□较满意　　　　□一般　　　　□不满意

、您对我们的建议：＿＿＿＿＿＿＿＿＿＿＿＿＿＿＿＿＿＿＿＿＿＿＿＿＿＿＿＿

技术支持与资源下载：http://www.tup.com.cn　http://www.wenyuan.com.cn

读 者 服 务 邮 箱：service@wenyuan.com.cn

邮 购 电 话：(010)62791865　(010)62791863　(010)62792097-220

组 稿 编 辑：孙兴芳

投 稿 电 话：(010)62788562-311　13810495417

投 稿 邮 箱：yuyu_fang@163.com